KB004388

삼별초

이동연 장편소설

삼별초

창해

■ 차례

김통정 몽골의 고려 지배에 항거한 삼별초의 장수. 백제의 유민 양수척 출신으로, 제주 붉은오름에서 여몽 연합군에 맞서 마지막까지 싸운다.

혜 성 궁녀와 유력 귀족 사이에 태어나 어릴 때 백련사로 보내져 비구니가 된다. 환속해 달래라는 이름으로 삼별초에서 활동한다. 김통정의 연인.

배중손 진도 출신의 삼별초 지도자. 원종의 개경 환도 어명을 거부하고 강화도에서 진도로 도읍을 옮겨 조고려 건국을 주도한다.

자운선 양수척 출신으로 김통정의 어머니.

승화후 온 고려 제8대 황제 현종의 후손. 삼별초의 추대로 조고려의 황제에 오른다.

최충헌 이의민에 이은 고려 무신 정권의 최고 권력자. 이의민을 제거하고 60년 최씨 집권의 막을 올린다. 김통정의 어머니 자운선을 첩으로 들인다.

김윤성 말을 잘 다루어 이의민의 가노가 되었다가 최충헌 밑으로 들어가 집사 노릇을 한다. 같은 천민 출신인 자운선을 보살핀다.

최 우 최충헌의 아들. 최씨 정권의 사병이자 삼별초의 모태인 야별초를 만든다. 개경에서 강화도로 천도하기 직전에 최이로 개명한다.

최 항 개경 기생 서련방과 최우 사이에 태어나 승려로 지내다가 아버지의 권력을 이어받는다. 초명은 만전.

최 의 최씨 무신 정권의 마지막 집권자. 최항의 아들.

김 준 최충헌의 가노 김윤성의 아들. 김통정을 중용했으며, 최씨 정권을 쓰러뜨리고 집권한다. 군권을 제외한 인사권, 재정권 등을 고종에게 돌려준다.

임 연 양아버지인 김준을 배신하고 무신 정권 최고 자리에 오른다.

임유우 임연의 아들. 원종의 밀명을 받은 송분의 구왕단에게 제거됨으로써 고려 무신 정권의 마지막 권력자가 된다.

고 종 반몽 성향의 고려 제23대 황제. 원종의 아버지.

원 종 고종의 맏아들. 고려 제24대 왕으로 친몽주의자.

이장용 고려 문신의 원로, 외교주의자. 뛰어난 언변으로 몽골의 제5대 황제이자 원나라의 시조인 쿠빌라이에게 언변의 달인이라는 찬사를 받는다.

김방경 신라 마지막 왕 경순왕의 후손. 여몽 연합군의 고려 장수로 삼별초를 토벌하는 데 앞장선다.

쿠빌라이 몽골 제국을 건설한 칭기즈 칸의 손자. 몽골 제국을 원나라로 개명하고 황제로 즉위한다.

힌 두 고려 주둔 몽골군 원수이자 여몽 연합군의 총사령관.

홍다구 귀몽 매국노 집안 출신 몽골 관리. 몽골 편에서 끊임없이 고려와 삼별초를 괴롭힌다.

■ 삼별초 남천 경로

북계

서해도

교주도

개성부

강화도

장봉도   영종도

영흥도   안산

승봉도   대부도

난지도

태안

양광도

동계

안면도

경상도

전라도

진도

추자도

제주도

강화도-항파해협-장봉도-영종도-영
흥도-대부도-안산-승봉도-난지도-태
안-안면도-진도-추자도-제주도

간다, 못 간다

"비겁한 놈."

"나쁜 자식. 저런 놈이 왕이라니."

강화도 섬 전체가 웅성거렸다. 마을마다 나붙은 방문에 적힌 왕명 때문이었다.

모두 개경으로 환도하라.

이미 달포 전부터 몽골에 간 원종元宗을 두고 해괴한 소문이 떠돈 터였다. 고려 왕 원종이 쿠빌라이 칸忽必烈汗.홀필열한 앞에 엎드려 몽골 황녀를 며느리 삼게 해달라고 간청했을 뿐 아니라, 몽골군을 증원해 강화도까지 점령해달라고 했다는 것이다. 처음에는 이 소문을 아무도 믿지 않았다. 아니, 믿을 수가 없었다. 그러나 모두 사실로 드러났고, 결국 환도 명령까지 떨어지고 말았다.

"차라리 왕이 없는 게 나아. 저런 놈을 먹여 살린다고 공물을 낸 우리가 어리석지."

방문 앞에서 수군거리던 사람들의 눈빛이 하나같이 분노로 이글거렸다.

그날 밤, 방문은 누군가에 의해 모조리 찢겨 나갔다. 어촌 농촌 할 것 없었다. 거리마다 찢겨 나간 방문 쪼가리가 바람에 어지러이 날렸다.

다음 날 아침, 강화도 궁궐 앞에 겨우 붙어 있던 방문마저도 삼별초三別抄가 쭉 찢어 공중에 날려 보냈다. 관리들은 그것을 보고도 아무 말 못 하고 서성이기만 했다. 고려가 몽골에 맞서 강화도를 강도江都로 삼고 천도한 지 38년째 되던 1270년 5월 어느 날 일이었다.

그날 서풍이 강하게 불었다. 조각조각 찢긴 방문 수백 장은 강도에 휘날렸고, 해협 건너 문수산성에는 말 꼬리를 나타낸 아홉 개 검은 줄을 그린 하얀 천의 몽골군 깃발이 펄럭였다.

저 깃발을 들고 중앙아시아를 넘어 서아시아와 동유럽은 물론 러시아까지 짓밟은 칭기즈 칸成吉思汗,성길사한이 아니던가. 그렇게 서방을 마음껏 휩쓸었건만, 동방의 소국 고려가 항거한다며 강화도로 들어가다니…. 몽골군은 처음에 가소롭게 여기며 침략했다. 하지만 강화해협 앞에서 멈춰 서야 했다. 수전에 강한

12

고려군을 도무지 이길 수 없었던 것이다.

그 후 몽골 수군이 할 수 있는 일이라고는 통진 향교에 사령부를 설치하고 문수산 정상에 올라 깃발을 흔드는 것뿐이었다. 그러다가 몇 번 통진 나루 건너 강화도 기습을 시도했지만, 그럴 때마다 배중손裵仲孫의 고려 수군에게 혼쭐이 났다.

자존심이 상할 대로 상한 몽골군은 38년간 내륙을 여섯 차례나 휘젓고 다녔다. 고려 황실이 섬에서 육지로 나오게 하려는 의도였다. 그런 환도 압박에도 불구하고 고종 때 잠시 환도하려 했던 것 이외에는 고려가 줄기차게 몽골에 맞섰다.

"적이 항복하면 고스란히 놓아두어라. 만일 반항하면 씨를 말려라."

이것이 칭기즈 칸의 전쟁 원칙이었다. 바로 이 원칙하에 바그다드에는 '십만 해골탑'이 쌓였고, 중앙아시아 최강 제국 서하西夏는 아예 역사에서 종적을 감추어야 했다.

당연히 고려도 예외가 아니었다. 몽골군은 바그다드보다, 아니 서하보다 더 지독하게 고려를 괴롭혔다. 가는 곳마다 초토화했다. 그렇게 되기 전에 어떤 나라든 몽골에 굴복했다.

그러나 고려인들은 완전히 달랐다. 누르면 누를수록 더욱 반발했다. 그중 승려이거나 천민 등 하층민일수록 더 질겼다. 이들의 자발적인 유격전에 수시로 당하던 몽골 병사들은 금강야차의 뒷덜미를 잡는 도깨비라며 혀를 내둘렀다. 용인 처인성에서 몽골 사령관 살리타이撒禮塔.살례탑가 명줄을 놓았고, 충주성 등 곳곳에서도 몽골군이 참패했다.

자존심이 구겨질 대로 구겨진 몽골군이 인두겁을 쓴 야수처럼 내륙을 할퀴고 다녔지만, 거기에 굴할 고려인이 아니었다. 본래 귀족과 지방 수령들에게 가렴주구를 당해와 그런지도 몰랐다. 아무리 몽골군이 짓밟아도 북풍한설에 솟아나는 죽순처럼 끈질기게 버텼다.

단지 강화도로 피신한 귀족들은 예외였다. 그들은 바람 따라 흔들리는 갈대였다. 정세에 따라 항몽과 친몽 사이를 오락가락하며 정쟁을 일삼았다. 그러면서 변함없이 백성들을 착취했다.

몽골군이 쳐들어오면 전국에 파발마를 보내 백성들을 닦달했다.

"산성에 들어가 싸워라."

"섬으로 들어가 버텨라."

나라를 생각해서가 아니라 백성들이 버텨주어야 수탈할 수 있기 때문이다. 마치 고양이 쥐 생각하듯 했다. 그래도 귀족들의 한 가지 업적이라면 부처의 가호로 국난을 극복하자며 팔만대장경 제작을 주도한 것이다.

사실 강화도 천도 이전의 고려는 백성과 귀족으로 나뉘지 않고 거족적으로 항몽했다. 천도를 앞두고도 개경 고수파와 강화 천도파로 나뉘기는 했지만, 어느 쪽이 항몽에 유리한지를 두고 벌인 다툼이었을 뿐이다.

그러다가 몽골이 출륙환도를 요구한 1247년 무렵부터 귀족들 사이에 균열이 생겼다. 조정 일각에 친몽 분위기가 조성되기 시작했다. 특히 고종 말기에 이르러 무인은 정권 유지, 황실은 정권 회수 목적으로 반몽과 친몽으로 갈렸다.

양측 모두 내세우는 명분은 거창했다. 항몽 쪽은 고려가 오랑캐의 속국이 될 수 없다는 것, 친몽 쪽은 사직을 지키기 위해서라는 것. 그러나 속내는 패권 다툼이었다.

백성들은 달랐다. 고려 문장가 이규보李奎報가 노래했듯 '고구려 동명성왕의 후손'이라는 자부심이 강해, 죽으면 죽었지 북방 오랑캐에게 굽힐 수 없었다. 백성들은 무신 정권이 비록 정권욕으로 항몽하더라도 잘 버텨주기 바랐다.

그러나 최우崔瑀 사후 무신 정권 내부에 권력 다툼이 심해졌고, 급기야 1258년 김준金俊과 임연林衍이 대몽 강경 노선을 고수하던 최씨 무신 정권을 쓰러뜨렸다.

왕실은 이를 기회로 야금야금 권력 회수를 추구하더니 고종高宗의 아들 원종이 강화를 조건으로 몽골 조정에 입조했다. 그해 고종이 사망했고, 몽골 사대주의자로 변신한 원종이 즉위했다.

영특한 원종은 임연을 시켜 김준을 제거했다. 이로써 친몽파가 확실하게 항몽파 위에 섰다. 그 후 원종은 노골적으로 개경 환도를 추진했다. 궁지에 몰린 항몽파는 원종을 폐위시켰지만 기울어진 대세를 어쩌지 못했다. 세계 대제국 몽골의 후원을 받는 원종을 복위시켜야 했다.

복위 후 몽골에 갔던 원종은 귀국해 강도에 들어오지 않고 개경에 머물더니 출륙환도까지 명했다. 그러잖아도 원종이 몽골로 떠나 뒤숭숭하던 때였다. 출륙을 명하는 방문까지 곳곳에 나붙자 강화도는 그만 혼란의 도가니로 변해갔다.

기다렸다는 듯 고관대작들부터 나루터로 달려갔다. 창후리 포구, 월곶진, 초지진 나루터를 비롯해 해변마다 인산인해였다. 배가 턱없이 부족한 터라 사람들은 사공이 부르는 대로 뱃삯을 지불해야 했다. 벌써 성내 곳곳에 불길이 치솟기 시작했다. 떠나려는 자와 남아야 한다는 자들로 섬은 아비규환이었다.

방문이 붙은 바로 그날 밤, 삼별초 장군들이 모였다. 평생을 몽골과 싸워온 사람들이었다. 그들은 배신감에 부들부들 떨며 환도 거부는 물론 개경으로 가려는 자들을 닥치는 대로 처단하기로 했다.

마침 개경에 가지 못한 환관 균태均泰가 찾아와 장군들을 꾸짖었다.

"대체 무엇들 하는 게요? 이건 역적모의요!"

배중손이 핏발 선 눈으로 균태를 째려보았다.

"저놈을 당장 끌고 나가 처형하라!"

균태가 김통정金通精에 멱살을 잡힌 채 끌려 나가 외쳤다.

"김 장군, 이건 반역이오!"

"아니. 회복이다."

"무슨 회복이란 말입니까?"

"도道로 돌아가는 회복이다. 자기 욕망대로 유위有爲하는 자들을 제거하고 무위無爲로 회복하려는 것이다."

김통정이 힘껏 휘두르는 칼에 균태가 비명을 지르며 쓰러졌다. 잠시 후 균태가 정신을 차려보니 환관 모자만 두 쪽이 나 있었다.

"왜 나를 살려두는 것이오?"

"가라. 너도 살기 위해 환관 짓거리를 했을 뿐, 네 잘못이 뭐 그리 크겠느냐. 어디든 가고 싶은 곳으로 가서 본래의 너답게 당당하게 살거라."

균태는 마치 황제를 대하듯 김통정에게 굽실거렸다. 균태는 그렇게 어둠 속으로 사라졌다.

다음 날부터 삼별초가 나루터를 봉쇄하기 시작했다. 그러나 쉴 새 없이 밀려드는 인파에 쉽지 않았다. 할 수 없이 바다 위에서 뭍으로 가는 배들을 막아서야 했다.

이마저도 쉽지 않았다. 바다를 건너는 배도 많았거니와, 삼별초가 배를 정지시키고 올라타면 사람들이 우르르 바다로 뛰어내렸다. 헤엄쳐서라도 건너가겠다는 것이었다. 그러다가 익사한 사람도 부지기수였다.

이런 실랑이가 며칠 벌어지더니 차차 조용해졌다. 기어이 가겠다는 자들은 떠났다. 자포자기한 사람, 이래도 저래도 좋은 사람, 항몽하려는 사람은 남았다.

그제야 강화도에 남은 자들이 그곳에 있다는 것이 무엇을 의미하는지 깨달았다. 이제 강화도는 더 이상 도성이 아니었다. 그렇다고 평범한 섬도 아니었다. 세상과 단절된 곳이면서, 세상이 집어삼키려는 곳이 바로 강화도였다. 한때의 강도는 그 누구도 도와줄 수 없는 무원고립의 섬이 되어버렸다. 남은 자들은 갑자기 부닥뜨린 절박한 현실 앞에, 너무 절박해 절박하다는 말조차 꺼내지 못했다.

불타고 남은 잿더미에서 연기가 피어오르고 무심한 벚꽃만 바람 따라 춤을 추었다. 뒤늦게 쥐 죽은 듯한 침묵의 의미를 깨닫고 바다를 건너려는 자들이 나타났다. 그들은 전 재산을 뱃삯으로 선납하고 어둑할 때 인적 없는 곳에서 배에 올랐다. 물론 삼별초에게 발각되면 끝장이었다.

고려 실세의 상징, 자운선

늦은 오후, 해안선 검문을 맡은 김통정이 월곶진을 순시할 때였다. 왼쪽 나지막한 산 아래에 웬 그림자가 어른거렸다. 왕실 절간 승려들이 잡목 더미에서 쪽배를 끌어내고 있었다.

삼별초 병사들이 달려가 끌고 왔다.

"이놈들을 어떻게 할까요?"

"보내줘라. 염불쟁이야 개경 놈들한테나 필요하지 우리에게 무슨 소용이냐. 번거롭기만 할 뿐이다. 너희도 그만 물러가라."

그 난리 통에도 농부들은 논밭을 갈고 있었다. 어쨌든 먹고는 살아야 했다. 해는 고려궁 뒤 북산을 넘어가며 야윈 농부, 쪽배 위의 승려는 물론 궁성과 문수산성까지도 갈색으로 채색 중이었다. 김통정은 적과 아군, 섬과 육지, 남은 자와 도망자, 상전과 노비의 구별이 일순 무색해지는 이런 풍광을 특히 좋아했다.

석양에 물든 천지를 보던 김통정은 문득 혜성惠星을 떠올렸다.

'아, 내가 너무 무심했나?'

혜성은 어머니 자운선紫雲仙이 사라진 뒤 그의 마음을 받아준 유일한 사람이었다.

'그 사람도 보내줘야 한다. 천하가 적대하는 강화도에 그녀를 어찌 남게 하겠는가. 나 때문에 여기까지 왔는데, 또 기약 없는 세월을 보내게 할 수 없다. 나가라고 해야지. 출세간한 승려를 굳이 속세에 휘말리게 해서는 안 된다. 육지로 나가 부처의 나라 고려에서 훨훨 날게 해야지.'

김통정은 그렇게 생각했다.

달리는 말에 박차를 가하다 보니 어느덧 백련사였다. 혜성은 말발굽 소리를 듣고 김통정이 온 줄 알았다. 절 마당 버드나무에 말고삐를 매는 김통정 곁으로 혜성이 다가왔다.

"바쁠 텐데 어떻게 여기까지…."

"그래서 왔어. 네가 한시바삐 이 섬에서 나가라고."

어둑해진 고려산 자락에 점점이 검붉은 진달래꽃이 흐드러지게 피어 있었다.

"여긴 죽자고 버티는 곳이야. 너는 살려는 사람 더 잘 살고 죽은 사람 극락왕생하라며 염불하는 사람이잖아. 조금 전에도 승려 몇 명을 보내줬어. 죽자고 버티는 사람들에겐 염불이 필요 없지. 여기 남은 자들은 잘 살고 싶은 마음도 없고, 극락왕생도 염두에 두지 않아. 모두 당랑거철螳螂拒轍 같은 심정이야. 그러니 너도 육지로 나가. 제발 부탁이야."

김통정이 춘추 시대에 제후의 수레를 막아선 사마귀의 예까지 들어가며 설득했다.

"무모한 줄은 아는구나. 그래. 여기 남는다는 것, 그야말로 수레바퀴를 막아보겠다고 버티는 사마귀 꼴이 되는 거지. 그런데 이거 알아? 나는 그런 네가 좋았고, 이런 긴장감 도는 곳도 좋아. 무모해도 당당한 김통정, 무모해도 소신대로인 너, 그런 네가 부처야. 강도에 남은 이들이 바로 부처라고. 왕실을 박찬 고행의 구도자 부처. 그러니 내가 어딜 가. 아제아제 바라아제 바라승아제 모지 사바하…."

혜성은 그러면서도 울고 있었다. 합장한 채. 그런 혜성 앞에서 김통정도 난생처음 합장했다.

고려산에서 밤공기가 내려와 경내를 휘돌며 혜성의 눈물을 닦아주고 있었다. 김통정이 무슨 말을 할 수 있으랴. 자신을 넘어 가족을 넘어 나라까지 넘어 삼라만상이 모두 그 존재답게 하기 위해서라면 자기 존재의 소멸조차 기꺼이 받아들이는 혜성, 그런 사람이 세상에 또 어디 있으랴.

김통정은 살면서 그런 사람을 딱 한 명 만났다. 바로 어머니 자운선이었다. 그래서 혜성을 만날 때마다 언뜻 어머니를 느끼곤 했다.

김통정은 60여 년 전 압록강 하구 고인돌 아래에서 태어났다.

그가 자신의 출생에 대해 아는 것은 그뿐이었다. 아버지가 누구인지 자운선이 말하지 않았고, 본인도 굳이 알려고 하지 않았다. 한 가지 분명히 아는 사실은 어머니가 젊어서 무신 정권의 실세 이의민李義旼의 아들 이지영李至榮에게 희롱당했고, 그 뒤 최충헌崔忠獻에게 똑같이 당했다는 것이다.

개경과 멀고 먼 압록강 사이에서 어떻게 그런 일이 일어날 수 있었을까?

고려의 태조 왕건王建은 백제를 정복할 당시 가장 드센 무리만 따로 모았다. 그들을 천민으로 강등시켜 양수척이라 부르고 압록강 삭주 일대로 집단 이주시켰다. 자운선은 바로 그 양수척이었다. 양수척은 압록강과 두만강 일대를 돌며 사냥하고, 버드나무 가지로 고리 같은 가재도구를 만들어 팔고 살았다.

이들에게는 세 가지가 없었다. 호적, 부역 의무, 혼인 관념. 그러다 보니 아이들 태반이 아버지가 누군지 몰랐다. 아들보다 딸을 더 귀하게 여겼는데, 춤사위가 곱고 곡예에 능한 양수척 여인들이 공연 때마다 큰 수입을 올렸기 때문이다.

양수척 여인이 천하제일이라는 소문이 개경까지 돌면서 권문세족 자제들이 서로 삭주의 장군이 되길 원했다. 양수척 여인을 첩으로 삼고 으스대기 위해서였다.

이의민이 집권할 때 이지영도 아버지를 졸라 삭주로 내려갔다. 그는 국경을 지키는 대신 양수척 여인들만 만나고 다녔다.

자운선을 보고는 이성을 잃었다. 주위에 알아보니 자운선은 이미 유명했다. 인근 수령들은 물론 개경 귀족들까지 손을 뻗치려 야단이었다. 그중에 최충헌도 있었다.

다급해진 이지영이 자운선의 환심을 사려 했지만 실패했다. 자운선이 같은 양수척인 김판술金判述과 이미 정분이 나 있었던 것이다. 그와 처음 정조를 나눴고, 더불어 산천을 주유하며 살기로 맹세까지 했다.

이지영이 아무리 고려의 실력자라지만 자운선의 마음을 돌려놓을 수 없었다. 애가 탄 이지영이 양수척 족장을 족쳤다.

"자운선이 내 말을 듣지 않으면 양수척을 모두 죽여버리겠다!"

협박하는 한편 거금을 주었다. 그 후 족장이 자운선과 판술을 불렀다.

"백제가 망할 때 우리 양수척 운명은 정해졌다. 판술이는 운선이를 포기해라. 운선아, 너도 잘 들거라. 네가 이지영을 거부하면 우린 모두 끝이다. 다른 도리가 없으니 그를 따라가거라."

"저는 이미 판술이와 죽는 것도 함께하기로 약속했습니다. 둘이 멀고 먼 탐라제주도로 내려가 살겠습니다."

판술도 그렇게 하겠다며 애원했지만 족장은 매몰찼다.

"자기 분수도 모르는 것들이로구나. 두 연놈을 돼지우리에 처넣어라. 자운선, 네년이 이지영에게 가지 않는다면 판술이는 물론 네 어미까지 죽이겠다."

두 사람은 그 자리에서 칡넝쿨에 묶여 돼지우리에 갇혔다. 판술이 혼자 푸념했다.

"세상은 왜 이럴까? 왜 가만있는 우리를 놓아두지 않는 거야. 내가 죽어야 양수척이 산다면 그리해야겠지."

깜짝 놀란 자운선이 달랬다.

"죽을 만한 일에 죽어야지 그딴 일로 왜 죽어? 하늘이 무너져도 솟아날 구멍이 있어. 인생 아무것도 아니야. 압록강 물처럼 흘러가고 말아. 양수척부터 살려놓자. 내게 다 맡겨. 결코 너와 나의 인연은 끊기지 않을 테니까."

다음 날 자운선이 이지영에게로 갔다.

흥이 난 이지영이 온갖 정성을 들여도 자운선은 얼음장이었다. 이지영이 궁리한 끝에 비책을 냈다.

"운선아. 양수척도 엄연히 고려인인데 공물을 부과해야겠다. 그 징세권을 너한테 줄게."

처음에 자운선은 동족을 괴롭히는 일이라며 거절했다. 하지만 며칠 고민하더니 받아들였다. 판술과 헤어지게 만든 족장에게 반감도 컸지만 다른 속셈도 있었다.

징세권을 쥔 자운선은 양수척 명단을 작성하고, 호랑이·곰·사슴 등의 가죽, 화전의 곡물, 버들고리 같은 생산품을 일일이 파악했다. 그런 다음 공물 수거 책임자로 판술을 임명했다. 이로써 자운선은 판술과 어엿이 만날 수 있게 되었다. 둘의 깊은 관계까지는 몰랐던 이지영이 밝아진 자운선을 보고 흡족해했다.

드디어 이지영이 자운선을 데리고 팔관회 행사에 맞춰 개경에 갔다. 과시하러 간 것이다.

고려는 불심으로 민심을 다독이는 나라였다. 왕건 때부터 그랬다. 개국 후 개경에 10찰왕륜사·사나사·천선원·신흥사·문수사·원통사·내제석원·자운사·지장사·법왕사이 들어섰고, 이후에도 수백 개의 크고 작은 절들이 생겼다. 그중 내제석원만 궐 안에 있었다.

수많은 불교 행사 중 황실이 주관하는 것은 봄 연등회, 가을 팔관회였다. 연등회는 4월 초파일에 봉은사에서, 팔관회는 11월경 주로 법왕사에서 열렸다. 봉은사에 태조 왕건의 영정이 있었고, 법왕사는 황실과 가장 가까운 동북쪽에 위치했다.

팔관회 날이었다. 황제 옆에 이의민이 앉고, 이의민 옆은 이지영과 자운선이었다. 세 사람에게 이목이 쏠리는 것은 당연했다. 그중 양수척 미녀라는 자운선을 보고 좌중이 수군거렸다.

가장 난감했던 사람은 바로 최충헌. 그가 자운선을 원했다는 것쯤은 귀족들도 다 알고 있었다. 그들의 비웃는 눈초리가 따가웠다.

이지영은 그런 상황을 즐겼다. 자운선을 끼고 황제와 나란히 앉아 어깨를 들먹이며 최충헌을 힐끗힐끗 보았다.

'네 이놈, 네놈 명줄이 얼마나 긴지 두고 보자.'

최충헌은 얼굴이 후끈거렸지만 어금니를 꽉 물고 있을 수밖에 없었다.

그런데 팔관회가 끝나기도 전 이지영이 황제보다 먼저 일어섰다. 모두 여기 보라는 듯, 특히 최충헌을 더 뚫어지게 바라보며 자운선의 손을 잡고 마차에 올라탔다. 이의민은 그런 무례한 아들을 자랑스러워했다. 팔관회가 형식에 지나지 않는 것처럼 황제도 이름뿐이었다.

원래 고려 불교는 의례 중심이었지만, 무신 집권 후 선종禪宗이 득세하면서 껍데기만 남았다. 그렇다 보니 국가적 변고도 연등회나 팔관회 때 자주 일어났다. 이날 팔관회에서도 이지영이 최충헌에게 망신을 톡톡히 준 것이 훗날의 큰 화근이 되었다.

고려 불교의 양대 산맥은 교종敎宗과 선종이다. 선종은 경전보다 '아미타불' 암송을 중시했다. 이런 선종으로 신라 하대에 도탄에 빠진 민중이 몰려들었다. 교종은 고려 창건 이후, 특히 4대 광종光宗 때부터 번창했다. 광종이 교종 중심으로 불교를 통일하고자 했던 것이다. 이때부터 교종이 선종을 압도하며 왕권 강화에 기여했다.

그 후 11대 문종文宗의 아들 의천義天이 대각국사가 되면서 교종이 더 강해졌다.

"선종은 말뿐인 설선說禪만 강조한다. 교종의 익히는 습선習禪으로 돌아가야만 한다."

의천은 당나라 혜능慧能 이후의 선불교를 말뿐이라며 강력하게 비판했다. 경전을 토대로 한 습선을 주장한 것이다. 그러면서 송나라 화엄종 승려 정원淨源의 교훈을 언급했다.

"불경만 파고들어 인과因果를 분별하더라도 성덕性德에 이를 수 없고, 관觀만 익히면 성덕을 깨닫더라도 인과를 분별하지 못한다."

이는 경전과 교리를 바탕으로 수행하라는 뜻이다.

그처럼 황제의 아들 의천이 교종을 중시하자 문신들과 정치 승려들이 이해관계로 얽혀들기 시작했다. 그러다가 1170년 무신 정변이 터지며 문신 세력과 함께 교종도 치명상을 입었다. 사실 무신의 기질은 교종보다는 단순한 선종과 맞았다.

그 후 4년간 권력에서 소외된 교종의 승려 2천 명이 기어이 난을 일으켰다. 그들은 숭인문에 불을 지르고 이의방李義方을 죽이겠다며 몰려다녔다. 그러나 이의방의 반격으로 몰살당하고 말았다.

교종은 이의방 시대(1170–1174)는 물론 정중부 시대(1175–1179), 경대승 시대(1179–1183), 이의민 시대(1183–1196)까지 숨죽여 지내야 했다.

이지영이 팔관회에서 최충헌을 희롱하고 5년이 지난 1196년, 무신 권력층에서 대충돌이 일어났다. 발단은 사소했다. 이지영이 최충수崔忠粹의 집 비둘기를 강탈한 것이다.

최충수가 형 최충헌에게 하소연했고, 이때 자운선 때문에 앙금이 남아 있던 최충헌이 이의민 제거를 결심했다.

당시 천민 출신 이의민이 집권 12년간 하급 무사 위주로 중용하는 바람에 고위 가문 출신의 무장들이 소외당하고 있었다. 최충헌이 이들을 은밀히 규합하기 시작했다. 그 와중에 이의민이 명종明宗의 보제사普濟寺 행차를 앞두고 종적을 감추었다. 그런 일이 수시로 있었다. 쉬고 싶으면 황제의 행차도 무시해버렸다.

어디로 갔을까? 경상도 의령의 미타산彌陀山으로 잠행했다. 그런 데에는 배경이 있다.

이의민은 경주 천민 출신이었다. 아버지 선善은 소금 장수였고 어머니는 옥령사 여종이었다. 그런데도 이의민은 천하장사여서 무관으로 특채되었다. 그 후 의종毅宗도 이의민을 가상히 여겨 파격적으로 승진시켜주었다.

하지만 당시 무신은 문신에게 눌려 지내던 시기였다. 의종과 유흥을 즐기던 문신들이 수시로 무신들을 능멸하곤 했다.

한번은 내시 김돈중金敦中이 정중부의 수염을 불태우더니, 새파란 문신 한뢰韓賴까지 연로한 대장군 이소응李紹膺의 뺨을 때렸다. 결국 무인들의 억눌렸던 감정이 폭발해 무신 정변이 일어났다.

의종은 폐위되어 거제도로 유배 가야 했다. 그런 의종을 문신 김보당金甫當이 경주로 빼내 복위를 외치며 거병했다. 경주에 연고가 있던 이의민이 달려가 의종의 등뼈를 꺾어 곤원사 연못에 던졌다.

이로써 반란 세력이 와해되고 무신의 장기 집권 기반이 마련

되었다. 이의민은 그 공을 바탕으로 10년 뒤에 권력을 잡았다.

이의민은 집권하는 동안 경주에 있던 자신의 삼족_{부족·모족·처}족을 거대 세력으로 키웠다. 마침 십팔자위왕설十八子爲王說이 퍼졌다. 왕씨 고려가 이씨의 나라로 바뀐다는 것이었다.

이의민은 내색하지 않았지만 황위 찬탈을 꿈꾸기 시작했다. 바로 그때부터 미타산에 있는 유학사를 찾더니, 어느 날 절에서 가까운 미타산성 근처에 별장을 지었다. 그곳에 수시로 잠행해 경주의 친인척 중 어른 서넛을 유학사로 불렀다. 십팔자위왕설 여론을 떠보기 위해서였다.

최충헌은 이 별장을 진즉 파악하고 있었다. 그래서 이의민이 잠행하자 곧바로 아우 최충수와 조카 박진재朴晉材, 노석숭盧碩崇을 데리고 쫓아갔다.

미타산에 가까이 다가갈수록 복사나무가 많았다. 나른해지기 좋은 날씨였다. 바람이 조금만 불어도 복사꽃이 우수수 날렸다. 미타산 초입 바위 위에 길고양이가 졸고 복사꽃이 날리는 것 외에는 세상이 너무나 적막했다.

고요가 불안을 불러왔을까. 노석숭이 걱정했다.

"너무 조용합니다. 혹시 이의민의 군졸이 있을지 모릅니다."

"그럴 리 없다. 본래 세심하지 못한 데다 은둔할 때마다 측근 둘만 데리고 간다. 별장에도 시중드는 두 노비만 있을 것이다."

용의주도한 최충헌이 다 파악해두었던 것이다.

4월의 숲은 한여름 정도는 아니어도 제법 우거졌다. 하마한 일행은 말에 입마개를 채우고 늙은 소나무에 고삐를 매었다.

지난 며칠간 내린 비로 계곡의 물살이 거셌다.

이의민의 별장은 누구의 손도 타지 않은 숲 가운데 있었다. 아무리 햇볕이 내리쬐어도 그늘 아닌 곳이 없었다. 별장은 그 위치를 잘 아는 사람 외에는 찾기가 힘들었다. 그리고 그곳에 서면 의령, 합천, 창녕이 다 내려다보였다. 천혜의 요지에 있었던 것이다.

최충헌이 별장 정문 앞 좌측에 숨고, 최충수와 노석숭과 박진재는 우측 나무 위로 올라갔다. 한참 후 별장 문이 열리더니 이의민이 너털웃음을 터트리며 나타났다.

"오늘 황제가 보제사에 가는 날이야. 지눌知訥이 설법하는데, 앉아 있으려면 따분해서 못 견뎌. 이런 날이면 먹고 마시는 게 최고 아니더냐."

이의민의 목소리가 계곡 물소리보다 더 크게 메아리쳤다. 그를 따라 돌계단을 내려오는 두 사람도 박수를 치며 좋아했다.

모두는 빈손이었다. 그 뒤를 따르는 두 노비만 음식 보따리를 들었다. 근처 계곡에 놀러 가는 모양이었다.

최충헌의 신호로 최충수가 나무에서 뛰어내리며 가격했으나 이의민은 싸움의 달인답게 피했다. 이의민을 따르는 두 사람은 노석숭과 박진재가 제거했다.

이의민 앞에 최충헌이 모습을 드러냈다.

"네 이놈 최충헌, 네놈이 어찌 감히 내게…."

"이 바닥에 감히가 어디 있더냐. 천민이 권력을 잡더니 뵈는 게 없나. 감히란 말은 네 주둥이에서 나올 게 아니니라."

두 사람이 맞붙었다.

최충헌도 무예가 출중했지만 이의민이 그보다 위였다. 최충헌의 칼을 피하며 손과 발로 틈틈이 공격했다. 최충수, 박진재, 노석숭이 가세하면서 수세에 몰린 이의민이 타협안을 내놓았다.

"최 장군, 원하는 게 뭔가? 듣자 하니 내 아들놈이 자운선을 가로챘다던데, 그 때문인가?"

자운선의 이름을 듣는 순간 최충헌의 분노가 폭발했다.

"뭣이? 이놈이 나를 어찌 보고…!"

천하의 이의민도 네 사람의 칼날은 당해내지 못했다. 그는 무참히 난도당했다. 최충헌은 그의 몸에서 솟구치는 더운 피를 피하지 않았다. 숲속 풀벌레 소리는 여전히 요란했다.

개경으로 돌아온 최충헌은 이의민의 측근들을 숙청하기 시작했다. 이의민의 세 아들 중 이지순과 이지광이 맞서 싸웠으나 최충헌의 적수가 되지 못했다. 이지영은 변고가 일어난 줄 모른 채 해주에서 자운선과 주연을 즐기고 있었다.

최충헌의 부하 장군 한휴韓休가 연회장에 뛰어들어 이지영의 목을 날렸고, 새파랗게 질린 자운선을 최충헌의 가노 김윤성金

允成이 데리고 나갔다.

이지영이 죽고 난 뒤 자운선은 딱히 갈 데가 없었다. 양수척에 돌아갈 수도 없어 김윤성을 따라 최충헌에게 가야 했다.

자운선을 본 최충헌은 오랜 한을 푼 것처럼 벙글벙글했다. 하지만 자운선은 냉랭했다. 아무리 정을 주려 해도 받아주지 않았다. 그제야 최충헌이 눈치채고 양수척 공물 징수를 맡겼더니 자운선이 누그러졌다. 자운선은 공물 징수를 핑계로 다시 판술을 만날 수 있게 되었다.

급기야 둘 사이에 아이까지 생겼다. 배가 불러올 때쯤 자운선은 양수척의 공물이 줄어들었다며 실태 파악 명목으로 판술이 있는 압록강 변으로 갔다. 이미 자운선의 사생활을 알고도 눈감아주던 김윤성이 따라갔다. 거기서 김통정이 태어났다. 김윤성은 귀경길에 김통정을 함흥의 목자간牧子干에게 맡겼다.

김윤성 집안사람들은 함흥에서 우마를 기르는 천민이었다. 이의민이 명마를 구하러 그곳에 들렀다가 말을 잘 다루는 김윤성을 보고 가노로 데려갔던 것이다. 그 후 개경 귀족들이 사나운 말을 길들일 때면 김윤성을 불렀다. 최충헌과는 그렇게 연결되었다.

자운선은 자신을 감싸준 김윤성에게 보답했다. 최충헌에게 김윤성의 충심을 칭찬했고, 그 덕에 최충헌이 김윤성을 신뢰하며 가노 이상의 대우를 해주었다.

최충헌 천하에 던진 희종의 승부수

고려의 최고 권력자가 된 최충헌은 이의민과 달리 명문 출신 무인을 중용하며 이규보 같은 문인들도 예우했다. 교종 승려들도 편한 세상이 왔다고 좋아했지만, 현실은 정반대로 흘러갔다. 최충헌은 문인을 가까이하되 문벌과 깊이 연결된 교종을 내쳤다. 두 집단의 관계를 끊어 내야 무인 세력이 안전하다고 본 것이다.

최충헌은 처음에 불교 전체를 억압하려 했다. 그러다가 고려인의 불심이 워낙 깊은 것을 깨닫고 선종의 손만 잡았다. 경전을 중시하는 교종보다 불립문자不立文字를 강조하는 선종이 다루기 편했던 것이다. 그래서 1196년 5월 이의민 일당을 제거한 직후 명종에게 교종을 겨냥한 봉사십조封事十條를 올렸다.

"산에 있어야 할 승려들이 폐하의 침실까지 드나듭니다. 여기 미혹된 폐하께서 절간 일을 챙겨주시니, 승려들이 탁발 수행은 하지 않고 백성들에게 이자 놀이나 하고 있습니다. 궁에 승려 출입을 불허해주십시오."

왕실과 교종의 관계를 끊으라는 것이었다.

이전 무신 정권은 선종을 좋아하면서 교종도 저항하지만 않으면 그대로 두었다. 최충헌은 달랐다. 교종과 확실히 담을 쌓았고, 그만큼 선종을 더 가까이했다. 그는 1205년 보조국사 지눌을 도와 송광사를 수선사로 개창해주었다. 지눌이 입적한 뒤 최충헌은 혜심惠諶이 수선사의 2대 주지가 되도록 했다.

정국이 철저히 선종 위주로 흐르니 교종도 방관만 하고 있을 수 없었다. 교종의 중심 사찰 법왕사에서 모종의 움직임이 일었다.

1211년, 팔관회를 이틀 앞둔 11월 12일 초저녁. 사흘 전부터 황제의 호위 무사들이 법왕사 일주문 앞에서 사람들의 출입을 통제하고 있었고, 온종일 행사 준비에 바빴던 승려들도 잠이 들었다.

그날따라 보름달이 훤했다. 서늘한 달빛이 처마 끝에 미끄러지는데, 멀리 개 짖는 소리가 기괴한 적막감을 더했다.

모두가 잠든 법왕사 경내에 유독 한 곳에만 호롱불이 켜져 있었다. 바로 주승의 방. 주승, 그 주승과 허물없는 참정 우승경于承慶, 추밀 사홍적史弘績, 내시낭중 왕준명王濬明이 마주 앉아 있었다.

왕준명이 주승을 보고 조심스럽게 입을 열었다.

"팔관회가 이틀 앞으로 다가왔구려."

"이번 행사가 마지막이 될 것 같습니다."

"왜 그리 생각하십니까?"

"교종은 황실과 문벌 귀족의 기반이었지만, 이제 최충헌이 나를 눈엣가시처럼 여기는데 가만두겠소?"

최충헌이 드러내놓고 선종을 비호하는 바람에 교종 승려들의 최충헌에 대한 반감이 극에 달해 있었다. 최충헌은 어깃장 놓는 성격이라 그럴수록 교종을 더 무시했다.

특히 교종의 거두인 법왕사 주승은 주요 경계 대상이었다. 이 때문에 법왕사 주승이 곧 선종 승려로 교체된다는 소문까지 퍼졌다. 주승은 바로 그 말을 하고 있었다.

"최충헌 그놈이 기어이 유서 깊은 이곳까지 손대려 하는구면."

우승경이 기막혀 하는데, 주승 앞으로 왕준명이 바짝 다가앉으며 말했다.

"이대로 당할 순 없잖습니까? 팔관회 전후로 폐하께서는 수창궁에 머무실 겁니다. 그때가…."

그러다 입을 다물었다. 말하려는 자와 듣고 있던 자들 모두 무슨 뜻인지 알았다. 침묵이 길게 이어졌다. 생사가 달린 문제였기 때문이다.

강추위에도 살아남은 파리가 방구석 거미줄에 걸려 버둥거렸다. 그것을 쳐다보는 주승의 미간에 식은땀이 맺혔다.

"어디 인간만이 중생이더냐. 미물도 돌고 돌면 중생인 거지. 어떤 중생이 사바세계를 이토록 아수라장으로 만들더냐. 사람뿐이지, 사람뿐. 어찌할꼬, 그 업보를!"

주승이 나락만큼이나 깊은 상념에 잠겼다. 염주알만 굴리는 주승을 보며 왕준명은 두려움에 떨던 희종熙宗을 생각했다.

어제 대낮, 최충헌이 희종을 찾아왔다. 인사 담당자인 정색 승선과 함께.

"최 공, 또 무엇이오?"

희종이 순간적으로 미간을 찌그렸다가 억지로 폈다. 늘 그랬다. 최충헌을 대할 때면 마지못해 웃음을 지어야 했다.

"여기 내시부 인사안입니다."

그날따라 희종은 유달리 짜증을 부렸다. 평소 잘 참는 그였다. 특히 최충헌에게 결코 화를 낸 적이 없었다.

"뭐라? 내시부 인사까지…. 대감 댁에서 문무관 임명식까지 치르고 있지 않소? 이깟 내시들 인사쯤이야 뭐 대수겠소. 시중이 다 알아서 하지 뭐 하러 가지고 오셨소?"

조정의 인사권은 최충헌이 쥐고 있었고, 희종은 결재만 했다. 최충헌 사저의 교정도감에서 인사 기본 골격을 만들었다. 이미 최충헌의 뜻에 따라 주요 관료와 5도서해도·교주도·양광도·경상도·전라도 안찰사, 양계북계·동계 병마사까지 교체했다.

딱 한 가지, 내시부 인사만 희종이 주관했다. 이마저 최충헌이 빼앗아 자기 끄나풀들로 채우려는 것이었다. 희종도 더는 참기 어려워 인사안을 보지도 않고 홱 던져버렸다.

최충헌의 얼굴이 벌게졌다.

"내 덕에 황제 소리 듣는 놈이 감히 나에게 덤비다니."

이 말이 나오려는 것을 억지로 참고 희종을 한참 째려보았다. 희종은 고개를 돌렸고, 왕준명이 인사안을 주섬주섬 모았다.

벌떡 일어선 최충헌이 왕준명에게서 인사안을 낚아채 돌아섰다. 편전의 문을 열어주는 내시를 밀쳐내고 문턱에 한참 서 있다가 큰기침하며 나가버렸다.

무례도 이런 무례가 없었다. 최충헌은 평소 평상복 차림으로 궁중에 들락거리기는 했지만 그날 그 정도는 아니었다. 희종을 꼭두각시로 여기면서도 백성 정서를 고려해 기본 예의는 지켰다. 하지만 그날은 희종을 종놈 대하듯 했다. 이로 보아 희종도 폐위당할 게 분명했다.

고려 내시는 고자가 아니었다. 문신의 자식들로서 황명의 초안을 작성하며 늘 황제와 동행했다. 그만큼 출세가 빨라 개경 부자들은 자신의 자식을 내시로 넣기 위해 황실 비용까지 대주었다. 그렇게 내시가 된 뒤에 황제의 유흥비를 대느라 빚을 지는 경우도 있었다. 어떤 내시는 그 빚을 갚지 못해 황실로 빚쟁이들이 몰려와 곤욕을 치렀다.

무신 정변 이후에는 무인들까지도 자식을 내시로 넣으려 했다. 이에 최충헌이 측근 무인들의 아들로 내시부를 다시 꾸리려 했던 것이다.

그리되면? 희종은 내시들 눈치까지 봐야 한다. 그러잖아도 벌써 내시 가운데 최충헌의 끄나풀이 많았다. 희종이 편히 대하는 내시라고는 내시낭중 왕준명 등 몇 명에 불과했다.

최충헌이 욱해서 궁궐 밖으로 뛰쳐나간 다음, 불안에 싸인 희종이 뒷짐을 쥔 채 서성였다. 그전에도 최충헌을 만나고 나면 늘 모멸감에 시달렸다. 하지만 그날은 달랐다. 뒤탈이 두려웠다. 희종은 혼자 서성이다가 급기야 괴성까지 지르더니 용상의 비단 장막을 갈기갈기 찢어놓았다.

무인 집권자들은 황제를 대하는 데 한 가지 공통점이 있었다. 황제가 명실상부하게 권한을 행사하려 들면 무조건 갈아치웠다. 오직 의전만 치르라는 것이었다. 그중에서도 최충헌이 황제를 가장 쉽게 교체했다. 이의민을 제거한 지 겨우 1년 만인 1197년, 황제를 명종明宗에서 그의 동생 신종神宗으로 바꿨다. 희종을 갈아치우는 정도야 식은 죽 먹기보다 더 쉬운 일이었다. 그런 최충헌 앞에 희종이 속내를 드러내고 말았으니….

희종의 아버지 신종도 최충헌에 눌려 지내야 했고, 희종도 당연히 그래야 할 처지였다. 그러나 희종은 대를 이어 최충헌의 꼭두각시 노릇 하는 것을 못 견뎌 했다. 그럴 때마다 왕준명이 다독였다. 그래서 참고 참았는데, 최충헌이 내시부 인사안까지 내밀자 기어이 폭발하고 만 것이다.

뒷감당 못 할 화를 낸 후 서성이기만 하던 희종이 제풀에 지쳐 주저앉았다. 편전 밖에서 내시들이 귀를 세우고 있어 왕준명이 희종 옆에 다가갔다.

"폐하. 이럴수록 평정을 찾으셔야 합니다. 최 대감 사람들이 보고 듣습니다."

"그렇지. 충헌이 놈 눈과 귀가 사방에 가득하지."

"황공하나이다."

"네 황공함이 충정에서 나온 것이렷다. 그렇다면 황공하지 않도록 하거라."

이 무슨 분부인가? 황상의 근심거리를 제거하라는 어명이 아닌가.

"신명을 바치겠나이다. 믿어주소서."

왕준명의 목소리가 가늘게 떨렸다.

희종의 의중을 가슴에 품고 수창궁 뜰을 가로질러 나가던 왕준명은 사홍적과 마주쳤다. 사홍적이 황급한 표정으로 물었다.

"마침 자넬 찾아가는 길일세. 어딜 가는가?"

"무슨 일 있는가?"

"방금 광화문 상서성에 최 대감이 들렀네. 내시부 인사안을 돌멩이처럼 내치더니 더러워서 못 해 먹겠다며 화를 내고 나갔네. 폐하와 무슨 일이 있었지?"

왕준명에게 자초지종을 들은 사홍적의 표정이 어두워졌다.

"폐하의 운명이 촌각을 다투는구나. 어서 동지들을 규합하세
나."

그들은 죽마고우였다. 사홍적은 왕준명의 천거로 벼슬길에
올랐다. 무신 집권을 끝내야 한다는 입장도 같았다.

사홍적이 주위를 살피며 짧게 물었다.

"우승경은 어떤가?"

"그 사람이야 믿을 만하지."

마침 왕준명도 우승경을 떠올리던 참이었다.

"좋았어."

두 사람 얼굴에 잠시 희색이 돌았다. 군의 실력자 우승경만
함께해준다면 최충헌을 제거할 수 있다고 본 것이다. 그럴 만한
사연이 있었다.

우승경은 최충헌이 이의민을 제거할 당시 공을 세워 신종의
비서 격인 승선에 임명되었다. 그러나 다음 해 1197년 2월 초에
일어난 대궐 훼손 사건으로 최충헌과 멀어졌다.

칠흑 같은 밤에 누군가 대궐 담을 넘어, 하필 서쪽 기둥에만
구멍을 수십 개 뚫어놓았다. 대궐이 발칵 뒤집혔지만 범인을 잡
지 못했다. 하지만 최충헌의 막료들이 이 사건을 정치 쟁점화시
켰다.

"문인이 무인을 저주하려 꾸민 일이다."

당시 문인을 동반, 무인을 서반이라 했는데, 이를 이용한 것이었다.

누구나 이 사건이 이의민 정권을 도운 문신을 제거하려는 최충헌의 자작극이라고 보았으나 증거가 없었다. 문인들은 무인들이 대놓고 비난해도 대꾸하지 못한 채 궁지에 몰렸다.

그런데 하필 무인 우승경이 문인들을 편들고 나섰다.

"이번 일은 어떤 간교한 놈이 이간질하려 꾸민 것이지 결코 문신들이 하지 않았다."

이로써 사태는 진정되었다. 하지만 최충헌의 심사가 뒤틀어졌다.

그런 일이 있은 뒤로 우승경은 최충헌 세력에 겉돌기 시작했다. 완전 왕따였다. 그래도 처신을 잘해 참지정사에 오르기는 했지만, 그전까지 통역관 시험 감독 등 한직을 떠돌아야 했다.

거기서 끝나지 않았다.

1210년 3월에 한 장의 투서가 최충헌의 집에 날아들었다. 우승경이 직장동정 원서元誧와 최충헌 암살을 공모하고 있다는 것이었다. 조사 결과 무고로 밝혀졌지만, 우승경은 모진 고문을 받아야 했다.

유달리 희종 때 최충헌 암살 밀고가 많았는데, 거의 실체가 없었다. 노회한 최충헌이 정적 제거용으로 이용했기 때문이다.

우승경은 무고로 풀려나 복직했으나 이미 골병이 든 상태였다. 그런 우승경을 왕준명이 사적으로 만나면 최충헌의 의심을 살 수 있었다. 왕준명은 퇴궐 시간에 맞춰 우승경을 자연스럽게 만나려고 기회를 엿보았다.

어느 날 우승경이 홀로 퇴근했다. 그는 무척 지쳐 보였다. 최충헌 세력의 무시를 견뎌내느라 몸도 마음도 힘들었던 모양이었다. 왕준명도 재빨리 내전을 나서 우승경 뒤에 따라붙었다. 최충헌과 희종 사이에 벌어졌던 일과 희종의 뜻을 전달했다. 순간, 우승경의 얼굴이 새파래졌다. 왕준명은 아차 싶었다.

무신 정치를 끝내려는 자기 입장과 무신 우승경의 입장이 서로 다를 수 있었다. 비록 홀대한다 해도 최충헌이 무너지면 문인들에게 더 멸시당할 수 있는 우승경이 아닌가. 만약 우승경이 이 건으로 최충헌의 신임을 회복하려고 한다면 큰일이었다.

"나를 믿소?"

잠시 멈춰 서서 자신을 바라보는 우승경이 그리 묻는 것만 같았다.

"왕 낭중, 나도 날로 수척해지는 폐하를 뵐 때마다 이대로는 안 된다고 생각했소. 주변에 보는 사람이 많으니 오늘은 이만합시다. 내일 팔관회 준비가 잘되는지 볼 겸 법왕사에 들러야 하니, 저녁에 주승 방에서 만납시다."

그제야 왕준명이 안도했다. 궁궐 지붕 기와 색만큼 사방이

어두워졌다. 그래도 왕준명이 주위를 살폈다.

"고맙습니다, 우 장군. 최충헌이 폐하를 내칠 것 같으니 먼저 손쓰지 않으면 안 됩니다. 고려의 사직이 장군께 달려 있습니다."

"여하튼 이런 일일수록 전광석화처럼 해치워야 합니다. 내일 바로 결정합시다."

우승경의 화통한 대답에 왕준명이 탄성을 지를 뻔했다. 우승경이 손가락을 입에 대며 주의를 주었다.

"궁궐에는 최충헌의 수족이 많으니 다른 곳에서 처단해야 합니다."

그렇다. 황궁은 담벼락만 빼고 최충헌의 눈과 귀로 번득였다.

"그렇다고 저잣거리에서도 쉽지 않은데…?"

우승경이 혼잣말처럼 되물었다. 최충헌의 경호는 황제보다 삼엄해 저잣거리에서의 저격이란 애초에 불가능했다.

"천행으로 요즘 들어 폐하께서 부쩍 이궁으로 행차하십니다. 이궁을 최충헌의 무덤으로 삼을 만합니다."

궁궐 사정을 깊이 아는 왕준명만이 할 수 있는 말이었다.

"그리합시다."

우승경은 그 말 한마디 남기고 궐문 밖으로 총총 사라졌다.

고려 황실 본궐은 송악산 자락에 있지만, 이궁들은 도처에 흩어져 있어 아무래도 최충헌의 촉수가 덜 미쳤다. 희종은 그중 개경 중심부인 십자로 근처 수창궁을 가장 애용했다.

이 궁의 수비대장이 바로 최충헌에게 미운털이 박힌 우승경의 심복 왕익王翊 장군이었다. 본궐 경비대장이었다가 우승경 사람으로 찍혀 한직으로 밀려났다. 따라서 수창궁이야말로 최충헌을 제거하기에 최적의 장소였다.

문제는 병력을 어떻게 동원하느냐였다. 최충헌이 환갑을 넘겼다고는 하지만 완력과 무예는 그 누구도 당해내지 못했다. 특급 무사로만 10여 명 이상은 필요했다. 우승경이나 왕익이 무사를 동원하기도 어려웠다. 결국 법왕사 주승뿐이었다. 그래서 세 사람이 주승을 찾아가 생사를 걸자고 권하는 것이었다.

염주알만 굴리던 주지가 입을 열었다.

"좋은 새는 나무를 가려 깃든다고 했지만, 현명한 불자는 죽을 자리를 골라 인생을 마치는 법이오. 소승도 오래전부터 최충헌을 황천길로 보내길 원했소. 잘되나 못되나 공덕을 쌓는 일입니다. 설령 그릇되어도 내가 선택한 죽음의 자리이니 여한이 있겠소?"

결국 주승이 동참하기로 했다.

왕준명이 부탁했다.

"최충헌을 잡을 무사를 준비해주십시오. 적어도 10명 이상은 되어야 합니다."

"염려 마십시오. 우리 절만 해도 무술에 능한 중이 많습니다."

이제 남은 일은 희종이 수창궁에 머물 때 최충헌을 어떻게 그곳으로 오게 하느냐였다. 만일 희종이 부르면 의심하고 오지 않을 수 있다. 스스로 오게 해야 한다.

지금껏 그래왔다. 최충헌은 희종이 일정을 알리지 않아도 동선을 파악하고 내키는 대로 찾아왔다. 마치 희종의 일거수일투족이 자기 손안에 있다는 식이었다. 특히 나라 행사의 전과 후, 어인御印이 필요할 때 반드시 찾았다.

다행히 내시부 인사안에 어인이 찍히지 않아 최충헌이 다시 희종을 찾아야 했다. 희종은 그때까지 수창궁에 머물면 되었다.

최충헌 제거 모의를 끝낸 세 사람은 문밖 인기척을 살피며 한 명씩 어둠 속으로 사라졌다. 마지막으로 주승도 대웅전에 가서 부처 앞에 가부좌를 틀었다.

"당신은 교종의 부첩니까? 선종의 부첩니까?"

대답이 있을 리 없다. 다시 물었다.

"그러면 황실의 부처인가? 최씨의 부처인가?"

그때 주승의 가슴 깊은 곳에서 이런 소리가 메아리쳤다.

"자기 좋을 대로 부처를 팔아먹을 뿐이지."

남산러의 자운선, 활동의 송씨

다음 날 오후 느지막이 최충헌이 평상복 차림으로 팔관회 예행을 보러 갔다.

황궁의 정남문인 승평문에 세 개의 문이 있다. 중앙문은 황제와 외국 사신을 위한 것인데 최충헌도 이용했다. 승평문을 지나면 바로 긴 담으로 둘러싸인 구정毬庭이 나온다.

팔관회 준비로 진즉부터 나와 있던 악공과 문무백관이 최충헌을 보고 황제에 준하는 예를 갖추었다.

그해 팔관회 예행은 얼마 전 입적한 혜공慧空 승려의 다비식으로 마무리했다. 본행사 전에 업을 소멸시킨다는 의미였다. 목탁 소리, 법문 소리에 장작이 타며 유골이 튀는 소리가 신비로웠다.

최충헌은 그런 분위기를 가장 싫어했다. 시체를 놓아둘 수 없으니 화장하는 것은 좋으나 천도薦度까지 할 필요는 없다고 여겼다. 생명체가 죽으면 자연으로 회귀하는 것이 정해진 이치인데, 사람만 유별나게 피안으로 가는 듯 치르는 의식이 못마땅했다. 다비식을 둘러보던 최충헌은 허탈한 웃음을 지으며 구정을 떠났다.

광화문을 나온 최충헌의 가마는 십자가十字街 근처 활동闊洞 자택으로 향했다. 광화문 동쪽 관청 거리를 지나 남쪽 길을 지나야 십자가에 도달한다. 그 남쪽 길이 최고의 번화가인 남대가南大街였다. 양옆으로 늘어선 점포에 양식거리와 땔나무는 물론 가위·칼·괭이·못·열쇠 같은 철물, 고급 견직물, 중저가 면직물, 청동 거울, 미안수美顔水·연지·분 같은 화장품 등 없는 것이 없었다.

그리고 십자가에 다다르면 말, 돼지, 기름, 종이 등을 파는 점포가 즐비했다. 최충헌의 저택이 바로 그 근처에 있었다. 남산리에 저택이 있는데도 1210년에 새로 지었다. 민가 백여 채를 허물고 기화요초를 심은 정원에서는 샘물이 솟구쳤다. 진주를 박은 열두 누대를 세우고는 옥청玉淸이라 했다.

저택 북쪽에는 십자각이라는 별당을 따로 지었다. 최충헌은 그곳에서 정치 자금을 들고 찾아오는 십자가와 남대가의 거상들을 만났다. 바로 그 목적으로 활동 자택을 신축한 것이었다.

십자각을 짓고 나서 해괴한 소문이 돌았다. 재앙을 막기 위해 네 귀퉁이에 소년과 소녀를 5명씩 매장했다는 것이었다. 개경의 건달들이 이를 악용했다. 아이들을 유괴하고 금품을 요구했다. 그러자 부모들이 불안해 개경을 떠나는 일까지 벌어졌다.

난감해진 최충헌이 곳곳에 방을 써 붙였다.

'천하에 아이가 제일 소중하거늘 어찌 재앙을 물리친다며 생매장하겠는가. 헛소문을 내는 자나 유괴범은 모두 극형에 처하겠다.'

가까스로 소문이 수그러든 후 송씨를 활동 저택의 택주로 삼았다. 송씨는 상장군 송청宋淸의 딸로서 우瑀와 향珦을 낳았다. 송씨가 떠난 남산리의 집에 자운선이 기거했다.

최충헌은 광화문에서 남대가를 거쳐 십자가까지 뻗어 내린 길을 유난히 좋아했다. 일과가 끝난 후 오공산蜈蚣山 자락의 노을이 길 양옆 점포 뒤로 늘어선 저택의 파란 기와등을 물들일 때면 하늘도 자신의 치세를 치하하는 듯한 착각에 빠졌다.

"대감, 다 왔습니다요."

어느덧 가마가 활동 저택 앞에 멈춰 섰다. 그제야 상념에서 깨어난 최충헌이 좌우를 둘러보더니 김윤성에게 일렀다.

"가자, 남산리로."

"나으리, 잠시 후 송나라 상인과 만나기로 하셨습니다."

"알고 있다. 팔관회 이후로 날짜를 잡거라."

최충헌은 주로 활동에 머물지만, 피를 본 날이나 비위가 상했을 때는 남산리를 찾았다. 오늘 활동으로 온 것은 송나라 상인

때문이었는데, 다비식을 본 후 그조차 부질없게 느껴졌다.

활동 서쪽에 남산리가 있다.

자운선도 안다. 최충헌이 자신을 찾는 날이면 필시 무슨 일이 벌어졌다는 것을. 굳이 묻지는 않았다. 그녀의 삶은 호적에 한 줄 이름 없이 적멸과 직면하는 유랑의 연속이었다. 최충헌에게 와 있기는 했지만, 삶과 죽음이 매일반이라 극락왕생이라는 것도 허무맹랑하게 느껴졌다. 자운선의 바로 그 부분이 최충헌과 통했다.

그날 밤 자운선은 무뢰한처럼 거칠었다. 황촉을 손바람으로 끄더니 최충헌을 밀쳐 눕히고 올라탔다.

"네 이놈. 천하를 농락해봐야 내 배꼽 아래다. 알겠느냐, 이놈아?"

무례하고 앙칼졌으나 맞는 말이었다.

"오냐. 네년이 내 상전이로다."

그녀는 어둠 속에서 표범처럼 최충헌을 물고 할퀴었다. 하루 동안 오만으로 부풀어 올랐던 최충헌은 그제야 본래 모습을 찾는 기분이었다. 우습기는 하지만, 자운선과의 이런 관계도 최충헌이 황제의 자리를 찬탈하지 않았던 이유 중 하나였다.

최충헌이 역겨워하는 것은 극락왕생 말고 또 하나 더 있었다. 바로 옥좌玉座라 부르는 황제 자리였다.

"옥좌, 푸후훗…."

그깟 옥좌에 앉으려고 들면 못할 것도 없었다. 그러나 싱거웠다. 자신에게 조종당하는 황제라는 그 지위가 보잘것없어 보였다.

최충헌은 앉아서 천 리, 서서 구만 리를 본다고 자부하는 것처럼 어떤 일을 할 때 늘 그 결과를 예상했다. 만일 그가 왕씨 고려를 최씨 나라로 만든다면 민심 이반으로 파국을 맞을 것이 분명했다.

'그놈의 씨種子가 무엇이더냐. 왕씨만 하늘이 냈단 말이냐.'

이런 최충헌의 속을 들여다보듯 가노 만적이 "왕후장상에 씨가 있었겠느냐王侯將相寧有種乎"며 반란을 도모했다. 반란은 사전에 발각되어 만적과 그 무리 백여 명이 강물에 수장되기는 했지만, 최충헌은 만적을 대단하게 여겼다. 왕씨만 황족이라는 사람들을 만적보다 못한 축생처럼 보았고, 만적과 같은 생각을 가진 자운선은 특별하게 보았다.

자운선이 천하의 최충헌을 밤새 짓이기더니 어느덧 동이 텄다.

오늘부터 팔관회가 거행된다. 관청은 3일간 휴무에 들어갔고, 상점마다 형형색색의 비단 장식이 나부꼈다.

첫날은 소회일小會日로, 황제가 신하들이 올리는 예를 받은 후 법왕사에 가서 국태민안을 빌었다. 그날도 최충헌은 팔관회에 가지 않고 자운선과 함께 보냈다.

다음 날은 대회일大會日, 외국 사절과 상인들이 황제에게 선물을 바쳤다. 그때까지도 최충헌은 자운선 품에서 하품만 하고 있었다. 이대로 뭉개어도 따질 놈이 없었다. 그러다가 최충헌의 머릿속에 14년 전 자신에게 당한 이의민이 떠올랐다.

'명종의 어가를 호종하지 않고 미타산에 놀러 갔다가 내 손에 죽었지. 나도 그 꼴 날라.'

정신이 퍼뜩 들었다. 그러잖아도 문밖에서 김윤성이 잔기침을 해대고 있었다. 그것은 얼른 일어나라는 뜻으로, 가노라기보다 최측근 같은 행동이었다.

그럴 만도 했다. 김윤성은 이의민의 가노였을 때부터 최충헌에게 포섭되었고, 이의민의 미타산 잠행도 알려주었다. 이의민 사후, 최충수나 여러 장수가 자운선을 탐내는 바람에 최충헌이 체면 차리고 있을 때에도 부하 장군 한휴를 따라가서 자운선을 선수 쳐 데려왔다.

김윤성은 자운선과 판술의 관계도 알면서 눈감아주었다. 자운선이 임신한 후 양수척 공물 파악을 핑계로 압록강 변에 갈 때, 진짜 이유를 알 리 없는 최충헌은 김윤성이 따라가도록 했다.

자운선은 자신의 비밀을 지켜준 김윤성에게 그만큼 보답했다. 최충헌에게 들은 소식 중 김윤성에게 필요한 것은 알려주었고, 최충헌에게도 김윤성의 좋은 면만 전했다. 그래서 김윤성이 최충헌의 가려운 곳을 먼저 긁게 되었다. 이런 공로로 김윤성은 면천을 받았고, 앵계리 집까지 선물로 받았다.

당시 김윤성은 아내가 돌림병으로 죽은 후라 두 아들 김준金

^俊, 김승준金承俊과 살고 있었다. 최충헌이 굳이 김윤성을 앵계리에 살게 한 것은 그 동리에 모여 살던 이규보 등 문신들을 살피게 하기 위해서였다.

최충헌이 겪은 바로, 문신들은 면전에서 기름 바른 혀처럼 굴다가도 돌아서면 온갖 간계를 꾸미는 자들이었다. 김윤성이 앵계리로 간 다음 확실히 문신들의 잡음이 크게 줄었다. 이 또한 자운선의 은밀한 도움이 컸다. 여하튼 김윤성은 최충헌의 기대에 차고 넘쳤다.

김윤성의 잔기침 소리에 정신을 차린 최충헌이 평상복 차림으로 대기하고 있던 가마를 탔다.

최충헌에게 팔관회는 농간이었다

구정의 동과 서에 황룡기가 나부끼고 있었다. 고려가 천자국이라는 뜻이다.

구정 중앙에 날이 흐려질 것을 대비해 윤등輪燈을 우뚝 세웠고, 곳곳에 매단 향등香燈에서 향기가 진동하는 가운데 다방茶房과 찬방饌房에서 음식물의 김이 모락모락 피어났다. 연화대 모양으로 만든 누각 두 곳에서도 공연 준비가 한창이었다.

최충헌을 태운 가마가 구정을 지나 곧바로 대관전으로 향했다. 이미 3천 병사가 꽃무늬를 수놓은 옷을 입고 도열해 있었다.

최충헌이 대관전 뜨락에 내리자 용상에 앉아 있던 희종이 겁먹은 표정으로 일어나려다가 도로 앉았다. 도열한 만조백관이 보기에 민망했던 것이다.

그제야 행사 시작을 알리는 나팔이 길게 울었다. 전례에 따라 희종이 신하들의 하례를 받은 후 의봉루로 들어가 태조의 영전 앞에 절을 올렸다. 이때는 내시 낭중만 따라가게 되어 있었다.

의봉루 안에서 희종은 왕준명이 따라준 술을 올리고 재배하다가 그만 무너지듯 엎드리고 말았다.

"황제 구실도 못 하는 놈이 예가 어디라고 왔느냐? 최충헌에게 예복도 못 입히며 무슨 팔관회냐!"

태조가 그리 꾸짖는 것 같아 다리가 후들거렸던 것이다.

팔관회 잔치는 황제가 의봉루 의례를 마쳐야 시작된다. 희종이 부복한 채 자책하는 가운데 벌써 해가 중천에 이르렀다.

"폐하, 이러고 계시면 최충헌이 의심합니다."

왕준명이 희종을 흔들었다. 아니나 다를까, 의봉루 밖에서 웅성거리는 소리가 들렸다. 희종이 사당 안에서 나오지 않자 최충헌이 수하들을 들여보낼 낌새였다.

그제야 희종이 서둘러 나와 좌정했다. 2성 6부를 대표해 문하시중 최충헌이 술잔을 올리고 희종이 내리는 화주花酒를 받았다.

다음으로 친위군 대장이 황제 앞에서 만세를 부르며 재배하고 마당 서편에 섰다. 다른 신하들도 관직 순서대로 똑같이 조하朝賀한 뒤 도열하는데, 무신은 서쪽 문신은 동쪽에 섰다.

중앙 관리들에 이어 지방 5도와 양계의 관리들, 백희百戱, 놀이꾼, 잡기雜伎, 곡예꾼 순으로 희종에게 조하했다. 백희와 잡기는 절을 마치고 물러가며 묘기를 부렸다. 동시에 풍악이 울리고 귤, 유자, 유밀, 어류과 육류, 차와 술 등이 나오며 잔치가 벌어졌다.

드디어 조례관이 출발 준비가 끝났음을 아뢰자 희종이 법왕사로 행차했다.

3천 위의사威儀師가 황토를 새롭게 깐 길 좌우에 도열하고 어가 앞뒤로 오색기가 펄럭였다. 취라군吹螺軍의 소라 소리, 고취군鼓吹軍의 북소리, 인파의 환호가 어우러졌다.

"만세! 만세! 만만세!"

법왕사 앞, 기다렸던 주승이 희종을 모시고 대웅전으로 갔다.

'황실을 지켜주소서. 최충헌을 죽이게 도와주소서.'

희종이 그렇게 속으로 비는 동안 주승의 목탁 소리가 법당을 채웠다. 이로써 팔관회 개막식은 끝났다.

황궁 앞에 5도 양계 전국 기생들이 법왕사에서 돌아온 희종을 맞이하는데, 영접 가무와 함께 〈정석가鄭石歌〉를 불렀다.

"그리운 임이여, 그 임이 지금 여기 계시도다. 태평성대가 이어지니 즐겁게 놀아봅시다."

희종이 입궁하면 그때부터 구정의 누각에서 연극이 시작된다. 단군 조선과 고구려의 역사극은 물론이고 중국 춘추 시대 이야기도 연출되었다.

행사의 백미는 각 도에서 선발된 미녀 12명이 벌이는 포구락抛毬樂이었다. 장대 끝에 붉은 그물망을 달아놓고 두 편으로 나뉘어 공을 넣는 시합이다. 이기면 상을 받고 진 편 얼굴에 먹칠을 했다. 수염, 지렁이, 짐승 따위를 그려 넣거나 심지어 욕설을 적은 종이를 가슴에 붙이기도 했다. 이날만큼은 황제를 조롱하는 글을 써도 문제 삼지 않았다.

누가 최종 승자가 될까? 낙서를 붙인 채 차례로 무대 위를 지날 때 관중의 갈채를 가장 많이 받은 사람이다. 이날 우승자는 북계에서 온 여인이었다.

'임금아, 충헌아, 불쌍토다. 우리처럼 자유롭지 못하고. 그깟 격식 차린다고 영원히 살지도 못할 인생 아니더냐. 왜들 그렇게 사느냐.'

얼굴이 야수로 분장된 그녀의 가슴에는 이런 낙서가 붙어 있었다.

"맞소!"

"옳소!"

"그렇고말고."

"후련하다."

관중은 손뼉을 치거나 양팔을 쳐들고 환호했다.

팔관회가 열리는 동안 백성들은 자유로웠다. 고려가 과연 신분 사회인지 의문이 들 정도였다. 하지만 딱 그때뿐이었다. 현실은 변하지 않았다. 그렇기에 최충헌은 집권 전부터 팔관회를 농간이라 여겼다.

신라 때부터 수백 년 이어져온 팔관회의 취지는 8계를 지키자는 것이었다. 살생, 도적질, 간음, 거짓말, 음주를 금하는 5계에 사치와 향락, 화려한 평상에 앉는 것, 오후에 식사를 금하는 3계를 더해 8계였다. 그런데 화려한 자리의 황제, 술, 음탕한 연극 등 8계를 범하는 것들뿐이고 그를 덮어주는 염불 소리만 드높았다.

팔관회가 위선적이라며 최충헌이 없애려 한 적이 있었다. 그랬던 그가 권력의 정점에 서자 달라졌다. 팔관회 같은 행사야말로 고려인을 결집시키는 최고 수단으로 보았다.

최충헌도 자라면서 '만사가 부처의 뜻'이라는 말을 수없이 들었지만, 고위 승려들이 권력과 야합하려 안달 난 모습을 보고 집권 초기에 불교를 탄압했다.

그러나 승려들이 최충헌 위주로 설법해주면서 차츰 불교를 정치적으로 이용하기 시작했다. 그의 칼에 죽어간 사람들이 얼마던가. 불가에서 볼 때 그는 야차나 마찬가지여서 살아서든 죽어서든 업보를 받아야 했다. 하지만 권승들은 정반대의 요설로 덮어 성인으로 받들어주었다.

하루는 지눌이 찾아와 다라니경을 읽어주었다.

"먼 옛날, 천자인 선주善住가 삼십삼천 선법당善法堂에서 선녀들의 음악을 들으며 살았습니다. 어느 날 밤에 부처가 선주에게 이레 후 죽을 것이며, 지옥에 떨어졌다가 가난한 집에 봉사로 태어날 것이라 했답니다. 선주가 벌벌 떨면서 구해달라고 호소하자, 부처가 다라니를 건네며 날마다 스물한 번씩 외우거라,

그러면 공양이 쌓여 장수하다가 극락세계에 이르리라고 일러주었습니다."

그 후 최충헌은 다라니경을 부적처럼 품고 다녔다. 거기에 기원문까지 적었다.

'진강후晋康候 충헌과 아들 우와 향의 모든 난관이 없어지고 복이 무궁하기를 비나이다.'

그는 그것을 날마다 암송했다. 그랬더니 자신의 만행에서 비롯된 불안감이 사라졌다. 다라니경 암송도 번거로웠다.

"지눌은 불교로 밥 먹는 사람 아닌가. 불심을 강조하는 것은 당연한 이치. 다라니경을 왼다고 잘되고, 외지 않는다고 안 되는 것도 아니구먼. 지눌이 써 준 것이니 버릴 순 없고…."

그래서 다라니경을 과시용으로 다리에 부착하고 다녔다.

팔관회 행사장에서도 희종 옆에 앉아 기뻐 날뛰는 관중을 보며 속으로 비웃었다.

"그래, 이 어리석은 중생들아. 불법에 갇히거라, 8계에 갇히거라. 그러니 평생 개돼지만도 못한 대우를 받는 거야. 너희 처지를 천명으로 여기고 반란은 꿈도 꾸지 말거라. 8계에 찌들고 연기법에 눌려 소처럼 일만 하거라. 여기 황제나 내가 전생에 큰 공덕을 쌓아 이렇게 부귀와 권력을 누린다고 여기거라. 쯧쯧쯧."

한편, 희종이 입궁한 뒤 늦은 오후에 악대가 코끼리, 봉황,

말, 용 등이 조각된 수레를 타고 개경 시내를 돌았다. 골목마다 전국에서 모인 광대들의 온갖 기예가 펼쳐졌다. 줄타기, 그네타기, 불 가운데로 지나기….

보통 개경의 어둠은 만월대 회경전에서 시작된다. 송악산 석양이 회경전 계단에서부터 자취를 감추면서 도성 전체에 어둠이 내린다.

그러나 팔관회 밤은 달랐다. 대로의 향등과 가가호호 대문에 내건 연등이 골목은 물론이고 회경전 어둠까지 몰아냈다. 그날은 유독 보름달까지 환해 도성이 운치로웠다. 지난 한 해 이리저리 뜯긴 백성들이 해방감에 도취해 몰려다녔다.

이와 달리 최충헌 도륙을 결심한 희종은 비장감에 빠져 있었다. 내일 최충헌이 제거되면 경축일로 선포해야겠다고 마음먹고 침전에 들었다.

밖에 탐스러운 함박눈까지 내리기 시작했다. 법왕사 주승이 보낸 승려들은 수창궁 후원에 들어가 자리를 잡았다.

구실이 될까 두렵다

다음 날 첫닭이 울기 무섭게 희종이 왕준명을 찾았다. 최충헌의 목을 어떻게 날릴지 궁금해서였다.

"폐하가 하실 일은 딱 한 가지뿐입니다."

"뭐냐?"

"오늘 수창궁으로 가신 다음 팔관회가 끝난 뒤에도 계속 머무르소서."

희종은 무슨 뜻인지 알고 고개를 끄덕였다.

그곳 만월대는 물론 다른 이궁에도 최충헌의 끄나풀이 많았다. 그러나 오직 한 곳, 수창궁만은 안전했다. 그런데도 왕준명이 세심하게 내시 중에 믿을 만한 자만 골라 배치를 끝냈다.

마침내 동창에 햇빛이 비쳐 왔다. 희종이 보좌에 앉자 기다리고 있던 탐라인과 여진족, 그리고 외국 사절들이 차례로 나와 하례를 올렸다. 이들과 연회까지 마친 후 희종은 곧바로 수창궁으로 갔다. 그제야 안도의 한숨을 내쉬었다.

"드디어 오늘에야 하극상의 수괴를 잡는구나."

평소 희종은 팔관회를 마치면 휴양차 여러 이궁을 돌았다. 이번만큼은 수창궁에만 머물렀다.

그렇게 최충헌이 찾아오기를 기다는데, 팔관회가 끝난 지 달포가 지난 12월 경자일에도 조용하기만 했다. 아무래도 최충헌이 낌새챈 것 같았다.

희종이 왕준명을 불렀다.

"가서 최충헌의 동정을 살펴보고, 슬쩍 내가 부른다 해봐라."

"섣불리 움직이면 더 의심합니다. 조금만 더 조용히 기다려 보십시오."

그날 오후 최충헌에게서 연락이 왔다. 인사 행정에 관한 일로 곧 찾아온다는 것이었다. 그제야 희종이 활기를 찾았고, 왕익 장군도 창고를 열어 후원에 대기하던 승려들에게 무기를 나누어 주었다.

"스님들, 여기 수비 군졸 가운데도 최충헌의 개가 몇 놈 있소. 그놈들을 멀리 배치하고 편전 근처에는 우리 쪽 군졸만 배치했으니 여기서 일을 끝내야 합니다."

수창궁에 도착한 최충헌이 뜨락에 시종들을 기다리게 하고 왕준명을 따라갔다. 앞선 왕준명이 내전 계단을 오르는데 뒤에서 쾅 소리가 났다. 감나무에 앉은 까치가 도망갈 만큼 큰 소리였다. 왕준명이 소스라치게 놀라 돌아보니 최충헌이 주먹으로 계단 입구 용머리 상을 내리친 뒤였다. 불경했다. 그러나 아무도 그를 나무랄 수 없었다. 지난번과 달리 오늘은 내시 인사안을 관철시키겠다고 최충헌이 시위한 것이었다.

내전에 최충헌이 들어간 후 세 명의 내시가 최충헌 시종들에게 다가갔다.

"이보게들. 최 대감과 폐하의 대화가 길어질 걸세. 폐하께서 술과 음식을 내리셨네. 따라들 오게나."

시종들이 좋아하며 내시들을 따라 뒤뜰로 갔다. 그들 앞에 무기를 든 승려들이 나타났다. 시종들이 저항하려 했으나 맨손이라 당해내기 어려웠다.

희종은 최충헌이 준 인사 자료를 보다가 뒤뜰에서 나는 시끄러운 소리를 듣고 최충헌을 째려보았다.

"폐하, 이 무슨 소립니까?"

"하하하. 공에겐 저승사자 소리, 과인에겐 미륵불 소리지."

사색이 된 최충헌이 바짝 엎드렸다.

"폐하. 살려주십시오. 폐하…"

희종은 말없이 증오의 눈초리로 바라보며 왕준명에게 일렀다.

"뭐 하느냐, 당장 궐문을 닫아라."

그제야 최충헌은 희종이 꾸민 변괴임을 알고 내전을 뛰쳐나갔다.

최충헌이 내전 밖에서 잠시 머뭇거리는데, 벌써 그를 죽이려는 자들의 발자국 소리가 났다. 그는 경황이 없어 옆에 있던 지주사知奏事의 집무실로 뛰어들었다. 황명을 출납하는 곳인데, 마침 아무도 없어 다락방으로 기어 올라갔다.

피 묻은 칼을 든 승려들이 수창궁을 뒤지고 다녔다. 지주사의 집무실도 뒤지기 시작했다. 그러나 다락방은 발견하지 못했다. 우두머리 승려가 외쳤다.

"아무래도 여우 같은 놈이 건물을 빠져나간 것 같다. 아직은 수창궁을 못 벗어났을 거다. 밖으로 나가 계단 아래와 연못 주위 숲을 샅샅이 뒤져라!"

그 소동을 본 수창궁 수비 군졸이 중방重房으로 달려갔다.

"큰일 났습니다. 수창궁에 변괴가 생겼습니다."

"무슨 말이냐? 차분하게 얘기해보거라."

그날 중방을 지키던 최우의 장인 정숙첨鄭淑瞻이 채근했다.

"최 대감이 입궐 후 종적을 감추었고, 법왕사 중들이 피 묻은 칼을 들고 궁내를 뒤지고 있습니다."

깜짝 놀란 정숙첨이 급히 군졸을 모으고 수창궁에 들어가 승려들과 결투를 벌였다. 그사이 최충헌의 호위 부대 6번六番 도방都房의 군사들도 대거 몰려왔다. 마침내 승려들이 제압되었으나 최충헌은 보이지 않았다.

그때 한 사람이 수창궁 지붕 위에 우뚝 섰다.

"우리 대감은 무사하다!"

노영의盧永儀였다. 최충헌을 따라왔다가 급한 볼일로 잠시 자리를 뜨는 바람에 살았던 것이다.

그 한마디에 희종과 왕준명, 왕익 등이 사색이 되었고, 6번 도방 군졸들은 환호성을 지르며 수창궁 뜰 앞에 우르르 몰려들었다.

그제야 최충헌이 다락방에서 기어 나와 자못 여유로운 척했다.

"뭐 이깟 일로 소란들이야? 으흠…."

상장군 김약진金躍珍이 이를 갈았다.

"대감. 궁궐 놈들 씨를 말려버립시다. 이참에 임금의 목도 날리겠습니다."

최충헌이 두 팔을 흔들며 진정시켰다.

"경거망동하지 마라. 절차를 밟아 처리할 터이니 더 이상 난입하지 말라."

도방으로 돌아간 최충헌이 부하들을 모아 놓고 뜻을 밝혔다.

"만에 하나 황제가 연루되었다면 폐위할 것이다. 상장군 정방보鄭邦輔가 책임지고 관련된 자들을 색출하라."

수창궁 열쇠지기 정윤시鄭允時 등 환관들이 광화문 남쪽의 형부로 끌려갔다. 모조리 형틀에 묶여 주리를 틀릴 판인데, 환관 한 명이 지레 겁먹고 털어놓았다.

"주동자는 왕준명, 우승경, 사홍적입니다. 이들이 왕익과 법왕사의 주승과 승려, 내시들을 끌어들였습니다. 이를 황제도 묵인했습니다."

그날로 왕준명과 우승경, 사홍적, 법왕사 주승이 귀양을 떠났다. 나머지 가담자들도 경중에 따라 처벌받았다. 참수당한 수십 명의 머리가 십자로에 내걸렸고, 폐위당한 희종이 그 사이를 지나 교동으로 갔다가 다시 자연도에 위리안치되었다.

희종의 나이 서른한 살이었다. 최충헌은 황제가 너무 젊어 문제였다고 여겨 환갑이 다 된 나이에 병약한 강종康宗이 그 뒤를 잇게 했다. 강종은 명종의 아들로, 1170년 무신란 때 정중부 등에 의해 명종이 황제로 옹립되었다가 1197년 최충헌에게 폐위될 때 강화도로 추방되었던 인물이다.

최충헌이 희종을 비롯한 반대 세력을 깡그리 제거하고 퇴청하는데, 김윤성이 가마를 남산리 자운선에게 향하게 했다.

최충헌은 흔들리는 가마 안에서 귀양 간 왕준명 무리와 쪽배를 타고 바다를 건너간 희종을 생각했다.

'누구나 다 황천의 객이 된다. 어떤 식으로 언제 가느냐의 차이일 뿐.'

손에 피를 묻힌 날이면 늘 그렇게 자신을 달랬다.

'황천길 가는데 빈부귀천이 무슨 소용이란 말이냐. 끝이 같으니 세상에 아무리 날고뛰어 봐야 별것 없어. 그러고 보면 만적이란 놈이 참 나와 많이 닮았지. 종놈이 왕후장상의 씨가 따로 없다며 난동을 부렸지. 나 같은 신분에 기회만 잡았다면 천하를 풍미할 놈이렷다. 하필 나를 타도 대상으로 삼다니, 안타까운 놈이야.'

생각에 잠긴 최충헌의 눈에 가마를 앞서가는 김윤성이 문득 들어왔다.

'만적을 떠올리면 김윤성과 연결되는 것은 왜일까? 김윤성은 영악한 놈이야. 왕후장상의 씨가 따로 없다는 것을 알면서도 정해져 있는 것처럼 시세를 따르지. 만적과 김윤성의 차이는 바로 그 점이야. 시세에 맞서느냐 순응하느냐.'

사실 자운선을 찾는 것도 김윤성이 최충헌의 심중에 맞춰 챙겨주어서였다. 최충헌은 피바람을 일으킨 뒤에 꼭 자운선을 찾은 버릇이 들었다.

'음, 자운선. 아마 15년 전쯤일 게야, 널 처음 본 날이. 이지영이 벽란강 보달원普達院에 다리를 놓고 낙성식을 열었을 때지. 네 춤은 기생들과 달라도 너무 달랐다. 형식이 없어 자유로이 떠도는 표범 같았다. 네 춤에 감탄하는 귀족들 앞에 이지영이 얼마나 거드름을 피었던가. 난 그때부터 권력을 빼앗는 데 더 골몰했고, 이의민과 이지영을 죽였다. 기어이 널 품에 안았을 때 얼마나 통쾌하던지. 지금도 그때만 생각하면 온몸에 전율이 인다. 그 후 한 가지 버릇이 생겼지. 권력 상쟁이 치열할수록 널 찾는 버릇. 황제를 날려버린 오늘은 더 보고 싶다. 이런 내 마

음에 맞게 김윤성이가 처신하는데도 왜 섬뜩할까?'

한동안 눈을 감고 상념에 잠겨 있던 최충헌이 주위를 살펴보니 남산리 근처였다.

"활동으로 가자."

"네?"

"무얼 그리 놀라느냐? 활동의 사저로 가잔 말이다."

"아닙니다. 그리하겠습니다."

김윤성은 최충헌이 외국 상인을 만나기 위해 활동 사저로 가자고 하는 줄 알았다. 그러나 정작 사저는 조용하기만 했다. 최충헌이 안방으로 들어가며 김윤성에게 일렀다.

"동화를 들여보내라."

"네? 방금 뭐라 하셨습니까?"

"동화를 안방으로 들여보내란 말이다. 말귀를 못 알아들었느냐?"

김윤성은 제 귀를 의심했다. 최충헌에게 동화를 처로 삼게 달라고 부탁한 것이 어제였다. 그랬더니 최충헌은 알았다고 했다.

동화는 평범한 데다 무던했다. 최충헌이 탐할 여자가 아니었다. 홀아비가 된 김윤성이 딱하다며 틈나는 대로 살림을 봐주고 아이들도 보살폈다. 그런 동화를 김윤성이 혼자 마음속으로 좋아했다. 최충헌도 그 사실을 눈치채고 김윤성의 부탁을 들어주려 했다.

그런데 김윤성이 내놓고 동화를 요구하는 데다 자운선까지 거드니 수상쩍었다. 마치 사전에 짠 것처럼 보였다. 그러잖아도 김윤성과 자운선이 유달리 친하다는 소문이 돌던 터였다. 설마 했지만, 최충헌은 불온한 기미만 보여도 정말 그런지 확인해야 했다. 더구나 김윤성은 이의민을 배신하고 자신에게 와 있었다.

'한 번 배신한 놈이 또 배신한다. 저놈은 소신 없이 양지만 좇는다. 내가 음지가 될 것 같으면 이의민을 버리듯 배신할 놈이다.'

김윤성을 덜컥 의심하니 또다시 만적이 그리웠다.

'그놈이 조금만 더 참으면 면천시켜주려 했건만…. 겉과 속이 같았지. 겉과 속이 다른 윤성이 같은 놈은 한 번씩 경치게 해줘야 딴마음을 품지 못한다.'

최충헌의 속을 알 리 없는 김윤성이 머뭇거렸다.

"왜 자꾸 여러 말 하게 하느냐? 당장 동화를 들여보내고 넌 물러가거라."

"……."

다른 대감과 달리 최충헌은 자기 여종을 건드리는 일이 거의 없었다.

'그런데 왜 하필 동화를…. 평범하고 내세울 것 하나 없는 동화를…. 더구나 내가 좋아하는 줄 알면서…'

김윤성이 당황하며 마지못해 동화를 불렀다. 동화가 방에 들자 최충헌이 방문을 닫으며 김윤성에게 엽전 한 꾸러미를 던져 주었다.

자운선과 동화는 정반대였다. 둘 다 천것의 자식이지만 동화는 종으로 사는 것을 운명으로 받아들였고 자운선은 자유로운 영혼 그 자체였다.

자운선이 가시 돋친 들장미라면 동화는 가을 국화였다. 자운선은 절대 권력만이 제어할 수 있었고, 동화는 늘 유순해 그럴 필요가 없었다.

달 밝은 밤, 최충헌의 손이 닿기도 전에 동화가 먼저 옷을 벗었다.

"문자 그대로 겉과 속이 다른 것은 바로 너로구나. 네가 바로 월궁 선녀로고."

작고 말라 보이는 동화가 속은 굴곡지고 야무졌던 것이다. 한바탕 탐닉이 끝난 후 최충헌이 물었다.

"너는 누구를 지아비로 삼고 싶으냐. 김윤성이냐?"

"아니옵니다. 쇤네는 최준문崔俊文을 마음에 두고 있었사옵니다."

최준문은 흥해興海, 경북 영일에서 과거를 보러 온 선비였다.

"알았다⋯."

다음 날 최충헌의 행차를 대비하고 있던 김윤성을 보고 연복演福이 이죽거렸다.

"김 집사. 지난밤 동화 그년이 최 대감 물건에 낚였다며?"

"……."

연복은 자신과 같은 천민이었다가 옛 주인을 배신해 면천한 김윤성에게 배알이 꼬여 사사건건 비아냥댔다. 김윤성은 얼굴이 벌게진 채 못 들은 척했다.

그날부터 동화가 김윤성 집에 발걸음을 뚝 끊었다. 일을 마치고 집에 돌아온 김윤성이 두 아들을 다독였다.

"동화 누나가 일이 많아 올 수 없단다. 기다리지 말거라."

김윤성은 쓸쓸한 기분에 집을 나와 남대가로 갔다. 어두운 밤이었다. 밤하늘의 별은 가등만큼이나 밝았다. 남대가에 제법 큰 개울이 동서로 흘렀다. 앵계鶯溪라 하는 그 개울을 끼고 주점이 즐비했다.

배가 고팠다. 김윤성은 아무리 힘들어도 식욕을 잃지 않았다. 회회족回回族, 위구르 터키계 무슬림 쌍화점에 들러 만두를 시켜 허겁지겁 먹고 당녀唐女의 주점으로 갔다. 다 잊고 싶었다. 동화도, 최충헌도, 비위 맞추고 사는 자신까지도.

팔관회 마지막 날 밤이라 주점에는 손님이 없었다. 당녀 혼자 파리를 쫓아내다가 김윤성이 오자 반색했다.

평소 과묵한 김윤성이었다. 동화가 기회를 잡아 양지로 가려면 그럴 수밖에 없었을 것이라 생각했다.

"자네가 부럽네. 이역만리 타국에서 몸을 팔아도 할 소리 다 하지 않는가. 나는 제 나라에 살면서 속이 썩어 문드러져도 감추어야 한다네."

술에 취한 김윤성이 최충헌에게 받은 엽전 꾸러미를 통째로 당녀의 치마폭에 던졌다.

"이봐, 당녀. 여기서 자고 갈 걸세. 주점 문을 닫게나."

횡재한 당녀가 활짝 웃으며 주점 앞 초롱불을 걷어 들이고 문을 닫았다.

김윤성의 옷을 정성스레 벗긴 당녀가 그 위에 올라타 중국 말로 떠들었다. 아무래도 남정네 세상을 욕하는 것 같았다. 그 소리에 묻혀 김윤성도 처음으로 최충헌을 욕했다.

"충헌이 이놈. 나 때문에 권력 잡고, 내가 원하는 줄 알면서 동화를 가로채다니. 대를 이어서라도 반드시 복수해 주마."

한 달 지나 최충헌은 동화와 최준문이 혼례를 치르게 했고, 활동 사저 근처에 살림집까지 지어 주었다. 그 후 무명 서생이 던 최준문이 벼락출세해 대장군이 되었다. 최충헌의 최측근이 된 최준문은 지윤심池允深, 류송절柳松節, 김덕명金德明과 함께 늘 최충헌의 곁에 있었다.

날마다 그런 모습을 지켜보아야 하는 김윤성의 심정은 어땠을까. 그 심정을 잘 알고 있다는 듯 최충헌이 수시로 엽전 꾸러미를 김윤성에게 던져 주었다. 그럴 때마다 김윤성도 앵계리의 주점을 찾아가 엽전 꾸러미를 던져 주고 당녀 위에서 최충헌 욕을 해댔다.

세상 희롱

최충헌은 희종을 쫓아내고 나이 예순의 강종을 황제로 세웠다. 과연 강종은 최충헌이 바라던 대로 시키는 일만 할 뿐 정사에 관심이 없었다. 최충헌은 아예 황제의 인척이 되려고 강종의 딸 왕씨를 셋째 부인으로 취했다. 왕씨는 기생의 소생이었다. 최충헌이 아무리 절대 권력자라 해도 정실 공주와는 결혼할 수 없어 서녀庶女를 취한 것이다.

그 후 마음이 한결 놓인 최충헌이 수시로 여행을 다녔다. 암살 위기를 여러 번 넘긴 터라 호위 병력이 10리에 이를 만큼 삼엄했다. 최충헌은 개경에서 가까운 장단長湍 북쪽 앙암사仰岩寺에 자주 갔다. 산수가 아늑하고, 저물면 어선의 등불에 아롱지는 바다가 일품이었다.

어느 날 앙암사 풍광에 취한 최충헌이 난간에 기대어 시를 한 수 읊었다. 기생 하나가 거문고로 반주했고, 저 멀리 피리 소리도 은은했다.

뜨락의 달빛은 그을음 없는 촛불이요
어스름 산 그림자는 원치 않는 과객이로다.
악보 없이도 거문고가 연주되니
보배이건만 사람들이 잘 몰라주는구나.

멋진 풍광을 묘사했다기보다 자신의 치적을 자랑하는 것이었다. 문학과 아무 관계 없는 자화자찬인데도 동석한 이규보, 이공로李公老, 금의琴儀 등 당대 문호들이 최고의 시라며 아양을 떨었다.

최충헌이 앙암사에 머물고 있을 때 교정도감에서 급한 연락이 왔다. 평소 지병이 있던 강종이 갑자기 위독해졌다는 것이다. 강종이 곤룡포를 입은 지 1년 8개월 만이었다. 강종은 최충헌에게 맏아들 고종高宗을 부탁하고 임종했다. 그때가 1213년 8월이었다.

고종의 역할도 강종과 별반 다를 것이 없었다. 최충헌의 교정도감에서 정책을 결정하면 추인해주는 정도일 뿐.

당시 칭기즈 칸이 만리장성을 넘어 금나라에 공세를 퍼부으며 동북아 정세가 요동치고 있었다. 그런 시기에 고려를 장악한 최충헌은 과연 무슨 뜻을 품고 있었을까?

고려의 국시인 북벌도 아니고, 단군 이래 백성들이 열망하는 홍익인간弘益人間 재세이화在世理化도 아니었다. 그렇다고 북방 이민족을 두려워하는 것도 아니었다. 사실 고려 무사들의 기개는 대단했다.

거란족이 세운 요나라의 성종聖宗이 1010년에 40만 대군으로 고려에 쳐들어와 신하국이 되길 강요했을 때였다. 강조康兆 장군이 이렇게 대꾸했다.

"우리는 고려인이다. 어찌 너희 신하가 될 수 있겠느냐?我是高麗人 何更爲汝臣乎."

그야말로 고려 무장의 기개를 함축한 말이었다. 고려는 중국 북부와 만주, 서하까지 지배하던 거대 제국 요나라도 그런 식으로 대했다.

최충헌 또한 특수 부대인 별초別抄의 장교 출신으로 무장의 기개가 누구 못지않았다. 따라서 몽골도 북방 이민족의 하나에 불과하다고 본 것이다.

최충헌의 고려 장악 의지의 핵심은 '삶에 대한 희롱'이었다. 그가 보기에 별다를 것 없는 인생들끼리 신분에 따라 나누고, 복장으로 구별 짓고, 이를 종교가 합리화시키고 있었던 것이다.

그것을 깨보려고 명종에게 봉사십조를 올리기도 했다. 물론 개혁을 명분으로 권력을 강화하려는 뜻도 있었지만, 거기에는 승려의 정치 참여 금지, 공정 과세, 관리 감원, 공정한 인사. 부당 점유 토지 환원, 뇌물과 고리 대금업 금지 등 고려 사회의 폐단과 그 제거 방안이 적시되어 있었다.

봉사십조는 잘 이행되지 않았다. 황실과 귀족뿐 아니라 최충헌 측근들조차 세력 확대에만 골몰했다. 최충헌 혼자 개혁에 집중해 봐야 동생 최충수 등에게 권력을 빼앗기기 십상이었다.

그때부터 최충헌이 방향을 바꾸었다. 어차피 개혁이 안 되는 세상이라 본 것이다. 그런 세상이라면 휘어잡고 희롱이나 하면서 살자고 생각했다. 그는 수하를 개경 전역에 풀어 정적을 감시하고 가족조차 믿지 않았는데, 친인척인 최충수, 박진재 등도 제거해버렸다.

최충헌은 황제를 만나거나 황실 행사에 참석할 때도 예복을 잘 입지 않았고, 자신보다 한참 어린 강종의 서녀 왕씨까지 부인으로 삼았다. 이 때문에 강종이 충격을 받고 수명이 단축되었던 것이다.

최충헌의 강권 정치는 고종 즉위 후에 더 심해졌다.

황실은 쥐 죽은 듯 조용해졌고, 그에 비해 최충헌의 저택에서는 매일 성대한 연회가 열렸다. 왕씨 고려는 허울 뿐 최씨 고려라 할 만했다.

당시 개경 최고 미녀는 손흥윤孫洪胤 장군의 아내 임씨任氏라는 소문이 파다했다. 최충헌이 활동 사저에 잔치를 열고 손 장군 내외를 불러서 보니 과연 소문대로였다.

최충헌은 잔치가 끝난 뒤 사람을 보내 손 장군을 죽이고 임씨를 불러 겁탈했다. 임씨의 아버지 임부任溥는 그런 세상이 싫다며 벼슬을 버리고 잠적했다. 이후 임씨는 최성崔珹을 출산했다.

최충헌의 인생 희롱은 자신이 황제를 농락하는 것으로 표출되었다. 여기에 반발하면 누구든 가차 없이 공개 처형했다.

개경 동쪽 사미천에 만부교가 있다. 만부교는 왕건이 인부 만 명을 동원해 하루에 만들었다고 붙여진 이름이다. 왕건이 이 다리 아래에서 거란이 예물로 보낸 낙타 50여 마리를 굶겨 죽여 낙타교라고도 불리는, 고려인의 기상과 자부심이 서린 곳이었다.

거기서 동남쪽으로 보정문을 지나면 교통 요지 청교역이 나오고, 그다음이 임진강이다. 청교역은 개경과 지방으로 오가는 모든 공문서가 거쳐야 하는 곳이었다.

최충헌이 반발 세력을 처형할 때면 낙타교에서 오랏줄로 묶고 청교역으로 끌고 가 공개시킨 다음 임진강에 수장시켰다. 누가 처형당했다는 소문이 전국에 퍼질 수밖에 없었다.

황조의 기강을 희롱하던 최충헌은 고종이 즉위하고부터 권력 체제를 아예 무인 중심으로 고착시켰다. 황제는 형식상 고려의 최정점이었고, 그 뒤에 최충헌이 있었다.

그때부터 최충헌은 남산리의 자운선보다 활동의 송씨를 더 자주 찾았다. 너무 야성적이고 자유분방한 자운선보다 다소곳한 송씨가 편할뿐더러 그곳에서 정치 자금도 거두어들여야 했다.

자운선은 최충헌의 발길이 뜸할수록 좋았다. 김윤성에게 부탁해 어린 아들 김통정을 개경 외곽의 한 과부 집에 머물게 했다. 양수척 공물을 핑계로 판술을 더 자주 만났고, 직접 양수척 동네로 가기도 했다.

세상을 희롱하는 최충헌을 자운선이 또 희롱하고 있었다. 최충헌은 그것을 눈치챘지만 덮어두었다. 자신이 희롱당한 것이 만천하에 드러나지 않게 하기 위해서였다. 어차피 자운선이란 존재는 최고 권력이 자치하는 노리갯감 역할만으로 충분했다.

그렇게 3여 년이 흐른 1216년, 거란이 침략할 때 길잡이로 나선 것은 고려의 산천과 지리에 밝은 양수척이었다. 조정에서 양수척 몇 명을 잡아다가 그 까닭을 물었다.

"네놈들도 삼한의 후손이거늘 어찌 거란족을 도왔단 말이냐?"

"그렇소. 우리는 백제 후손이오. 고려가 사람 취급을 안 해 호적도 없지요. 그래도 자유롭게 살았는데 이의민 때부터 자운선을 데려가서는 우리를 수탈하기 시작했소. 자운선을 처단하면 거란을 돕지 않겠소이다."

이에 최충헌이 좋은 기회라 여기며 김윤성을 불러 자운선과 그 일가를 모두 제거하라 지시했다. 김윤성은 판술만 죽였다. 판술의 주검 앞에 처연히 앉아 있는 자운선에게 김윤성이 은전

한 포대를 던지며 말했다.

"멀리 아무도 모르는 곳으로 가거라. 특히 최충헌의 눈에 띄면 안 된다."

그러나 자운선은 개경 외곽, 떠돌이들만 잠시 머무는 곳으로 어린 김통정을 데리고 숨었다.

그로부터 또 몇 년이 흐른 뒤 최충헌이 천수를 다하려 했다. 그는 황제 위의 절대자로 살면서 자기 운명까지 희롱할 자격이 있었던지 죽음이 다가옴을 직감했다. 자리에 누워 큰아들 최우를 불렀다.

"우야, 더 가까이 오너라. 이제 나도 북망산천으로 가야 할 것 같다."

"아버님, 어찌 그런 말씀을…"

"아니다. 내가 더 잘 안다. 머지않아 내가 거동치 않는 것을 다들 알게 될 터, 그리되면 네 아우 향의 주변 모리배가 너를 죽이려 할 것이다. 이후로 내 집에 드나들지 말고 은인자중하거라. 설사 내가 죽었다 해도 오지 마라. 대신 네 사위 김약선金若先이 와서 내 시중을 들게 하고, 모든 연락은 그를 통해서만 하거라."

최충헌은 죽음을 앞두고 대책을 빈틈없이 세워두었다.

그가 최우를 후계자로 굳힌 것은 장남이어서가 아니라 네 아들 중 가장 출중했기 때문이다. 최성崔珹과 최구崔球는 아직 어렸고, 문제는 최향崔珦이었다. 최우는 아무리 현안이 산더미처럼 쌓여 있어도 줄거리를 잡는 재주가 있었지만, 최향은 권력욕만 강했지 핵심을 파악하지 못했다.

그런 최향을 최준문 등이 대권을 이어야 한다고 충동질하고 있었다. 그 사실을 잘 아는 최충헌이 최우에게 몸조심을 당부했던 것이다.

가는 자와 남는 자

최충헌의 방에서 나온 최우는 쏟아지는 햇빛에 눈을 찡그렸다. 순간, 누가 집 모퉁이를 돌아가는 소리가 들렸다. 그의 눈에 언뜻 동화의 뒷모습이 비쳤다.

최우가 떠난 후 최충헌이 최준문을 불러 사직을 청하는 표문과 궤장几杖, 금은보화가 가득한 상자를 내놓았다.

"이것들을 폐하께 올려라. 그리고 죄수들을 모두 방면하고 섬에 귀양 간 자들도 모두 석방하라."

최준문은 최충헌이 며칠을 넘기지 못하리라 직감했다. 나오는 길에 동화를 조용한 곳으로 불렀다. 동화로부터 최우가 방금 다녀갔다는 얘기를 들은 최준문이 당부했다.

"대감과 최우가 눈치채지 않게 처신하고, 지금 당장 지윤심 상장군, 유송절 장군, 김덕명 낭장을 우리 집에 모이라고 하게."

최준문의 표정이 심각했다.

"대감의 살날이 얼마 남지 않은 것 같습니다. 이대로 가면 최우가 습권하게 되고 우리는 다 죽습니다. 그러니…."

성미 급한 김덕명이 최준문의 말을 잘랐다.

"이대로 당할 수 없습니다. 최향을 세워 안위를 도모해야 합니다. 선수를 칩시다."

모두 고개를 끄덕이며 어떻게 선수를 칠지 의논하기 시작했다.

"대감 사저에 우리 군사를 숨겨두고 최우에게 부친이 운명한다며 불러들여 죽이면 됩니다."

유송절이 꾀를 내자 최준문이 무릎을 탁 쳤다.

"오, 좋은 계책이오! 사저 병력 매복은 세 분께서 맡아주시오. 최우를 부르는 일은 제 처가 하면 됩니다."

당시 동화는 자리에 누운 최충헌의 수발을 들고 있었다. 동화가 최충헌의 사노 중 자신과 친한 글량契黶을 최우에게 보냈다.

"주인님이 위독하십니다. 지금 임종을 지키셔야 합니다."

"알았다. 먼저 돌아가 있거라."

글량이 혼자 돌아오자 최준문과 동화가 궁금해했다.

"왜 혼자 왔느냐?"

"먼저 가 있으라고 하셨습니다."

"다시 가라. 주인님이 급히 찾는다며 꼭 모시고 와야 한다."

글량이 다시 헐레벌떡 최우를 찾아갔다. 당장 가셔야 한다는 말만 되풀이하자 최우는 더욱 괴이쩍어하며 호통을 쳤다.

"알았다고 하는데 왜 이리 채근하느냐? 다시는 같은 일로 내 집에 발을 들이지 마라."

글량을 쫓아 보내고 자신의 충복 안석정安碩貞에게 집 안팎 경비를 더욱 철저히 하라고 명령했다.

또다시 돌아온 글량이 최준문에게 최우의 반응을 전하자, 함께 있던 최준문, 유송절, 지윤심, 김덕명이 그제야 당황하기 시작했다.

고지식하기만 한 최준문이 다시 강조했다.

"무슨 수를 써서라도 최우를 이곳에 불러들여야 합니다. 오늘 더 부르면 의심할 터이니 내일 다시 부릅시다."

귀가한 김덕명이 노모에게 자초지종을 털어놓았다. 노모는 산통점을 치는 점쟁이였다.

그녀는 하나부터 여덟까지 새긴 향나무 가지를 산통에 넣고 흔들고 또 흔들었다.

"신령님, 신령님. 비나이다, 비나이다. 이년의 아들놈이옵니다. 부디부디 만수 복락 누리게 앞길을 훤히 보여주소서."

산통에서 가지를 하나 뽑아 보니 서산에 해가 진다는 점괘였다. 아들의 목숨이 끝난다는 것이었다. 노모와 김덕명이 사색이 되었다. 벌떡 일어난 김덕명이 최우의 집으로 달려갔다.

오후 늦게부터 내린 비로 길이 진구렁이었다. 김덕명은 몇 번이나 넘어지면서 최우의 집에 도착했다.

진흙투성이인 김덕명을 본 최우의 눈에 살기가 번득였다.

"야심한 밤에 웬일이냐? 또 아버님께서 위독하니 급히 들어오라는 말을 하려고 온 게냐?"

벼락 치듯 다그치는 최우 앞에 김덕명이 고변했다.

최우도 짐작은 하고 있었다. 그는 최준문의 모반이 사실로 확인되자 좋은 말로 김덕명을 안심시키며 그날 밤 사랑방에 유숙하게 했다.

다음 날 이른 아침, 멋모르는 최준문과 지윤심이 직접 최우를 찾아왔다.

"워낙 급해서 찾아왔습니다. 주인께서 임종 직전입니다. 지금 가야 습권하실 수 있습니다."

"할 말 다했는가?"

최우가 까랑까랑하게 대꾸하더니 밖에 대기하고 있던 김약선을 불렀다.

"저놈들을 당장 묶어라. 유송절도 잡아 오너라."

아직도 사태 파악을 못 하는 최준문이 물었다.

"주인의 위독함을 알리러 왔거늘 이 무슨 해괴한 짓입니까?"

"해괴한 짓? 여봐라, 사랑방에 가서 김덕명을 데려오너라."

김덕명의 이름을 듣는 순간, 그제야 두 사람의 얼굴이 새하얘졌다. 김덕명이 최우의 안방 대청마루 앞에 나타났다. 모든 것이 탄로 났다고 판단한 두 사람이 도망치려는데, 최우가 김약선에게 지시했다.

"저 두 놈을 당장 죽이고 연루된 다른 연놈들을 귀양 보내라."

그 자리에서 최준문과 지윤심의 몸이 두 동강 났고, 그날 오전에 동화, 최향의 장인 왕항王沆과 그의 아들 왕종王琮과 여종 성춘成春, 사자獅子 등도 각자 머나먼 섬으로 귀양 가야 했다.

그런 후에야 최우가 아버지 집을 찾았다.

이미 혼수상태에 빠져 황천길에 오른 최충헌을 악공 수십 명과 기생들이 춤과 연주로 배웅하고 있었다. 여염집에서 시신을 대하는 것과 다른 풍경이었다. 마치 새 생명의 탄생을 알리는 듯한 잔치 분위기였다. 인생을 희롱한 최충헌이라 그런지 유언도 색다르게 남겼다.

"내 죽음을 밝게 하라. 모두 가는 길인데, 즐겁게 갈 수 있도록 하라."

그날 밤 삼경, 최충헌이 의식의 끈을 놓았다. 악공의 연주도 기생의 춤도 끝났다. 잠시 멈췄던 싸락눈 떨어지는 소리만 요란했다.

최충헌이 죽자 각지에서 몰린 문상객들로 개경 시내가 북적였다. 각자 입장 따라 소회가 달랐다. 맏상제 최우가 지키는 빈소를 찾은 선종의 대선사 지겸志謙은 이렇게 위로했다.

"여래의 점지로 난세를 이끌던 어른이십니다. 더 영화롭게 환생하실 것입니다."

그러나 탄압받은 교종의 승려들은 달랐다. 문상하러 왔지만 최충헌의 시신 앞에서도 속으로 이를 갈았다.

'네놈이 죽인 목숨이 얼마더냐. 내세에 축생으로도 못 태어날 것이다.'

상가 앞에 구름처럼 모인 서민들, 노비들은 또 달랐다. 문상 다녀가는 고관대작들의 등 뒤에서 수군거렸다.

"거봐. 다 한 줌 흙으로 돌아가는 거야. 으스대봐야 부질없어. 어리석은 작자들 같으니라고."

고종이 최충헌의 장례에 관해 김약선에게 하교했다.

"장례 절차는 황실의 예에 준하고, 대소 신료들도 모두 소복을 입도록 하라. 교정별감은 최우가 잇도록 하라."

어명에 따라 황실 내탕고의 그릇, 깃발, 악기 등 장례 물품을 활동 사저로 보냈다.

장례식 날 언제 그랬냐는 듯 하늘이 갰다. 최충헌 71년 인생을 보여 주려는 듯 첫눈까지 내려 미처 수확을 덜 끝낸 들녘을 하얗게 덮고 있었다.

기나긴 피리 소리가 국상임을 알리면서 상여가 출발했다. 삼베옷을 입은 가족들이 오동나무 지팡이를 짚고 따랐고 백관의 행렬이 이어졌는데, 중간중간에 깃발을 든 군인들이 배치되었다. 전체 인원이 만오천 명가량이었다.

상여가 만월동 광명사로 향했다. 광명사는 고려 건국 전에 왕건 생가에 세운 절로, 주승은 최충헌이 왕사로 세운 지겸이었다.

살아생전 최충헌은 고려 황실이 개경 북쪽 달애정組艾井 우물물을 마시기 때문에 황제가 환관에게 휘둘렸다며 그 우물을 폐쇄하고 광명사 우물물을 마시게 했다. 황제가 마시는 물까지 최충헌의 손아귀에 있었던 것이다.

상여가 굽이진 길에 올라 광명사 입구에 당도했다. 황제급 장례식이라 한양 낙산에 있는 청룡사의 승려들도 와 있었다. 청룡사는 황실 출신만 출가하는 절로, 유래가 특별했다.

왕건이 그 절을 짓고, 초대 주지로 당시 철원 도피안사에 있는 혜원慧圓을 후삼국 통일을 기원해달라며 초빙했다.

혜원의 팔자가 그럴 만했다. 그녀는 신라 금성 태수인 아버지 김융金融이 경문왕 때 역적 누명으로 죽는 바람에 세달사로 출가해야 했다. 마침 궁예弓裔도 세달사로 출가해 혜원과 동문이 되었다. 궁예는 철원에 후고구려를 세우고 혜원을 도피안사 주지로 불렀다. 그때 궁예의 부하인 왕건이 그녀를 알게 되었다.

왕건이 궁예를 제거한 후에도 견훤의 후백제와 신라가 건재했다. 그래서 왕건이 청룡사를 건축하고 난세를 온몸으로 겪은 혜원에게 삼한 통합의 기원을 부탁했던 것이다.

혜원이 934년 정월 초하루부터 시작한 천일기도 동안 후삼국이 통일되었다. 불심이 깊은 왕건이 크게 감동하고, 황실과 귀족 여인들이 출가할 경우 이 절로 가도록 했다.

왕건 사후에 황실에 홀로 남은 후궁이나 궁녀들은 개경 정업
원淨業院으로 갔지만, 개경을 떠나고 싶은 사람은 청룡사로 갔
다. 청룡사 비구니들은 팔관회 등 황실 행사가 있거나 황제가
붕어했을 때면 개경에 와서 흥국사에 머물렀다.

청룡사 비구니들이 황실도 아닌 최충헌의 장례식에 참석한
것은 이례적이었다. 황실 비빈 출신 비구니들이 최충헌의 명복
을 빌다니…. 그들은 그것을 수치로 여기고, 최충헌의 명복을
빌기는커녕 최씨 가문의 씨가 마르라고 기원했다.

그 가운데 갓 열 살이 된 혜성이 있었다. 혜성은 다섯 살 무
렵 한 궁녀의 손에 이끌려 청룡사에 출가했고, 궁녀와 유력한
귀족 사이에 태어난 여자아이라는 소문이 돌았다.

그날 혜성과 김통정은 붐비는 인파 속에서 처음 만났다.

당시는 조혼 풍속에 따라 열 살이 넘으면 결혼하던 때였다.
그러나 혜성은 출가한 몸이고 김통정은 누구에게도 신분을 밝
히지 말라는 주의를 받고 자란 탓에 결혼 따위는 염두에 없었
다. 둘은 비슷한 나이에 금세 친해져 절의 장패문長霸門 주위를
함께 노닐었다.

오전에 시작된 장례식은 오후 늦게서야 최충헌의 시신이 불
타며 마무리되었다.

다음 날 최충헌의 처 정화택주 왕씨도 청룡사로 출가해 방하
착放下着을 화두로 삼고 수행에 들어갔다.

내 아비 얼굴, 잔나비 얼굴

최충헌이 세상을 떠나고 며칠 뒤, 활동 사저 근처에서 또 한 사람이 저세상으로 갔다. 최씨 무신 정권 개막에 결정적 기여를 한 김윤성이었다.

두 아들이 아버지 시신을 멍석에 둘둘 말아 지게에 짊어지고 가 야산에 묻었다. 그 자리에서 김윤성의 큰아들 김준은 속으로 다짐하고 또 다짐했다.

'결단코 아버지처럼 살지 않겠다. 내가 세운 공은 내가 차지하겠다.'

아버지를 장사 지낸 후 김준은 시장으로 갔다. 노점상들의 호객 소리와 광대들 연기로 시끌벅적한 가운데 한쪽에 원숭이 새끼가 재주 부리고, 원숭이의 주인 송나라 사람이 구경꾼들에게 연신 고개를 끄덕이며 엽전을 걷고 있었다.

김준은 원숭이를 보자 아버지 얼굴이 아른거렸다. 그는 자신도 모르게 구경꾼들 위로 몸을 날려 송인의 턱을 걷어찼다. 엽전 바구니가 공중으로 솟구치며 엽전이 와르르 쏟아졌다.

"와아아아!"

구경꾼들이 엽전을 줍느라 정신없는 사이 송인은 원숭이를 품에 안고 줄행랑쳤다.

당시 김준은 건달들과 어울리고 있었다. 동화가 돌볼 때만 해도 얌전했는데, 그녀가 최준문과 결혼한 후 돌변했던 것이다. 천부적인 싸움 실력으로 건달들을 제압하고 두목이 되었다.

한편, 교정별감 자리를 세습한 최우는 주목할 만한 조치를 취했다. 먼저 최충헌이 강탈한 논과 밭, 노비를 원래 주인에게 돌려주고, 그동안 소외된 선비들을 골라 등용했다. 그렇게 통치 기반을 다진 후 최충헌 이상의 권세를 행사하기 시작했다.

최충헌이 타오르는 불이라면 최우는 물이었다. 스며드는 물. 그것도 은근히 스며드는 물로서 차가웠다. 조용히 스며들어 확실히 얼어붙게 만들었는데, 아예 자택에 정방政房을 차렸다. 아침이면 거기서 전주銓注·인사안를 받았다.

최우가 대청마루에 앉으면 6품관 이하는 섬돌 아래에 엎드려야 했다. 고종이 할 일은 최우가 결재한 서류에 도장을 찍는 것뿐이었다. 고려에서 한 자리 차지하려면 최우 눈에 들어야 했다.

어느 날 최우의 발에 종기가 났다는 소문이 돌았다. 그러자 지위 고하를 막론하고 앞다퉈 치료를 위한 치성을 드리는 바람에 종이 값이 폭등했다. 최우는 무소불위의 권력을 가졌으면서 점치는 것을 좋아해 한때 최산보崔山甫라는 점쟁이에게 휘둘리기도 했다.

어려서 금강사에 출가했던 최산보. 하지만 불경보다 주역을 좋아했고, 도벽이 있어 조카와 함께 농가의 황소를 잡아먹다가 발각되어 개경으로 도망쳤다.

개경에서 주연지周演之라 개명하고 앵계리에 점집을 차렸는데 대박이 났다. 손님이 찾아오면 눈을 지그시 감고 음양오행의 문자로 운세를 꿰고 있는 것처럼 말했다. 그에 사람들이 혹한 것이다. 최우도 몇 번 찾아가 나랏일까지 물었다.

그 후 벼슬을 바라는 자들이 주연지에게 몰렸다. 그들의 금품을 받고 생년일시와 성명을 적어둔 후 최우가 오면 넌지시 추천했다.

"북방에 수령을 보내려면 마침 겨울이니 이름에 물 수水가 들어간 자를 써야 합니다. 그중 연못을 뜻하는 성씨가 더 좋습니다. 그러면 오랑캐가 그 연못에 빠져 죽을 것입니다."

그래서 최우가 인사안을 보고 지池씨를 등용하기도 했다.

몸값이 올라간 주연지는 땡중 도일道一을 제자 겸 바람잡이로 고용했다. 도일은 개경을 돌며 스승이 얼굴과 목소리만 보고 들어도 모든 것을 안다며 선전했다.

손님도 주연지가 직접 만나지 않았다. 안방에 대발을 치고 앉아 문간방에서 도일이 손님과 나누는 이야기를 엿듣고 점을 쳐 주었다. 혹 손님이 미모의 여인이면 도일이 "부인이 귀상이라 도 사님께서 직접 만나고 싶어 한다"며 밀실로 데려갔다. 거기서 주연지가 많은 여인을 겁탈했다. 그렇게 당한 여인은 주연지를 신비롭게 보기 때문에 문제 삼지 않았다.

간이 부은 주연지는 최우의 권력까지 노렸다. 도일을 자연도 에 유배 간 희종에게 몰래 보내 복위 계략을 꾸민 뒤 최우를 찾아가 부추겼던 것이다.

"지금 황제의 상을 보니 오래 못 갑니다. 그 뒤를 대감께서 이 을 것입니다."

그 말에 고무된 최우가 심복 김희제金希磾에게 털어놓았다. 놀 란 김희제는 김약선을 찾아갔다. 두 사람 다 최우가 주연지에게 홀려 있다고 걱정하던 차였다. 더 이상 방관할 수 없어 주연지 를 제거할 궁리를 했다.

때맞춰 주연지의 추천으로 상장군이 된 노지정盧之正이 최우 를 모살하려다 발각되었다. 이때다 싶어 김약선이 최우에게 거 짓말했다.

"노지정이 주연지도 포섭했습니다. 이들이 장인어른을 제거하 고 폐위된 황제의 복위를 꾀하고 있었습니다."

"그게 사실이냐? 주연지의 집을 샅샅이 뒤져봐라."

안방에서 주연지와 희종의 서신, 그리고 주연지의 충성 맹세문까지 발견되었다.

'폐하를 아버지로 모시고 목숨을 바치겠습니다.'

이로써 김약선이 꾸며낸 얘기가 사실로 변해버렸다. 그제야 최우가 점쟁이에게 속았다며 치를 떨었다.

"선황을 강화에서 더 먼 교동에 보내고 주연지는 수장시켜라."

희종이 교동 가는 배에 오를 때 주연지는 가족과 함께 오라에 묶여 바다에 던져졌다. 그날 이후 최우는 미신을 끊고 더 냉혹하게 권력 유지에 골몰했다.

최우가 통치한 지 6년째 되던 1225년은 묘하게도 몽골 칭기즈 칸의 6년 서방 원정이 성공리에 끝난 해였다. 몽골은 중앙아시아는 물론 페르시아 등 이슬람 지역을 석권했다. 이제 남은 곳은 서하, 금, 남송, 고려였다.

그중 서하 정벌이 시급한 터라 칭기즈 칸은 시험 삼아 고려에 엄청난 공물을 요구했다. 수달피 1만 장, 종이 10만 장, 옷감 5천 필과 그 밖에 솜, 먹, 붓 등 감당하기 어려운 양이었다. 그때 사신으로 온 저고여著古與가 귀국 도중 도적들에게 피살당했다.

서하와 전쟁 중에 보고를 받은 칭기즈 칸이 괘씸히 여기는데도 고려 조정은 오히려 태평했다. 백성들에게 세금을 과중하게 매겨 물가만 폭등하고 있었다. 많은 백성이 파산 상태에 놓였고 유민이 늘었으며 도적 떼가 들끓었다.

도적들이 태조 왕건을 위시해 역대 아홉 황제의 신위를 둔 태묘구실太廟九室까지 들어가 백금을 훔쳐 갔다. 도적을 잡아야 할 관군이 도리어 도적과 거래하는 일까지 벌어졌다.

비상 대책을 강구하는 최우 앞에 김약선이 방안을 내놓았다. "관군을 믿을 수 없습니다. 저들은 우리보다 황실에 충성합니다. 우리의 사병을 따로 만들어야 합니다."

무신 정권의 호위 부대를 창설하자 것이었다. 그래서 야별초夜別抄가 탄생했다. 관군보다 용력이 뛰어난 자들로 선발된 야별초는 야밤에 도성을 순시하며 도적을 잡으러 다녔다.

차츰 야별초의 규모가 커져 좌·우별초로 나뉘었으며 결국 관군을 능가했다. 훗날 강화도 천도 후 몽골과의 전쟁에서 포로로 잡혔다가 풀려난 병사들로 신의군神義軍을 조직했다. 이들과 좌·우별초를 합쳐 삼별초가 탄생하게 되었다.

하지만 누가 알았으랴? 최씨 가문의 안위를 위해 만든 그 삼별초가 장차 최씨 권력을 무너뜨리게 될 줄을.

한편, 김준은 김윤성이 죽은 뒤 최씨 가문과의 연결고리가 끊겨 저잣거리에서 세월을 보내야 했다. 비록 아버지가 최충헌 집권의 일등 공신이라 하나, 그 공으로 면천된 노예에 불과했던 것이다. 사실 신분 사회에서 노비의 굴레를 벗어나는 것도 엄청난 특혜이긴 했다.

김준은 어렸을 때 아버지가 면천되고 따로 집을 소유하며 감격하던 그 모습을 기억하고 있었다. 그때부터 김준은 귀족의 자제들만 골라 사귀며 자신의 특기인 무예와 승마로 환심을 샀다.

귀족 자제들도 최충헌의 총애를 받는 김윤성의 아들 김준과 기꺼이 어울렸다. 김준은 아버지가 최충헌이나 자운선에게 받은 진귀한 선물을 귀족 자제들에게 주기도 했다. 그때 김준은 자존심을 버리고 실리를 취하는 법을 익혔다.

그러나 동화가 최준문에게 시집간 후부터 상황이 변했다. 아버지가 최충헌 눈 밖에 나자 귀족 자제들이 김준을 멀리했다. 최충헌 생전에 아버지를 따라 최씨 측근을 만날 때도 있었지만, 최우가 집권한 뒤로는 그마저 딱 끊겼다.

딱히 할 일이 없던 김준은 건달들을 데리고 다니며 사채를 받아 주거나 개인 간 분쟁을 해결해주고 품삯을 챙겼다. 남는 시간은 앵계천 변의 유녀와 보냈다.

당시 최우는 방대해진 야별초의 통솔자를 물색하던 중이었다. 신분 고하를 막론하고 무예가 뛰어난 자를 찾았지만 쉽지 않았다. 그때 김준을 알고 있던 박송비朴松庇, 송길유宋吉儒가 김윤성의 아들이라며 천거했다.

"그래, 김준. 기억난다. 대단히 용맹하고 구척장신에 용모도 수려했지. 그 아비가 우리 집안에 충성을 다했어. 데려오거라."

최우가 반색하며 김준을 야별초의 단위 부대장인 지유指諭에 임명하고 자신의 호위를 맡겼다. 그 후 김준을 지켜본 최우는 황명과 궁중 열쇠를 담당하는 전정승지殿前承旨로 승진시켰다. 황실 정황을 살피는 책임까지 맡긴 것이었다.

보기와는 달리 매사를 꼼꼼하게 챙기는 김준을 고종도 총애했다. 환관 김인선金仁宣의 질녀와 짝을 맺어주기도 했다. 김준은 자신의 인맥을 최대한 활용해 최우를 도와주었다.

최우는 일거수일투족 김준에 의지하게 되었다. 그는 거구였던 최충헌과 달리 왜소했다. 그런 이유로 최충헌이 몸집이 큰 최향에게 정권을 넘겨줄까 고민도 했다. 하지만 최우의 심지가 돌처럼 굳은 것을 보고 결국 최우를 후계자로 낙점했다.

그래서일까. 최우는 최충헌보다 더 많은 첩을 두었다.

후실 중 대씨大氏는 하급 무인 대집성大集成의 외동딸로서 유부녀였다. 그녀는 김약선과 사통하다 발각되었는데, 도리어 김약선이 대씨의 남편을 죽여버렸다. 그 뒤 대집성은 사위가 몽골군과 싸우다가 전사했다고 둘러댔다.

그런데도 최우는 대씨를 후실로 삼고 대집성을 일약 어사대부御史大夫로 올렸다.

최우는 환갑이 넘도록 첩들을 밝히는 바람에 기운이 더 없어져 안방이든 어디든 김준이 부축해 주어야만 했다.

최우의 첩들은 김준을 보며 마음이 흔들렸다. 그중 하필 최우가 가장 아끼는 안심安心이 적극적으로 김준에게 접근했다. 그런 안심에게 최우가 안가安家를 마련해주고 점심때마다 들렀다.

약골인 최우는 안심의 품에 안기면 바로 잠이 들었다. 그럴 때마다 아직 청춘인 안심은 허전하기만 했다. 잠시 오수를 즐긴 최우가 일어나면 사랑방에 기다리던 김준이 부축해 정방이 있는 본가로 데려다주었다.

이런 일상이 몇 개월 지속되던 어느 날, 김준이 혼자 보따리를 들고 안심을 찾아왔다.

"나으리는 어디 가시고 웬 보따리입니까?"

"폐하와 함께 계십니다. 대신 이 선물을 주셨습니다."

보따리 안에서 호박, 비취 등 온갖 진귀한 패물이 나왔다.

"외국에서 들어온 것들입니다."

안심은 별로 좋아하는 기색이 아니었다. 패물은 보지 않고 김준에게서 눈을 떼지 못했다. 김준도 눈치채고 있었다. 언제부터인지 자신을 보는 안심의 눈빛이 예사롭지 않다는 것을. 너무 위험해 모른 척하고 있었을 뿐이었다. 대낮이었지만 한적한 안가에 단둘만 있게 되자 안심이 노골적으로 접근했다.

"알고 계시죠, 이 패물보다 당신이 내 애를 더 태우는 것을?"

김준은 순식간에 안겨 오는 안심에게 맥없이 무너졌다. 호박, 비취 따위가 방안 이리저리 어지러이 흩어졌다.

아무리 거센 광풍도 지나가는 법. 일을 끝내고 정신을 차린 김준이 사방에 흩어진 패물을 모으기 시작했다. 안심이 말했다.

"그냥 두세요. 내가 치울 테니 얼른 돌아가세요."

한 번 둑이 무너진 둘의 밀애는 갈수록 열기를 더했다. 위험한 정사에 빠져든 데에는 각자 이유가 있었다. 김준은 절대 지존의 애인을 안으며 형언할 수 없는 쾌감을 느꼈다.

"으하하하하, 최우야. 네 혼쭐을 뺏은 안심의 혼쭐은 내가 잡고 있느니라."

안심과 몰래 사랑을 나눈 후 최우를 볼 때마다 속으로 그렇게 외쳤다. 안심은 애정도 없이 최우에게 끌려가면서 상처 입은 여자의 자존감을 김준과 몰래 만나며 보상받고 있었다.

초기에 두 사람은 도둑고양이처럼 만났다. 김준이 야밤에 담장을 넘어 안심의 방을 찾았다. 점차 간이 부은 김준은 대낮에도 최우의 심부름이라며 안가를 드나들었다.

끝내 안가의 노비가 눈치채고 최우를 찾아갔다.

최우는 일부러 유람을 떠나는 척하며 김준에게 휴가를 주었다. 김준이 안심의 집으로 달려갔다. 뒤를 최우의 비밀 경호원이 미행하는 줄도 모르고.

"뭐라? 시뻘건 대낮에 두 연놈이 이불 속으로? 요것들이 나를 희롱했구나!"

최우는 안심을 죽이고 김준을 붙잡아 곤장 50대를 쳐 피떡을 만든 뒤 귀양 보냈다.

김준은 수레에 실려 귀양 가다가 혜민국 앞에 이르러 원숭이를 데리고 구경꾼들에게 돈을 걷는 중국인을 보았다. 아버지를 땅에 묻은 날 자신이 턱을 날린 바로 그 송인이었다.

김준의 귀환과 야별초가 된 김통정

김준이 귀양 간 지 3년이 지난 어느 날, 환관 김인선이 새로 야별초의 지유가 된 송길유와 함께 최우를 찾아왔다.

"그만 김준을 풀어주십시오. 많이 뉘우쳤을 것입니다. 큰 잘못을 저질렀지만 그만큼 쓸모 있는 자도 드뭅니다."

"알았다. 엄하게 훈계한 후 방면토록 하라."

그렇게 김준이 개성으로 돌아왔지만 몇 해가 지나도록 최우가 부르지 않았다. 실의에 빠진 김준에게 김인선이 조언해주었다.

"진인사대천명盡人事待天命일세. 우선 만종萬宗과 만전萬全에게 공을 들이며 기다려 보게."

고민이나 하고 있지 말고 적극적으로 최우의 두 아들을 보살피라는 말이었다. 둘 다 최우가 늦은 나이에 기적처럼 얻은 아들이었다. 하지만 사고나 치는 왈짜였다. 참다못한 최우가 두 아들을 각기 지방 사찰로 쫓아내 중 행세를 하게 했다.

그 사연은 이랬다.

최충헌은 집권 13년째인 1209년, 교정도감을 설치하고 별감을 맡았다. 그것을 자축해 활동 사저에 비단 장막을 치고 연회를 베풀었다. 백관은 물론 외국 사신과 희종까지 찾아와 축하했다. 이로써 만천하에 고려 실세는 별감이며 황제는 꼭두각시인 것이 드러났다.

더욱이 별감은 세습직이었다. 그 때문에 최충헌 가문이 또 하나의 황족처럼 보였다. 그 자리를 이어야 할 최우도 황태자 대우를 받았다.

그런데 최우에게는 한 가지 문제가 있었다. 나이 마흔셋이 되도록 아들이 없었다. 정숙첨의 딸로서 정실인 하동 정씨와의 사이에 외동딸 마봉馬峯만 두었던 것이다. 아무리 노력해도 아들이 생기지 않자, 정씨가 시녀 중 가장 튼튼한 우악優渥을 첩으로 밀어 넣었다.

최우가 우악과 아무리 노력해도 딸 마곡馬谷 하나만 두고 끝이었다.

속이 탄 정씨가 거액을 주고 양수척 여인을 데려왔다. 일종의 씨받이였다. 최우가 화를 내며 거절했지만, 정씨가 점쟁이까지 동원해 양수척 여인의 골상이 아들을 낳을 상이라며 달래는 바람에 하룻밤을 같이 보냈다.

정말 점쟁이 말이 맞으려는지 양수척 여인이 바로 임신했다.

최우가 기대에 부풀어 열 달 가까이 기다렸지만 또 딸이었다. 그는 딸의 이름을 여식은 이제 그만이라는 뜻에서 말녀末女라 지었다. 최우는 그 뒤로 아들을 포기했다.

하지만 아버지 최충헌이 교정별감이 되었는데도 후사를 이을 자식을 두지 못해 초라해지는 기분은 어쩔 수 없었다. 연회가 끝난 뒤 최우는 마음을 달랠 겸 처음으로 앵계리의 기생집을 찾았다.

그때 최우가 만난 기생이 서련방瑞蓮房.

앵계리의 많은 기생 중 한 명으로, 자신의 첩들과 비교하면 박색이었다. 그날만큼은 미색이 싫었다. 외모가 평범해도 먹고 살기 위해 몸을 파는 서련방이 더 좋아 보였다.

그렇게 딱 하룻밤 보냈는데 서련방이 아들을 낳았다. 최우는 그 이름을 만물의 우두머리가 되라는 뜻에서 만종이라 했다. 곧 둘째까지 태어나 만전이라 했으니, 매사가 다 잘되라는 뜻이었다.

두 형제는 최우의 아들이기는 했다. 하지만 어디까지나 기생의 소생이라 최우가 대놓고 후계자로 기르기 멋쩍었다. 결국 두 형제는 최우가 예순이 될 무렵 개경 최고의 망나니가 되어 있었다. 그럴수록 최우는 정실이 낳은 딸 마봉을 애지중지하고 그 남편 김약선을 중용했다.

최우는 급기야 두 아들의 지원마저 끊었다. 이제 별감 자리는 최우의 사위 김약선이 물려받을 분위기였다.

그럼에도 김인선은 최우의 두 아들 중 하나가 권력을 승계하리라 보았다. 그럴 만한 이유가 있었다. 마봉과 김약선이 무늬만 부부였던 것이다. 그 둘은 따로 놀았다.

김약선은 장인 최우의 신뢰를 믿고 기고만장했다. 자신의 한량기를 마음껏 발산했는데, 하필 최우의 사저에 있는 망월루 모란방에서였다. 그곳에 비밀리에 처녀들만 모아 나체가 되어 즐겼다. 그녀들은 바로 최우의 가노였다.

마봉도 홧김에 서방질한다고 건장한 총각만 골라 임진강으로, 벽란도로, 심지어 금강산까지 돌며 밀애를 나눴다.

모두가 쉬쉬해 최우만 몰랐지 김인선도 알고 있었다. 부부가 음란 행각을 멈추지 않은 한 언젠가 알려질 테고, 김약선의 습권은 물 건너간다. 그래서 김인선이 김준더러 끈 떨어진 뒤웅박 신세 취급당하는 만종 만전 형제를 미리미리 챙겨두라 했던 것이다.

김준은 사비를 털고 김인선이 마련해준 선물도 가지고 두 형제를 열심히 후원했다.

그러던 어느 날 김인선이 최우를 만나 조조의 구현령求賢令 얘기를 꺼냈다.

"조조가 측근들에게 청렴해야만 천하를 다스릴 수 있다면 제나라 환공이 어찌 맹주가 될 수 있었겠는가라며 묻고, 형수와 사통했든 한때 재물욕을 부렸든 묻지 말고 재능만 보고 천거하라 했습니다."

"무슨 말인지 알아들었다."

이로써 최우가 다시 김준을 기용했다.

당시 칭기즈 칸은 서하와 전쟁 중 낙마로 죽으며 서하인의 씨를 말릴 것을 유언으로 남겼고, 셋째 아들 오고타이窩闊台.와활태가 권력 투쟁을 거쳐 1229년에 칸에 올랐다.

서하를 점령한 몽골의 남은 과제는 남송과 금나라, 고려를 삼키는 일이었다.

그중 가장 골칫덩어리인 고려에 화전和戰 양면책을 구사했다. 수용하기 어려운 요구를 하는 한편, 1231년 저고여가 살해된 사건을 구실로 대규모 침략을 개시했다. 1259년까지 7차례에 걸쳐 전쟁을 벌이면서도 사절단을 보내 온갖 물품을 요구했다.

남송 공략에 필요하니 배 30척과 수수水手.노잡이 3천 명을 보내라, 고려를 믿을 수 없으니 왕과 귀족의 자녀 5백 명을 인질로 보내라, 수달피 1천 장과 요자鷂子.사냥용 매의 새끼를 보내라….

몽골의 요구는 끝이 없었다.

1232년 2월, 사절단 24명이 와서 다짜고짜 황실로 들어가 자리를 깔고 아예 드러누웠다.

"먼 길을 오느라 피곤하다. 누워서 좀 쉬어야겠다."

그러면서 음식을 줘도 고종과 같이 먹어야 한다며 거부했고,

저녁에 고종과 함께 자야겠다며 난동을 부렸다. 내시들이 금은 보화를 주어 겨우 달랬는데, 그날 밤 기어이 사고가 터지고 말았다. 사절들이 숙소가 비좁고 대접이 소홀하다며 낭중 민회적 閔懷迪을 몽둥이로 패 죽인 것이다.

그때부터 최우는 몽골이 무신 정권을 무너뜨리고 아예 고려를 삼키려 한다고 보았다. 그러잖아도 몽골이 고려에 보낸 편지마다 최우의 관직명을 생략한 채 '최 공崔公, 영공令公'이라고만 표기했다. 겉으로 최씨 무신 정권을 인정하지 않겠다는 뜻이지만, 속내는 무신 정권과 고려 황실을 이간하는 술책이었다. 이미 다루가치를 서북면 40여 성에 파견한 데다가 곧 개경에까지 보내 국사 전반에 참견하려는 기세였다.

이제 최우는 결단을 내려야 했다. 항거냐, 굴종이냐. 물론 몽골에 굴복하면 나라는 말할 것도 없고 자신의 명운 또한 끝이었다.

"만약 항거하려면… 으음, 물길밖에 없다."

세계 최고의 기병인 몽골군과 싸우려면 육지가 아니라 바다여야 했다. 바다라면 수전에 능한 고려가 몽골군을 꺾을 수 있다고 보았다.

최우는 개경 관리 다섯 명을 뽑아 그 가족들과 함께 먼저 강화도로 보냈다. 그들이 거기서 두세 달 살아보고 돌아왔다.

"대감, 난리를 피하기에 최적의 장소입니다."

귀가 번쩍 뜨인 최우가 수하들을 강화도로 보내 자세히 살펴보게 했다. 그들의 보고 또한 기대 이상이었다.

"해산물, 농산물이 풍부합니다. 예성강과 한강, 임진강 세 강이 만나는 섬이라 전국의 물자를 취합하기에도 매우 좋습니다."

전국의 공물을 모으기가 개경보다 더 좋다는 것이었다. 그렇다면 강화도로 가야겠다 결심하고 대집성, 김약선, 김준, 정무鄭畝 등을 불러 모았다.

"몽골이 갈수록 억지를 부리고 있다. 그대로 따르다가는 나라가 거덜 나게 생겼다. 아예 천도해야 훗날을 기약할 수 있을 거야."

김준이 최우의 의중에 꿰뚫어 보고 장단을 맞췄다.

"저놈들은 육지에서나 강하지 바다에선 생쥐 꼴입니다. 바다 건너 큰 섬으로 들어가면 저놈들도 어쩌지 못할 것입니다."

"그렇다. 내가 알아본 바로 강화도가 도읍지로 최적이다."

한 달 후인 1232년 5월, 최우는 사저에 4품 이상의 대신들을 모두 불렀다.

"산하에 녹음이 짙어지고 있소. 이 아름다운 강산에 언제 몽골 놈들이 침략할지 걱정이 태산이오. 방책이 있으면 기탄없이 내놓길 바라오."

최우의 속셈을 알 리 없는 신료들은 이구동성이었다.

"도성을 굳게 지키면 남하하는 적들이 우회할 것입니다. 그 뒤를 공격해야 합니다."

똑같은 대책을 또 내놓고 있었다. 최우가 지겹다는 듯 두 손으로 얼굴을 감싸는데 정무가 나섰다.

"지금껏 그런 말을 해왔지만 상황이 더 악화되고 있습니다. 적들은 불화살과 사다리로 아무리 험한 성도 무너뜨립니다. 우리가 도성을 악착같이 지킨다 한들 당해내기 어렵습니다."

최우가 두 손으로 탁자를 내리치며 벌떡 일어섰다.

"몽골과 맞설 수 있는 길은 천도뿐이다!"

최우가 결단을 내릴 때 늘 취하는 행동이었다. 보통 때 같았으면 모두 최우를 따랐으나 사안이 워낙 중대했다. 천도라는 최우의 청천벽력 같은 선언에 참지정사 유승단兪升旦이 발끈했다.

"개경을 포기하자니… 그 말씀은 왕씨 고려를 버리자는 것과 같소이다. 태조 선황 이래 3백 년 사직을 지켜온 개경을 떠나자는 말씀을 어찌 그리 쉽게 하십니까? 또 저 10만 채가 넘는 집은 어쩌시렵니까? 죽으면 죽었지 개경을 떠날 수 없습니다."

대집성이 나서서 흥분한 유승단을 가라앉히려는 듯 굵직한 목소리로 반박했다.

"백번 지당한 듯하나 현실을 보세요, 현실을! 우리가 살고 나야 도읍도 황실도 있는 것 아니겠소. 적들이 쑥대밭을 만든 다음에야 무슨 소용이오? 우선 도성이라도 옮겨야 후일을 도모할 수 있소이다."

개경 사수냐, 천도해 싸우느냐를 두고 논쟁이 팽팽했다. 여태 껏 보지 못한 광경이었다.

감히 최우 앞에서 사수파와 천도파로 나뉘어 삿대질하며 다투었다. 최우는 말없이 지켜보며 누가 반대파인지 확실히 파악했다. 양측이 육박전까지 벌일 태세에 이르자 비로소 최우가 나섰다.

"몽골 기병을 막기란 쉽지 않소. 내륙에 도성이 있는 한 당해내기 어렵다는 뜻이오. 개경에 머물자는 것은 적에게 패배하자는 것과 같소. 나라가 망하기 바라지 않고서야 어찌 그리 주장할 수 있겠소. 다행히 우리 수군은 천하무적이니 바다 가운데로 가서 고려를 지켜야 하오. 그 적지가 바로 강화도요."

평소에도 서릿발 같은 최우의 얼굴이 빙판처럼 더 굳어졌다. 거기서 개경 사수를 더 주장했다가는 나라를 망치는 자로 몰릴 판국이었다. 움찔한 개경 사수파가 슬그머니 꼬리를 내렸다.

하루도 채 지나지 않아 개경에 강화도 천도설이 쫙 퍼졌다. 개경 근교에 숨어 살던 자운선도 이 소문을 들었다.

"강화도로 갈 수밖에 없겠지."

다음 날 아침 김통정의 머리맡에 서찰 한 통이 놓여 있었다.

통정아. 벌써 네가 스무 살이 넘었구나.

그동안 아버지가 누군지 궁금했을 텐데 묻지 않다니… 이 어미

생각해서 그런 줄 안다만, 장하다. 아버지가 누구고 어머니가 누구인지 뭐 그리 대수겠느냐. 궁금한 마음까지 버리거라.

어느 누가 부모를 골라 태어나겠느냐. 그러니 씨앗으로 사람 차별하는 세상이 미친 게지. 어미는 네가 누구 자식이냐 묻는 이에게 지렁이 씨라고 했다. 견훤도 지렁이의 자식이었느니라. 이 한 가지만 기억하거라. 인간은 다 흙에서 와서 흙으로 간다.

통정아. 흙은 외로움도 집착도 모르지만 싹을 틔운다. 이것만이 유일한 자연의 순리이니 기억하거라. 그러면 언제든 담담할 것이다.

최충헌이 나를 없애려 할 때 김윤성이 도와주었다. 그의 아들 김준이 최우를 돕고 있으니 너는 김준을 도와주거라. 최씨 정권은 자신들이 살기 위해서라도 반드시 강화도로 간다. 너도 야별초가되어 함께 가거라.

때가 되거든 왕씨, 무인, 몽골을 위한 세상이 아닌, 삼라만상의 자존을 위해 혼신을 불태우거라. 출세하려고 비열해지지 말고 항시 자연스럽게 살다가 죽을 자리를 찾거라.

핏줄 따라 주인과 종을 나누고 사는 것처럼 천하에 해를 끼치는 일은 없다. 우리 양수척은 견훤이 왕건에게 패한 후 지난 삼백 년간 산 따라 물 따라 주유하며 살았다. 그때가 참 좋았다. 모두가 좋았고 나날이 즐거웠다. 호적도 없고 아비가 누군지 알 필요도 없으니 나댈 것도 누구를 무시할 것도 없었다.

그런데 어미가 그만 이자영과 최충헌에게 묶여 양수척에게 공물이라는 명에를 지우고 말았구나. 이제 속죄하는 마음으로 속세를 떠나 살다 가련다. 어미와 자식으로 수십 년 더 같이 산다 한들 서로 자유롭지 못할 뿐, 회자정리會者定離가 자연의 이치 아니더냐. 어미로서 처음이자 마지막으로 부탁한다. 이 어미를 찾지 말거라.

편지를 다 읽고 난 김통정이 방문을 박차고 마당으로 뛰어내렸다.

"어머니를 찾아야 한다. 이대로 보낼 순 없다. 어머니 가는 곳에 나도 같이 가야 한다. 그러나 어디 가서…."

혹시 편지에 어머니 행방의 단서가 있을지 몰라 다시 방 안으로 뛰어들어 편지를 읽고 또 읽었다. 그런데 이상했다. 편지를 읽을수록 두 구절이 가슴에 박혔다.

'삼라만상의 자존을 위해 혼신을 불태우거라.'

'회자정리가 자연의 이치 아니더냐.'

진정으로 어머니를 위한 길이란, 어머니를 찾는 것이 아니라 바로 이 두 구절을 가슴에 새기고 사는 것이라는 확신이 섰다. 곧바로 편지를 품속 깊숙이 넣고 김준을 찾아갔다.

김통정을 만난 김준은 어디서 본 듯한 얼굴이라 고개를 갸우뚱했다. 김통정이 지난 얘기를 꺼내자 그제야 그의 두 손을 덥석 잡았다.

"아, 어렸을 때 아버지의 고향 함흥에 가면 너랑 말 타고 놀았지. 그때 말을 잘 다루는 네가 참 부러웠지."

김준이 천군만마를 얻은 듯 좋아하며 야별초에 자리를 마련해주고 최우의 경호를 책임지게 했다. 당시 김준은 최우의 신임을 다시 얻어 천도와 관련해 신하들의 동태를 살피고 있었다.

그 과정에서 김준은 조정 대신들의 실체를 보았다. 겉과 속이 달라도 너무 달랐다. 그래야 출세한다는 생각이 들 정도였다.

천도 문제만 해도 그랬다. 속으로 반대하면서도 최우 앞에서는 시치미를 떼고 오리발을 내밀었다. 뒤에서만 집요하게 방해 공작을 했다. 문신 귀족들이 특히 교묘했다. 이 때문에 최우가 힘들어하자 김준이 희생양을 만들자고 제안했다.

"문신들이란 말을 만들어 먹고 사는 놈들입니다. 말로 해서는 절대 해결 안 됩니다. 전체를 불러 놓고 천도 얘기를 꺼내면 반드시 한두 놈이 제 성질을 못 이겨 게거품 물고 반대할 것입니다. 그놈들만 공개 처형하면 됩니다."

6월 5일 이른 아침, 대신들이 최우의 사저로 모였다. 동산에 새가 우짖고 뜰에 꽃이 화사했지만 회의장 분위기는 무거웠다.

깡마른 최우의 목소리가 추상같았다.

"오늘 몽골 대비책을 끝장냅시다."

꿀 먹은 벙어리처럼 누구도 입을 열지 않았다. 뒷동산에서 꾀꼬리 소리만 들려왔다. 마침내 다른 신하보다 솔직한 유승단이 입을 열었다.

"소국이 대국을 따르는 것은 당연합니다. 저들을 잘 대우하면 명분이 없어 우리를 괴롭히지 않을 것입니다. 구차하게 연명하자고 삼백 년 도읍을 버리고 섬에 들어가면 육지 백성들이 죽고 잡혀가는 것은 어찌하시렵니까?"

그의 목소리가 가늘게 떨렸다. 최우가 유승단을 노려보던 실눈으로 다른 대신들을 훑고 있었다.

"다른 분도 말씀해보세요."

아무도 가타부타 말을 못 한 채 시간만 흘렀다. 대신들의 실체가 그랬다. 시커먼 속을 잘 안 드러냈다. 그래 놓고 뒷공론으로 일을 그르쳐놓는다. 벌써 점심때가 한참 지났는데 최우와 유승단 외에 모두가 입을 다물고 있었다. 최우 또한 마무리 지을 요량으로 답답한 속을 참으며 입 다물고 버텼다.

어느 순간, 밖에서 정적을 깨는 소리가 나더니 누군가 문을 걷어차며 들어왔다. 모두 놀라 바라보니 야별초 지유 김세충金世冲이었다.

"태조 이래 삼백 년 도읍을 버리고 어디로 간단 말이냐? 도성은 아직 견고하고 군량도 충분하다. 마땅히 개경에서 사직을 사수해야 한다!"

과연 무인다웠다. 침묵으로만 반대하는 문신들과 달랐다.

최우의 입가에 싸늘한 웃음이 번졌다. 천우신조의 기회를 잡았다는 뜻이었다. 아닌 밤중에 홍두깨처럼 들이닥친 김세충을 최우가 무시하고 창밖 정원으로 눈길을 던졌다.

대청마루보다 높이 자란 모란의 꽃송이가 얼마나 탐스러운
지. 붉은 모란이 버드나무 가지 사이로 피보다 더 붉게 빛났다.

최우가 아직도 씩씩거리는 김세충을 넌지시 바라보았다.

"그러냐? 그러면 개경을 지킬 방책을 내놓아라."

김세충이 머뭇거리는데 미리 김준과 말을 맞춰놓았던 대집성
의 일갈이 터져 나왔다.

"김세충은 대책도 없이 국론을 모으는 데 방해하고 있습니
다. 본보기로 참형에 처해야 합니다!"

이에 질세라 무인 김현보金鉉寶도 맞장구쳤다.

"옳습니다. 국론을 분열시키면 누구를 막론하고 죽여야 합니
다."

그 자리에서 김세충은 국론 분열자로 낙인찍혀 네거리에서
참수형을 당했다.

그 후 누구도 천도에 반대 의견을 꺼내지 못했다. 꺼냈다 하
면 누군가 김준에게 보고했고, 그 즉시 처벌을 받았다. 국론을
강제로 모은 최우는 아예 천도 시한까지 못 박았다.

"올 7월 안에 천도하겠소."

한 달 안으로 떠난다는 것이었다. 촉박하기는 했지만 국제 정
세를 감안하면 어쩔 도리가 없었다.

이때쯤 최우가 자신의 이름을 이怡로 개명했다.

최이가 천도 결정에 공을 세운 김준을 불러 호리병에 담긴 술을 한 잔 따라 주었다.

"이 병을 좀 봐라. 무엇을 닮은 것 같으냐?"

"장독 두 개를 포개 놓은 모양입니다."

"하하하, 고려 모양이다. 여기 움푹 들어간 오른쪽에 강화도가 있다. 위아래로 관리하기 좋으며 몽골도 감히 넘볼 수 없는 곳이다."

"네, 그렇습니다. 천혜의 요새입니다."

"오늘 폐하를 만나 천도를 상주하거라."

최이의 특명을 받은 김준이 서둘러 김인선과 박문기朴文琪를 먼저 만나 귀띔하고 고종을 알현했다. 김인선과 박문기도 환관 자격으로 동석했다.

고종에게 가하는 천도 압박은 이렇게 시작되었다. 고종이 머뭇거렸지만, 최이는 곧바로 개경 5부에 방문을 붙였다.

"앞으로 한 달 준다. 이 기간 내에 강화도로 떠나라. 그러지 않으면 군율에 의거해 처단한다."

그래도 고종이 천도 윤허를 내리지 않자 김준이 김통정을 불렀다.

"한양 청룡사의 비구니를 모두 개경 정업원에 모이게 해라."

김통정은 청룡사란 말에 귀가 번쩍 뜨였다. 혜성을 보고 난생처음 설레었던 마음이 지금껏 남아 있었던 것이다. 그는 바람처럼 말을 달려 청룡사에 도착했다.

김통정과 혜성은 첫눈에 서로를 알아보았다.

김통정이 내민 손을 혜성이 선뜻 잡지 못하고 합장으로 대신했다. 하지만 둘은 금세 11년 전 장패문을 끼고 도는 개울가에서 설레었던 마음으로 되돌아갔다. 누가 보면 꼭 오래된 연인 같았다. 순간적으로 김통정이 안으려는데 혜성이 합장하며 한 발 물러섰다.

"얼른 돌아가. 나도 가서 떠날 준비를 해야지."

김통정이 개경에 돌아온 지 사흘 후 청룡사 비구니들도 왔다.

이들과 정업원 승려들이 함께 황실 앞에서 천도 기원제를 거행했다. 그러자 두 절의 승려들과 속세에서 인연이 있던 황실 사람들과 귀족들이 찾아왔고, 호기심이 발동한 백성들도 몰려들어 인산인해를 이루었다.

결국 고종도 천도 윤허를 내려야 했다.

"7월 15일부로 강화도로 천도하노라."

그날 최이는 강화도에 도성을 신축할 군사를 보내고, 5도 양계에 공문을 보내 몽골의 침략에 대비해 백성들이 인근 섬이나 산성으로 피신할 준비를 하도록 했다. 수레 수백 대에는 자신의 이삿짐을 실어 먼저 강화도로 보냈다.

가자, 강화도로!

강화도로 떠나기로 한 7월 15일, 하필 그날 새벽부터 하늘이 뚫린 것처럼 장대비가 쏟아졌다.

지난밤 개경 사람들은 어느 누구도 잠들지 못했다. 내일이면 개경이 아닌, 다른 곳이 고려 도성이 된다는 사실을 받아들이기 어려웠다. 그것도 서해의 작은 섬 강화도라니….

황제부터 노비들까지 똑같은 근심으로 밤새 뒤척이다가 새벽닭이 울어 떠날 채비를 하는데 태풍이 들이닥친 것이었다.

도로에 물이 차오르고 바람이 거세 나뭇가지와 작은 돌멩이까지 날아다녔다. 벌써부터 집집마다 용왕도 천도를 막는다고 난리였다.

비와 구름과 바람은 용왕이 내린다고 여겨지던 시대였다. 개경인들은 태조 왕건이 용왕의 후손이라 믿었다. 그러니 용왕이 개경을 떠나도록 놓아두지 않는 게 아니냐는 아우성이었다.

묘시오전 5~7시부터 쏟아지던 비가 사시오전 9~11시가 되니 언제 그랬느냐는 듯 뚝 그쳤다. 그때까지 최이의 집에 머물던 김준, 김약선, 대집성 등이 발 빠르게 움직였다.

김준은 대궐로 달려가 김인선과 함께 고종이 어가에 오르도록 채근했다. 고종이 태묘에 작별 인사는 올려야 한다고 하자 김준이 반대했다.

"원래 해시까지 태묘제를 지내기로 했습니다만, 하필 그 시각에 하늘이 비를 내려 막았습니다."

고종은 할 수 없이 어가에 올라야 했다. 행렬은 귀족과 관리, 개경 백성, 짐을 실은 달구지 순으로 이어졌는데, 그 끝이 보이지 않았다. 당시 개경 인구 50만. 미리 강화도로 간 사람, 멀리 도망간 사람, 죽어도 못 떠난다며 숨은 사람을 제외하고 10만여 명이 천도 길에 오른 것이다. 말이 좋아 천도지 피란과 마찬가지였다.

기나긴 천도 행렬의 선두가 십자로 남쪽의 저교猪橋를 건너 회빈문會賓門 외곽의 널따란 구릉에 올랐다. 그곳만 지나면 제법 큰 절인 경천사敬天寺가 나왔다.

고종이 구릉에서 잠시만 쉬어 가자며 어가에서 내렸다. 도성을 바라보던 고종이 더 이상 참지 못하고 눈물을 흘렸다. 황제가 우니 신하도 울고, 백성은 아예 통곡했다. 조상 대대로 살면서 희로애락이 담겨 있는 곳, 그곳을 통째로 버려야 한다니….

최이가 작별은 짧을수록 좋다며 고종에게 출발을 권했다. 고종이 어가에 오르는 그때 다시 천둥이 치면서 후두둑 비가 쏟아졌다. 분명 하늘은 맑았다. 괴이한 일이었다.

어가가 출발해도 백성들은 도성만 바라볼 뿐 움직이지 않았다. 난감해진 최이가 야별초 장수들을 소집했다.

"별수 없다. 질긴 미련이란 목숨이 경각에 달려야만 끊기는 법이다. 몽골 놈들이 청천강을 넘어 개경에 다가오고 있다는 말을 퍼트려라."

그제야 백성들이 천도 길에 따라나섰다.

하늘이 쾌청했으나 비는 내리고 가야 할 길은 진흙탕이었다. 소달구지가 진구렁에 빠지면 나뭇가지와 풀을 깔아놓고 밀고 당겼다.

이런 참상을 보며 고종이 용포 자락으로 눈물을 연신 훔쳤다. 최이가 고종에게 일침을 가했다.

"폐하께서 약한 모습을 보이시면 안 됩니다."

"아니오. 우는 게 아니라 빗물을 닦을 뿐이오."

경천사가 그리 먼 길도 아닌데 도착할 때쯤 모두 지쳐버렸다. 설사 눈앞에 몽골군이 나타난다 해도 한 걸음도 움직이기 힘들었다. 오직 수레를 탄 고종과 최이가 팔팔했다. 그들만 간다고 나라가 되는 것이 아니어서 할 수 없이 경천사에서 하룻밤을 보내야 했다.

다음 날 새벽에 다시 출발해 오시오전 11시-오후 1시쯤 개경 남단 승천포昇天浦 나루에 다다랐다.

야별초의 지휘 아래 천여 척의 배에 사람들이 차례차례 오르기 시작했다. 양옆이 절벽으로 막혀 포구가 좁은 터에 저녁 늦게까지 도항해야 했다.

강화도에는 다섯 개의 큰 산이 있다. 남에서 북으로 마니산, 진강산, 혈구산, 고려산, 별립산이 솟았고, 그 사이사이에 평야와 작은 산들이 놓였다. 궁궐터는 고려산과 강화와 해협 사이의 북산 기슭에 닦았다. 궁궐은 개경과 똑같이 배치하고 북산도 송악산이라 고쳐 불렀다.

우선 궁궐은 임시로 세웠지만 강화도에 따라온 청룡사와 정업원의 비구니 일흔여 명이 기거할 곳이 마땅치 않았다. 그들은 황실 출신이라 대부분 절에 들어가고 싶어 하지 않는 눈치였다.

강화도의 비구니 절은 백련사와 청련사 정도였는데, 수용 인원은 스무 명 정도만 가능했다. 할 수 없이 꼭 절로 가길 원하는 비구니 외에 나머지는 궁궐 옆 민가에 기거하게 했다.

혜성은 백련사로 갔다. 그 절의 주지가 백두 살 고령인 데다 와병 중이었고 비구니들도 어려 주지를 잇기로 하고 들어간 것이었다.

강화의 궁궐 공사는 겨울까지 이어졌다. 최이의 저택도 잣나무로 지었다. 정원이 수십 리에 달했고 얼음 창고까지 갖추었다. 강화에서 첫봄을 맞을 때는 제법 황도의 면모를 갖추었다.

그 당시 몽골의 오고타이 칸은 무엇을 하고 있었을까? 금나라 수도인 개봉을 공략하느라 고려를 돌아볼 틈이 없었다. 그 또한 아버지 칭기즈 칸처럼 '공포의 싹쓸이 전략'으로 유명했다.

"훌륭한 용사는 전쟁터에서 적의 인육으로 양식을 삼는다."

"어느 성이든 만일 항거하면 사람뿐 아니라 짐승과 나무까지 모조리 없애라."

그가 한 말이었다.

오고타이가 개봉 인구 120만을 도륙할 작정으로 맹렬히 공격을 퍼붓던 중 고려의 천도 소식을 접했다.

"하룻강아지 범 무서운 줄 모른다더니…"

오고타이는 핏발 선 눈으로 살리타이 장군을 불러 야단쳤다.

"살리타이, 네가 일전에 고려를 침공했지. 그때 확실하게 잡았어야지 어중간하니까 또 고개를 쳐들잖아. 이번엔 숨소리도 내지 못하게 하라."

2년 전 살리타이가 3만 몽골 병력으로 개경까지 포위했으나 막대한 공물을 받고 물러난 얘기를 하는 것이었다.

그해 8월, 살리타이는 대군의 선두에 서서 압록강을 건너 남하했다. 한 번 왔던 길이라 지리에 훤했다. 두 달 만에 개경에 도착했다. 그는 텅 비다시피 한 도성을 보더니 분풀이로 불을 질렀다.

그러고 부평과 김포를 지나 강화도 앞으로 갔으며, 별동대로 기마병 5백 명을 따로 편성해 계속 남하했다. 몽골군은 보이는 대로 불 지르고 약탈했다. 인류 역사상 인구를 가장 많이 감소시킨 군대다웠다.

거칠 것 없이 질주하는 이들 앞에 용인의 처인성이 나타났다. 자그마한 토성이었다. 그 안에 승려 김윤후金允侯를 필두로 천민 등 백여 명이 수성 중이었다. 어이없어하던 살리타이가 그냥 지나치려다가 자존심도 있고, 무엇보다 처인성 안에 군량미가 있어 항복을 요구했다.

그런데 김윤후가 거절하는 게 아닌가. 기가 막힌 살리타이가 병력을 셋으로 나눠 성을 포위한 후 명령했다.

"이런 건방진 놈들을 보았나. 땅 위에 돌 하나 남기지 말고 무너뜨려라."

몽골 병사들이 성벽에 사다리를 놓고 오르기 시작했다. 성민들이 돌을 던지고 뜨거운 물을 쏟아부었다. 하지만 워낙 성이 작았다. 메뚜기 떼처럼 덤비는 몽골병들에게 밀릴 수밖에 없었다.

그런데 잠시 후, 동문 쪽에 기어오르던 몽골병들이 괴성을 지르며 우수수 떨어졌다. 근처 숲속에 숨어 있던 고려 승려의 화살이 살리타이의 목에 깊숙이 박혔다. 살리타이가 쓰러지자 몽골병들이 경악했던 것이다.

몽골군은 전쟁 중 장수가 전사하는 일은 드물었다. 만일 장수가 전사하면 바로 철수했다. 그들은 풀이 죽은 채 강화해협 쪽으로 후퇴한 뒤 그곳에 진을 치고 있던 군사들과 함께 압록강 너머로 철수했다.

육지의 백성들이 짓밟히면서도 일어나는 잡풀처럼 몽골군에 맞서고 있을 때 강화도의 최이 저택은 공사가 마무리되어갔다.

다음 해 5월, 낙성식이 성대하게 열렸다. 드넓은 정원에 능라 휘장을 두르고 곳곳에 얼음으로 조각한 삼족오와 꽃 화분을 배치했다.

천여 명의 기악대가 연주하는 가운데 최이가 잔을 들고 등장했다.

"우리가 이렇게 강화도로 천도하니 몽골 놈들도 어쩌지 못하고 물러가는구려, 하하하. 마음 놓고 즐겨봅시다."

몽골군이 용인성에서 철수한 것을 두고 하는 말이었다. 천민들의 분투를 자신들의 천도 업적으로 미화했다. 잔치에 흥이 오를 때 임재林梓 장군이 술잔을 들고 광대춤을 추었다. 그날 무인들은 신나게 즐기는 데 반해 문인들은 어색해했다.

천도 후 무신들은 자신들 세상이 계속될 수 있어 한껏 들떴고, 고종이나 문신들은 기가 더 꺾였다.

마니산 참성단의 김통정과 달래

최이는 낙성식 다음 날 측근들에게 일주일 휴가를 주었다. 그동안 해변 진지 구축에 매달렸던 김통정은 여유가 생기자 고려산 자락 백련사로 혜성을 찾아갔다.

혜성은 법당을 나오다가 김통정이 온 줄 알았다. 두 사람은 얼마나 반가운지 달려가 안고 싶었지만 그럴 순 없었다. 둘 다 출신과 신분에 얽매여 외로운 만큼 서로에 애착이 깊어갈 뿐.

"고려산에 진달래꽃 구경이나 가자."

김통정의 들뜬 제안에도 혜성은 말없이 염주알만 굴렸다.

"고려산 말고 마니산으로 가자."

한참 뒤에 혜성이 대답했다. 김통정은 그녀가 왜 그런 말을 하는지 알았다.

마니산에 참성단이 있다. 2,300년 전 단군왕검이 하늘에 제사 지냈던 곳이다. 김통정이 연인으로 다가서려니 또 혜성이 신앙으로 벽을 세웠다. 자신은 속세를 떠났다는 뜻이었다. 청룡사에서도, 천도하는 길에서도 김통정이 가까이 다가가면 혜성은 염주알을 굴렸다. 둘 사이는 지금까지 늘 그래왔다.

두 사람을 태운 말이 쏜살같이 마니산으로 향했다.

"나무관세음보살…."

참성단은 천제에게 감사와 기도를 올리는 곳이지만 혜성이 그 앞에서 합장했다. 그리고 장봉산 갯벌, 영종도, 석모도, 교동도와 개경 쪽을 응시했다.

"이곳은 고려의 배꼽이다. 백두산과 한라산의 중앙에 있지. 전국에서 기氣가 제일 센 곳이라 우두머리 산이라는 뜻으로 마리산摩利山이라고도 불러. 단군이 세운 조선의 수도는 아사달이고 고구려 수도는 평양인 거 잘 알지? 사연이야 어쨌든 고려 수도가 개경에서 이 마니산이 있는 강화도로 왔어. 앞으로 어디로 갈 것 같아?"

"……."

김통정이 침묵을 지키자 혜성이 암시를 주었다.

"백두에서 한라까지 한 번 내려간 후 다시 올라가겠지."

김통정이 혜성을 오늘 만난 이유는 청혼하기 위해서였다. 둘다 나이 스물이 넘었다. 혼인할 나이를 훌쩍 넘긴 것이다. 왜 김통정이 결혼하지 않는지 김준, 김인선, 심지어 최이까지 의아하게 생각했다. 그렇다고 김통정이 혜성을 사랑한다고 말할 수 없었다.

혜성은 승려인데도 김통정이 그녀를 사랑하는 이유가 있다.

혜성이 원해서 출가한 것이 아니라 어릴 적 영문도 모른 채 승려가 되었으니 승복을 벗어야 한다고 보았다. 김통정이 그와 비슷한 얘기를 꺼내려 하면 언제나 혜성이 막았다.

참성단 우측 급경사 길로 내려가다 보면 소나무와 참나무가 병풍처럼 둘러싼 작은 터가 나온다. 거기서 김통정이 작심하고 속마음을 밝혔다.

"혜성, 승복 벗어. 나도 군문을 떠날 테니. 같이 한라산으로 가자."

염주알을 굴리던 혜성의 손가락이 김통정의 입술을 눌렀다.

"이런 세상에 혼인하고 싶어? 네가 왕족이냐, 귀족이냐? 차라리 썩은 세상을 뒤엎은 다음에 함께 살자고 해야 하는 것 아니니? 혼인하면 자식 생기고, 그러면 너는 고종과 최이의 눈치를 더 봐야 하고.

그럼 나는? 내가 너를 챙겨주는 거야 사랑하니까 그렇다 쳐. 아내라는 이유 하나만으로 세상이 여필종부하라 할 텐데, 내가 그런 취급 받는 게 좋아? 여자인 내가 이 승복 벗으면 사람 취급이나 해준대?

그런데 중노릇 그만두라고? 내가 그런 대우 받는 것 보고 싶어? 대답해봐. 이런 세상에 너도 남자라고 혼인하고 싶냐고."

김통정은 딱히 대답할 말이 없었다. 어머니 자운선이 여자이기 때문에, 양수척이기 때문에 당한 고통을 잘 알고 있었기 때문이다. 혜성도 그랬다. 지금껏 누가 어디서 낳았는지 모르고, 그 흔한 이름조차 가져본 적 없이 동자승이 되었던 것이다.

　혜성의 눈에 눈물이 고였다. 강한 줄만 알았던 그녀가, 세속에 초월한 줄만 알았던 그녀가 울고 있었다.

　"미안해, 혜성. 너와 함께하고픈 내 욕심만 앞세웠어."

　김통정은 하산길에 무수한 들꽃을 보았다. 꽃 색깔도 보라, 하양, 노랑, 진홍 등 다양했다.

　마니산에 큰 바위가 많아서인지 진달래는 붓끝으로 찍어놓은 것처럼 점점이 붉었다.

　"혜성…. 이제 널 그 법명으로 부르지 않고 달래라 부르마."

　"네가 내 이름을 지어주는구나."

　"그래, 달래…. 달래야, 그냥 중노릇 계속해라. 여자가 아닌 중으로 계속 살아."

　"통정아, 고맙다. 그리고 미안하다. 대신 이 판을 뒤집을 일이 있을 때 나도 승복을 벗어 던질게. 기다려."

　그해 가을, 고종은 최이를 진양후晉陽候로 봉한다는 조서를 내렸다. 강화 천도와 황궁 조성의 공이 크다는 이유에서였다.

　"저는 한 것이 없습니다. 모두 폐하의 노고와 백성들이 애쓴 덕분입니다."

최이가 거절했다. 그러자 김준이 각 도의 수령들에게 통지문을 보냈다.

'최이 별감의 공을 치하하라.'

그랬더니 기다렸다는 듯 각 도의 수령은 물론 백관들까지 최이에게 선물을 보내며 고종의 뜻을 따라야 한다고 아우성이었다. 최이는 못 이기는 척하며 받아들였다.

얼마 지나지 않아 서경西京, 평양에서 파발마가 달려왔다.

"낭장 홍복원洪福源과 필현보畢賢甫가 반란을 일으켰습니다!"

고종이 떠난 텅 빈 개경을 노린 것이었다. 우선 반란 세력을 달래보기로 하고 정의鄭毅, 박녹전朴祿全을 보냈다. 하지만 반란군은 그들을 죽이고 서경까지 점령했다.

천도 후 최이가 처음 맞는 시련이었다. 조야가 술렁이며 내부 동조자까지 나올 조짐이 보였다.

한편, 혜성을 만났던 김통정은 다섯 달가량 김준 외에 누구도 만나지 않고 칩거한 채 혼인이냐, 혜성이냐로 번민에 빠져 지냈다. 혼인하면 혜성을 포기해야 했고, 혜성과 연인으로 지내려면 독신을 택해야 했다.

번민 끝에 혼인 포기와 혜성 선택이라는 결론을 내렸다.

그즈음 서경을 점령한 반란 세력이 곧 개경을 공격한다는 첩보가 입수되었다. 반란군 두목 홍복원의 아버지 홍대순洪大純은 몽골의 앞잡이였다. 그는 자신이 인주 도령으로 있을 때인 1218

년, 몽골군이 침략하자 항복하고 몽골로 갔다. 1231년 살리타이가 쳐들어올 때부터 몽골군의 길 안내를 시작했다.

그런 자의 아들이 서경에 이어 개경까지 장악한다면? 고려가 사라질 판이었다.

최이는 북방 병마사 민희閔曦에게 반란 진압을 명하는 한편, 혹시 관군마저 반역에 가담할까 봐 야별초 3천 명도 파견했다. 김통정도 야별초 지휘를 맡은 김준을 따라갔다.

정규군인 야별초를 서경의 백성들로 구성된 반란군이 당해낼 수 없었다. 전세가 불리해지자 홍복원은 쥐새끼처럼 몽골로 줄행랑쳤다. 필현보만 저항하다가 강화도로 끌려가 거리에서 처형당했다.

반란 진압 후, 최이는 후계자 선정을 서둘렀다. 오래전부터 두 아들 만종과 만전, 사위 김약선을 놓고 저울질하고 있었다. 두 아들은 기생이 낳아 출신을 따지는 고려에서 꺼림칙했다. 더구나 이의민 이후 최씨 정권하의 무인들은 가문이 좋았다. 그들은 자신의 두 아들보다 가문이 좋은 김약선하고 어울렸다.

김약선은 조부가 신종 때의 문하시랑 김봉모金鳳毛였고, 부친도 문하시랑을 지냈으며, 동생 김경손金慶孫이 1231년 몽골군을 귀주성에서 막아낸 명장이었다. 이런 배경에다 본인 능력도 출중했다. 최충헌 임종 시 권력 향배가 불투명할 때 최이의 집권에 큰 도움을 주었다.

최이의 마음은 김약선에게 기울었다. 하지만 두 아들이 늘 신경 쓰였다.

최이는 후계자 문제로 고민할 때 대씨의 처소를 자주 찾았다. 그럴 수밖에 없었다. 두 아들의 어미인 서련방이나 김약선에게는 장모 되는 정실 정씨를 만날수록 억측에 시달리기 쉬웠기 때문이었다. 그래서 대씨 집에만 들락거렸는데, 바로 이 대씨와 김약선이 정분 났다고 소문이 짜했다.

최이도 그 사실을 얼핏 알고 있었지만 괘념치 않았다. 수수깡 같은 자신과 달리 풍성한 대씨의 품이 좋았다.

여러 남자를 상대해본 대씨는 최이를 잘 다루었다. 자기 젖무덤에 얼굴을 묻는 최이의 머리를 쓰다듬었다.

"흐응… 대감. 근자에 듣자 하니 무엄하게도 대감 후계자를 세워야 한다는 말들이 많다 합니다. 그런 무엄한 놈들은 족쳐야 합니다."

"허허허, 아니다. 내가 먼저 말을 꺼낸 것이다. 나를 족치랴?"

"에그머니나! 몰랐습니다. 왜 그리하셨습니까, 아직도 이리 정정하신데?"

"그러냐? 사람 일을 어찌 장담하랴. 병가에서도 유비무환이라 하지 않았더냐. 미리 준비해 둬야 화급한 일을 당해도 당황하지 않을 게야."

"아무리 그래도 너무 빠릅니다."

"말이 나왔으니 물어보자. 네 생각에 누가 적합하겠느냐?"

"제가 뭘 알겠습니까만⋯ 덜렁대지 않고, 누가 봐도 번듯하며 용의주도한 인물이 좋을 것 같습니다."

"그래서 걱정이다. 아들 놈들은 세상 물정 모르고 날뛰기만 하니⋯."

"외손주 김미金敉를 잘 길러보세요."

대씨가 김미를 거명하자 최이의 얼굴이 밝아졌다.

아직 만종과 만전에게서 손자를 보지 못해 외손자 김미에게 정을 쏟고 있었던 것이다.

"김미? 음, 마봉이가 날 닮아 치밀하니 외손주 놈도 그럴 테지."

최이도 진즉 외손자를 봐서 그 아버지 김약선에게 힘을 실어 주고 있었다. 그런데 대씨까지 거들자 더욱 마음을 굳히고, 만종과 만전을 삭발시켜 전라도 순천의 송광사로 출가시켰다.

그다음으로 김약선은 추밀원부사, 자신의 외손녀인 김약선의 딸은 태자비가 되게 했다. 이로써 김약선이 이인자로서 명실상부한 위치를 굳혔다. 태자의 장모가 된 마봉은 고종이 보낸 황후의 수레를 타고 황후가 입는 옷을 입었다.

강도에서 최이의 후계 권력 구도가 선명해질 때 본토에서는 몽골의 다루가치들로 몸살을 앓고 있었다. 다루가치들이 점령관 행세를 하며 강도로 가는 공물까지 차단했다.

이 다루가치를 최이가 유격전 방식으로 제거했다. 최이는 이미 천도하던 해에 서경 등 서북면에 있던 다루가치 일흔두 명을 살해했다. 그럴 때마다 몽골군의 화풀이는 본토 백성들이 당했다. 본토에서 다루가치의 공물 강탈과 다루가치 제거, 몽골의 보복이라는 악순환이 반복되자 백성들의 불만이 나날이 커졌다.

최이 정권으로부터 민심 이반이 심각한 상황에서 김약선과 그의 처삼촌 정안鄭롯이 돌파구를 마련했다. 바로 팔만대장경 판각이었다. 시기도 명분도 좋았다. 현종 때 만든 초조대장경이 몽골군의 방화로 사라져 불심 깊은 고려인들의 상심이 컸던 것이다. 대장경 또한 대몽 항쟁의 동력 가운데 하나였다.

대장경 판각이라는 대불사大佛事에 눈이 번쩍 뜨인 최이가 1236년 대장도감을 설치했다. 거기서 인간의 8만4천 번뇌를 다 씻어버리라는 뜻으로 불경을 판각하기 시작했다. 과연 성과는 대단했다. 백성들 사이에 불력을 빌어 국난을 극복하려는 의지가 크게 일었다.

고종은 이규보가 지은 축원문을 전국에 배포했다.

'국왕과 태자와 문무백관이 목욕재계하고 부처님께 비옵나니…'

이렇게 시작되는 축원문을 모든 백성이 날마다 암송하기 시작했다. 자발적인 희사금도 엄청나게 몰려들었다.

어느덧 무신 정권에 가졌던 백성들의 불만이 호감으로 변했다. 최이가 팔만대장경 건으로 겨우 민심을 결집시켰는데, 예기치 못한 악재가 또 터졌다.

송광사에 내려간 만종과 만전 때문이었다. 이들이 패거리를 만들어 민가와 관가를 약탈하고, 처자를 희롱하고 다녔던 것이다. 흉흉해진 지역 민심이 전국으로 확산될 조짐을 보였다.

당시 송광사의 주지는 보조국사 지눌 다음의 혜심이었다. 급히 송광사로 내려간 김약선이 혜심을 만나 두 형제에게 선사 자격을 주게 했다. 그런 뒤 만종은 지리산 단속사의 주지로, 만전은 전라도 화순 쌍봉사의 주지로 내보냈다.

그 후에도 형제의 행패는 계속되었지만, 함께 몰려다닐 때보다는 덜했다. 두 절에 김약선의 끄나풀이 있어 형제의 행적을 낱낱이 보고했다. 김약선은 그중에서 악행만 골라 최이의 귀에 들어가도록 했다.

그럴 때마다 최이는 화를 냈다. 김준은 두 형제를 여러 방면으로 옹호하려 애썼다. 그동안 김인선의 충고로 두 형제를 은밀히 도왔고, 면천한 노비의 자식인 자신에게도 명문가 출신 김약선의 집권이 도움이 안 된다고 보았다.

이는 최이와 양수척 여인 사이에 태어난 말녀도 마찬가지였다. 자랄 때 이복언니 마봉이 씨받이가 낳은 년이라며 엄청나게 구박했다. 말녀는 만종 형제와 친하게 지냈지만 마봉이 늘 껄끄

러웠다. 이런 사정을 잘 아는 김준이 말녀의 남편 송서宋瑞 장군을 가까이했다.

김준은 말녀의 여종 주옥珠玉을 심부름꾼으로 만전에게 은밀히 보냈다. 만전이 아직 송광사에 머물 때 주옥이 수시로 김준의 선물을 들고 찾아갔다. 급기야 둘이 정분이 났고, 주옥은 만전의 아들 최의崔竩를 임신하게 되었다.

놀란 것은 주옥과 만전뿐이 아니었다. 김준과 말녀는 말할 것도 없고 송서는 더더욱 놀랐다. 김약선이 알게 되면 왜 송서 집안의 종이, 그것도 남종도 아닌 여종이 그 멀고 험한 길을 오갔는지 추궁할 게 뻔했다. 송서, 말녀, 주옥, 김준은 물론 만전도 위태로웠다.

그러잖아도 만종 형제가 염불은 안 하고 주색잡기에만 빠져 지낸다는 소문이 파다한 판에 말녀의 여종까지 범했다는 게 알려지면 만전은 무사하기 어려웠다.

이때 김통정이 나섰다. 당시 전란으로 급증한 미혼모를 절에서 돌보았다. 주옥도 그 미혼모들에 포함시켜 백련사 혜성에게 보냈다. 그곳에서 주옥이 몰래 최의를 낳고 길렀다.

이제 김준과 말녀, 거기에 김통정과 혜성까지 만전이 후계자가 되어야만 목숨을 부지할 형국이었다.

쌍봉사와 단속사

주옥이 만전의 아이를 강화도 백련사에서 몰래 기르고 있을 때도 쌍봉사와 단속사의 주지인 만종 형제는 수탈에 여념이 없었다.

패거리를 시켜 큰 절을 장악하고 시주를 가로챘으며, 춘궁기에 주민들에게 구휼미를 빌려주고 추수철에 몇 배의 고리를 뜯었다. 그렇게 축재한 양곡이 백만 석에 가까웠다. 여염집 아녀자뿐 아니라 지방 수령의 부인도 반반하면 강간했다.

수령들이 견디지 못하고 김약선을 찾아갔다. 김약선이 그들을 데리고 최이를 만났다.

"하라는 중노릇은 안 하고…."

골치가 아픈 최이가 김약선에게 두 아들 문제를 일임했다.

"사람이 될 것 같으면 고쳐보고, 안 되면 버려라. 이제 나도 지쳤으니 두 놈을 살리든 죽이든 네가 알아서 하거라."

김약선이 참모인 민휘閔暉와 김경손, 오승적吳承績 등을 불러 최이의 뜻을 전했다. 오승적은 대씨 전남편의 아들이었다.

참모들은 절호의 기회라며 박수를 쳤다.

"만종 형제의 만행이 천하에 알려졌습니다. 군대를 보내십시오. 성격이 괄괄한 무뢰승들이 가만 안 있고 달려들 것입니다. 그 통에 만종 형제를 죽이고, 누구 손에 죽었는지 모른다고 보고하면 그만입니다."

김약선이 망설였다. 두 가지 이유에서였다.

먼저, 아버지 김태서金台瑞에게서 유교 소양이 골수에 박히게 교육받아 아내의 배다른 동생들을 죽이는 것이 내키지 않았다.

그다음, 장인이 두 아들의 운명을 맡겼다 해도 막상 죽이면 좋아할 리 없다고 보았다.

김약선은 고심 끝에 만종 형제를 강화도로 소환해 감시한다는 계획을 세웠다. 그러자 참모들이 이구동성으로 반대했다.

"안 됩니다. 죽이지 않고 도성으로 끌어들이다니요? 범을 잡겠다며 집 안으로 불러들이는 격입니다."

김약선이 진지한 표정으로 말했다.

"아니오. 저들은 이미 민심을 잃었고, 장인께서도 기대를 접은 지 오래요. 곁에 두고 관리하는 것이 더 유리하오."

그래도 참모들이 이런 기회를 놓치면 재앙이 따른다며 극구 반대했다.

난감해하는 김약선을 오승적이 도왔다.

"저들을 도성으로 끌어들이는 것이 맞습니다. 그래야 여차하면 손을 쓸 수 있습니다. 섣불리 죽이려다 일을 그르치면 우리 모두 무사하지 못할 것입니다."

이로써 두 형제의 귀경을 최이에게 건의하기로 확정했다.

민휘와 김경손은 천운이 김약선에게서 떠났다 보고 물길 건너 교동도로 숨었다.

그 후 형부상서 박훤朴喧이 최이에게 건의했다.

"몽골이 수시로 침범해 북방도 불안한데 남방에서 두 선사의 무리가 백성들을 수탈하고 있습니다. 또 몽골이 침입하면 남녘의 민심은 걷잡을 수 없습니다. 두 선사를 귀경시켜야 합니다."

최이가 선뜻 윤허하지 못하고 머뭇거리는 그때 경상도 순문사 송국첨宋國瞻의 서찰이 도착했다. 그 내용이 박훤의 말과 같았다.

"나 원 참, 어찌해야 하는가?"

난감해하는 최이에게 박훤이 수습책을 내놓았다.

"두 아드님을 도성으로 소환하십시오. 그 후 안찰사에게 무뢰승들을 벌주라 하시면 민심이 가라앉을 것입니다."

최이가 어사 오찬吳贊과 주영규周永珪를 불렀다.

"당장 쌍봉사와 단속사로 달려가라. 절간에 쌓아 놓은 재물을 원래 임자에게 돌려주고 빚 문서는 모두 불사르라. 또한 문도 가운데 죄질이 나쁜 놈들은 벌을 내리고 두 선사는 당장 소환하라."

이로써 남쪽 민심은 수습되었지만, 강도로 소환당한 만종과 만전의 목숨은 날아갈 형편이었다. 그들은 아버지 집으로 가기 전 매부 송서의 집으로 달려갔다.

김준 등이 미리 와서 송서 부부와 대책을 강구하고 있었다.

맏녀가 사색이 된 채 들어오는 두 동생을 보고 빨리 자리에 앉으라고 손짓했다.

"원로에 고생했다. 여하튼 우리는 천것의 자식들인데 누가 곱게 본다고 그리 날뛰었더냐? 그 때문에 김약선은 너희를 죽이려 한다. 어디 너희 둘만 죽고 끝날 일이냐. 나나 너희 매형, 여기 김준 별장까지 다 송장이 될 것이야. 하지만 살길이 전혀 없는 것은 아니니 다시는 몸가짐을 함부로 하지 마라."

그러고는 밖을 향해 말했다.

"거기 주옥이 있느냐. 냉큼 들어오거라."

주옥이 웬 아이의 손을 잡고 들어왔다.

"만전아, 저 아이를 잘 보아라. 네 아들 최의다. 자랑할 일이 못 되어 지금까지 몰래 길러왔다만 이제는 도리가 없다. 이 아이를 데리고 아버님을 뵙거라. 누가 알겠느냐, 이 아이 때문에 살길이 생길는지."

깜짝 놀란 만전이 아이를 보았다. 손으로 눈을 비비면서까지 보고 또 보아도 확실히 제 핏줄이었다.

"이리 와보거라. 네가 정녕 내 아들이란 말이냐."

아들 볼에 자기 볼을 비벼대는 만전에게 김준이 재촉했다.

"사사로운 정은 나중에 나누시고, 시급히 아버님 댁으로 가셔야 합니다. 김약선이 두 분께서 온 줄 알고 모략을 꾸미고 있다 합니다. 여기서 너무 지체하면 크게 불리합니다."

정신이 번쩍 들어 승복을 단정히 고쳐 입은 형제가 아이를 안고 앞장선 말녀의 뒤를 따랐다.

오랜만에 찾아온 두 아들이 큰절을 올리는데도 최이는 냉랭했다.

"소자들이 불민해 아버님께 많은 누를 끼쳐드렸습니다. 하오나 대부분은 간사한 무리가 꾸며낸 무고이옵니다."

두 아들이 울면서 하소연했지만 최이는 돌아앉아 눈길 한 번 주지 않고 꾸짖었다.

"어디서 변명하려 드느냐? 네놈들 소행은 세상 사람들이 다 안다. 죽어도 모자랄 판에 감히 변명을 늘어놓아? 당장 나가거라. 두 번 다시 보고 싶지 않다."

그때 마루에 있던 말녀가 아이를 안고 방에 들어왔다.

"웬 아이냐?"

"아버님. 이제야 말씀드립니다. 제가 늘 사람을 보내 동생들을 살펴서 잘 압니다. 모든 것이 모함입니다. 여기 이 아이를 보소서. 아버님 손자입니다."

손자 소리에 귀가 번쩍 뜨인 최이가 돌아앉았다.

"만전이 아버님의 손자를 낳아 이만큼이나 키웠습니다. 그런 아비가 어찌 백성들을 수탈하겠습니까? 못된 아랫것들이 작당해 선사의 이름을 팔아 꾸민 일입니다. 권력을 탐하는 자들이 침소봉대한 것입니다."

최이는 아이를 와락 끌어안았다. 외손자 김미가 있었지만 그 아이는 어디까지나 김씨일 뿐, 친손자가 간절한 최이였다. 차분히 가라앉은 목소리로 최이가 딸에게 물었다.

"아이 이름이 무엇이냐?"

"최의입니다. 독수리 같은 눈매와 태산 같은 콧날이 아버님을 그대로 닮았습니다. 아이의 양손을 보십시오. 금색金色이 있습니다. 장차 귀하게 될 상입니다."

"어디 보자. 오, 여기 금선이 뚜렷하구나. 과연 내 손자로구나. 그런데 도대체 누가 무엇 때문에 모함했다는 것이냐?"

"누구겠습니까. 아버님 자리를 차지할 욕심으로 김약선 무리가 그리한 것입니다."

그 말이 끝나자마자 만전이 방바닥을 치며 통곡했다.

"저희 형제는 저 남녘 땅 절간으로 쫓겨나서도 늘 아버님을 위해 부처님께 빌었습니다. 그런 저희를 아버님과 이간하려고 온갖 모함을 했습니다. 아버님이 계셔도 이리 핍박하는데, 만약 계시지 않는다면 저희를 다 죽일 것입니다."

최이는 손자를 어루만지며 이제야 모든 게 정상으로 돌아가는 느낌이 들었다.

두 아들과 딸의 말을 다 믿지는 않았다. 하지만 권력 다툼에서 얼마든지 일어날 수 있는 일이라 여겼으며, 기왕이면 자기 손자가 권력을 세습하는 게 낫겠다고 생각했다.

다음 날 최이는 정방을 소집했다. 김약선, 김준 등이 속속 착석한 뒤 최이가 만전을 데리고 나타났다.

"만전의 이름을 항沆이라 개명하고 오늘부로 환속한다."

좌중이 술렁이는데도 최이는 별다른 설명 없이 폭탄선언을 이어갔다.

"내 두 아들을 모함한 박훤은 흑산도로 유배 보내고, 송국첨은 동경부유수로 좌천하라. 억울하게 당한 두 선사의 문도도 오늘부로 방면하라."

김약선이 샛노래진 얼굴로 정방에서 힘없이 물러났다.

이로써 최항은 하루아침에 천하의 무뢰승에서 무신 정권의 후계자가 되었다. 그 후 최항은 김준에게 더 의지했다.

"내 아들은 나와 달리 키우고 싶소. 학문과 예법을 잘 익히게 해주시오."

최항의 부탁으로 김준이 최의의 스승으로 문장에 경림景琳, 정치에 임익任翊, 예법에 정세신鄭世臣을 붙여주었다.

끈 떨어진 뒤웅박 신세가 된 김약선은 며칠 골머리를 싸매고 드러누웠다가 최이를 찾아갔다. 마지막으로 최이의 심중을 헤아려볼 요량이었다.

"장인어른. 두 처남이 돌아와 얼마나 기쁜지 모르겠습니다. 앞으로 여론을 잘 조성해야 합니다. 박훤이 누구보다 어른의 의중에 맞게 여론을 만들 줄 압니다. 다시 불러들이십시오."

맞는 말이었다. 최이도 그동안 최고의 언변가인 박훤을 톡톡히 활용했다. 박훤이 사관 시절, 최이의 업적을 미화한 책 여섯 권을 편찬했다. 그 밖에 조정 공론을 최이의 뜻에 맞게 조성해주었다. 악명 높은 두 아들을 미화시키려면 박훤 같은 인물이 필요했다.

최이가 고개를 끄덕였다.

"알았다. 박훤을 소환하라."

그제야 마음이 놓인 김약선이 집에 측근들을 불러 모았다.

"며칠 후면 박훤이 돌아올 걸세. 장인도 사사로운 일보다 나라를 먼저 생각하는 분이네. 힘들 내자고."

그들이 박훤을 기다리다가 경악할 소식을 들었다. 박훤이 강화도로 돌아오는 뱃길에 산 채로 수장되었다는 것이다. 그것은 최이가 비밀리에 사람을 보내 벌인 일이었다.

최이의 의중이 분명해졌다. 김약선이 아니라 최항에게 권력을 물려주기로 작정한 것이다. 그날부터 김약선의 측근들이 하나

둘 죽어 나갔다. 마지막에는 김약선만 남았다. 그래도 사위라고 목숨만은 살려둔 것이다.

김약선은 최이에게 그 어떤 빌미도 주지 않으려고 두문불출했다.

"내가 최이의 사위이기도 하지만 태자 왕전王佺의 장인 아닌가! 최항이 습권해도 날 어찌하겠는가."

그는 스스로 위안하며 은인자중의 나날을 보내야 했다. 이를 곁에서 지켜보기 답답했던지 마봉이 김약선에게 산에나 다녀오라면서 점심까지 챙겨주었다. 그는 홀로 마니산을 향하다가 도중에 가까운 고려산으로 목적지를 바꿨다.

김약선이 청련사 근처에 올라 약수터에서 점심을 먹으려고 할 때였다. 최항이 몇 사람과 함께 청련사에서 나왔다. 깜짝 놀란 김약선은 바위 뒤에 숨었다가 곧장 귀가했다.

집에 돌아오니 대문이 열려 있었다. 노비들은 일을 보러 나갔는지 집 안이 조용했다. 그런데 안방에서 이상한 소리가 났다. 신음 소리였다.

김약선이 달려가 방문을 벌컥 열었더니 사노 석두奭兜와 마봉이 붙어 있었다. 석두는 기겁하며 후다닥 창문 너머로 도망쳤다.

당시 석두와 민가에 거주하던 황실 출신 비구니들이 살을 섞는다는 염문이 파다했다. 그런 놈이 자기 아내와 정분날 줄이야.

"아하, 이 짓 하려고 음식까지 만들어 날 내보냈구나!"

피가 거꾸로 솟은 김약선이 칼을 뽑았으나 칼끝은 마봉의 가슴 앞에서 멈췄다. 어쨌든 아내 때문에 장인이 자기를 없애지 못한다는 것을 알고 있었기 때문이다. 반라로 떨고 있는 아내를 내버려 두고 밖으로 뛰쳐나갔다.

남편이 사라지자 마봉은 흐트러진 옷차림 그대로 최이에게 달려갔다.

"아버님, 그이가 몇 사람과 안방에 모여 반역을 꾀하고 있습니다. 옆방에서 낮잠 자다가 엿듣고 옷도 제대로 갖추지 못한 채 고하러 왔습니다."

"이놈이 기어이…!"

최이는 별초군을 불러 모아 역모를 꾸민 자는 모조리 죽이라고 명했다. 별초군이 몰려가 김약선을 죽이고, 함께 모의했다는 자들을 찾으러 다니다가 석두를 만났다.

석두가 지레 겁을 먹고 간통 사실을 털어놓았다.

그제야 생사람 잡았다는 것을 알게 된 별초군이 최이에게 쏜살같이 달려갔다.

"뭐? 내 딸이 꾸며낸 이야기라고? 이런 천하에 고얀 년 같으니. 두 번 다시 그년이 내 집에 들어오지 못하게 마라. 당장 석두 놈의 목을 잘라 사거리에 매달아라."

최이가 그동안 김약선 살려둔 이유는 다른 데 있었다. 김약선을 지렛대로 최항을 단련시키고 싶었던 것이다. 자신이 김약선과 최항을 저울질하는 모습을 보이면 최항이 더 분발할 것이라여겼다. 최이는 아들 최항이 아직 미덥지 않았다. 그런 그의 속셈은 마봉이 김약선을 무고하는 바람에 수포로 돌아갔다.

그 후 최항의 출세가 시작되었다. 첫 벼슬로 호부상서가 되더니 얼마 지나지 않아 김약선이 맡았던 추밀원지주사에 올랐다.

최이는 5백 명의 가병이 최항을 호위하게 함으로써 자신의 후계자를 내외에 천명했다. 후계 구도를 구축한 최이는 1249년 11월 마니산에 단풍놀이를 다녀온 뒤 병석에 누웠다가 며칠을 못버티고 죽었다.

그때부터 정국이 이상하게 흘러갔다.

최씨가 2대도 아니고 3대까지 권력을 세습하는 데 불만이 터져 나온 것이다. 그동안 최항이 저지른 패악질도 거기에 한몫했다. 3대 세습에 불만을 주도한 인물은 대집성의 사위이며 최이의 동서인 상장군 주숙周肅이었다.

주숙이 내외도방 무인들과 야별초 일부 인원을 모아 놓고 속내를 털어놓았다.

"우리는 지난 60년 동안 왕씨 고려에서 최씨 가문을 위해 일해왔소이다. 그 정도면 충분하지 않을까 싶소. 이쯤 해서 우리도 고종 폐하의 직속이 되는 게 어떻겠습니까?"

모두 충격을 받아 장내가 술렁였다. 옳다고 고개를 끄덕이는 자도 있었으나 대부분 묵묵부답이었다. 아무래도 쉽게 결론이 나지 않을 것 같아 주숙이 일단 그리 방향을 잡고 추후에 더 논의하자며 끝냈다.

최항은 갑자기 고립무원에 처한 느낌을 받았다. 그동안 남녘의 절에서 중노릇하느라 강화도에 심복이 많지 않았다. 그런 최항에게 최씨 가문의 가노 출신들이 모여들었다. 김준, 최양백崔良伯, 이공주李公柱 등 70여 명이 합세해 최항의 호위대를 자처했던 것이다.

이들을 따라 최씨 종친들과 야별초 일부가 공개적으로 최항을 지지하고 나섰다.

자칫 내란이 일어날 지경이었다. 주숙도 결국 최항 지지로 입장을 선회했다. 최항은 고종의 윤허로 교정별감을 이어받았다.

그 모두가 최이가 사망한 뒤 이틀 동안에 일어났던 일이다.

최항은 상복을 입은 채 교정별감이 되었다. 장례식을 끝낸 그가 송길유를 불렀다.

"설화雪花, 송죽松竹, 매창梅窓을 순서대로 내 방에 들여보내라."

그 세 여인은 최이의 첩들로, 최항이 평소 눈여겨보고 있었다.

그가 세 여인과 간음한 후 교정별감의 이름으로 낸 첫 명령이 자신의 습권을 방해한 인물을 제거하는 것이었다.

먼저 김약선의 최측근 민휘, 김경손, 오승적을 제거했다. 그 다음 최이의 첩 30여 명과 좌승선 최환崔峘, 장군 김안金安, 지유

정홍유鄭洪裕 등을 귀양 보냈다.

송길유에게 내린 두 번째 명령은 불온한 인물들을 족치는 것이었다. 송길유는 최항을 꺼려했던 자들을 잡아다가 잔인하게 고문했다.

혐의가 있는 자의 양 엄지손을 묶어 높은 나뭇가지에 매달고 자백을 강요했다. 그래도 안 되면 양 엄지발을 묶어 큰 돌을 매달았다. 거의 모든 자가 관절이 빠지거나 끊어지는 고통을 견디지 못해 항복하게 마련이었다. 그마저도 버티면 발 아래에 숯불을 벌겋게 피웠다. 그 상태에서 형리가 혐의자의 허리를 곤장으로 두들겨 팼다.

이런 고문으로 송길유는 원하는 대로 자백을 받아냈다. 최항의 눈 밖에 난 인물들을 모조리 엮었다.

최항이 계모 대씨만큼은 세상눈을 의식해 공개 처형하지 못했다. 그러자 윗사람의 비위를 잘 맞추는 송길유가 대씨를 먼 섬으로 끌고 가 독약을 먹였다. 주숙도 그냥 두지 않았다. 최항이 후하게 대접하는 척했고, 송길유가 먼바다로 데려가 수장시켰다.

이제 고려는 최항과 김준 등 최씨 가노 출신들이 주무르기 시작했다.

고려에서 대숙청이 일어났다는 소식을 들은 몽골에서 고종의 입조를 요구했다. 그러나 최항이 반대했다. 그뿐 아니라 사신을 보내는 것도 막았다. 당시만 해도 고종 또한 반몽 감정이 컸기 때문에 큰 이견이 없었다.

몽골은 고려가 요구를 무시하자 자랄타이車羅大. 차라대 군대를 보냈다. 6차 침략을 개시한 것이다. 자랄타이는 충주성을 향했다. 충주성은 처인성에서 살리타이를 죽인 김윤후가 방호별감이 되어 몽골의 5차 침공을 이겨낸 곳이었다. 여기에 몽골의 원한이 깊었다.

몽골군이 김윤후를 잡겠다고 충주성에 왔지만, 김윤후는 강화 성문 수비대장으로 떠나고 없었다. 충주성의 노비와 천민들은 용맹했다. 몽골군이 당해내지 못하고 우회해 상주성으로 갔다. 그곳에서도 승려 홍지洪之가 이끄는 민병에게 패했다. 자랄타이는 분풀이로 지나가는 고을마다 잿더미를 만들고 20만 포로를 잡아 몽골로 넘겼다.

자랄타이는 고려 남하 다섯 달 만에 개경으로 철군했다가 다시 청천강 유역으로 올라가 수군을 보강했다. 그 후 수군으로 조운선漕運船의 주요 뱃길이자 기항지인 조도를 공격하는 한편, 주력군은 서해안을 따라 내려가 영광 법성포로 갔다. 그곳 부용창이 전국 13조창 중 하나였다. 자랄타이가 잡초보다 질긴 고려인들과 싸우는 대신 강화도로 가는 물자를 차단하는 전략을 택한 것이었다.

최항은 기겁하고 배중손, 송군비宋君斐와 함께 고려 수군을 내려보냈다. 배중손이 법성포를 공략하는 동안 송군비는 변산반도를 통해 장성 입암산성에 들어갔다.

배중손에게 패한 몽골군이 입암산성으로 몰려갔으나 송군비에게 또 격퇴당했다. 자랄타이는 다시 군사를 이끌고 인천 앞바다가 보이는 소래산으로 갔다. 무슨 수를 써서라도 서해 조운로를 장악하려는 몸부림이었다. 김통정과 대부도의 별초 부대는 소래산의 몽골군을 쫓아냈다.

몽골 수군은 아산 연안으로 몰려갔지만 고려 수군에게 격퇴당했다. 자랄타이는 법성포에 이어 시흥 경기만 일대까지 연패하고도 70여 척의 전함을 동원해 목포 앞바다의 압해도로 갔다. 거기서도 압해도 연안에서 날아오는 돌을 견디지 못했다.

그제야 자랄타이는 혀를 내두르며 해전에 자신감을 완전히 잃었다.

"고려 수군은 물론이고 섬 백성들까지 이토록 해전에 능할 줄 몰랐다."

그 후 자랄타이 본대는 나주에서 광주 무등산으로 이동했다. 그 일대에서 여섯 달가량 노략질만 하더니 김포로 올라가 강화도 상륙을 시도했다. 그러나 또다시 고려 수군에 막혔다. 당시 고려 수군의 지휘관은 바로 배중손이었다.

그는 귀족들의 권력 다툼에 신경 쓰지 않고 수군 훈련에 몰두했다. 그의 잠수 부대는 몽골 황제까지 알고 있을 만큼 유명했다. 잠수 부대의 주 임무는 적선을 파괴하는 것이었다. 그들은 특히 강화해협의 지형과 물살을 속속들이 알고 있었고, 감쪽같이 적선에 다가갔다. 몽골 수군은 고려 잠수 부대가 자신들의 배를 언제 습격하거나 파괴할지 몰라 전전긍긍했다.

강화해협에서 양국 간에 해전이 벌어질 때마다 고종, 최항과 관료는 물론 백성들까지 해안에 나와 응원했다. 몽골 수군은 고려 수군의 상대가 될 수 없었다.

고종은 틈날 때마다 배중손을 칭찬했다.

"배 장군은 훈련을 실전같이, 실전을 훈련같이 하시는구려."

몇 번 강화해협을 건너려다 수치만 당한 몽골군은 통진 문수산 정상에서 깃발을 흔들기만 했다.

고려 수군의 철통같은 수비 덕분에 최항은 권력의 단맛에 취할 수 있었다. 시도 때도 없이 저택에 문무 4품 이상의 승선, 재신과 추신, 종친들을 불렀다.

저택 안 경마장에서는 말의 머리와 꼬리에 금 잎사귀의 비단 조화를 매단 후 기병 부대인 마별초를 양편으로 나누어 격구 시합을 벌였다. 초대받은 자들이 먹고 마시면서 금빛 번쩍이는 경기를 보고 어느 편이 우승할지 내기를 걸었다.

경기가 끝나면 전국 5도 양계에서 뽑은 명기들의 노래가 이어졌다. 그때 자주 불렀던 노래가 〈내 마음을 보여주네〉인데, 용성의 기생 우돌于咄이 불러 유행한 것이었다. 최항이 이 노래 가사를 좋아했다.

양가 규수와 기생의 마음이 다를 게 뭐 있나요.
우리 기생도 규수만큼 절개가 굳답니다.
한번 한 맹세는 저기 저 바다에 떠 있는
소나무로 만든 배만큼이나 변함없답니다.

몽골은 고려에 수치를 당하면서도 최후의 승부를 걸지 않았다. 해전에서 고려에 밀리는 탓도 있었지만, 그것보다는 남송 정리가 더 시급했기 때문이다. 남송에 몽골의 수군과 육군이 총집결하고 있었다.

장강 주변에 남송이 버티는 한 황하 유역의 한족들이 언제든 몽골에 반기를 들 수 있었다. 그런 남송을 놓아두고 고려에 집중할 수 없었다. 게다가 남송과 강화도의 고려가 손을 잡기라도 한다면 몽골은 완전히 궁지에 몰릴 위험이 있었다.

하지만 남송과 최항이 국제 정세에 어두워 양국 간 연대 움직임은 없었다. 몽골은 남송 공략에 집중하면서 고려의 이목을 붙들어 매기 위해 주로 육지를 오가며 약탈을 일삼았다.

강화도에는 늘 긴박감과 안도감이 교차했다. 바다를 건너지 못하는 몽골군을 볼 때 안도했고, 그렇다고 언제까지 섬에 의지해 버틸 수 없어 긴장했다.

이런 애매한 분위기일수록 사람들은 충동적으로 행동한다. 심지어 청룡사나 정업원에서 피란해 온 비구니들까지 추문을 일으켰다. 신종, 희종, 강종의 비빈이었던 비구니들이었다. 그나마 절에 있을 때는 조석으로 자신이 모셨던 황제의 극락왕생을 빌면서 수절했는데, 민가에 머물러 불심이 약해진 가운데 백성들과 자주 만나며 정분이 난 것이었다. 그 대상이 나무꾼이냐 노비냐 따지지 않았다.

황제의 비빈이었던 비구니는 평소 백성들이 만나지도 못할 존재였다. 그들과 사랑을 나누다니. 백성들에게는 마치 꿈같았다. 그래서 자신이 비구니 누구와 잤다고 떠벌리며 다니는 자가 많았다. 그중 하나가 희종의 비였던 자원紫苑과 관계한 석두였다. 마봉도 그런 석두를 금전으로 낚아챘던 것이다.

속세를 떠난 옛 비빈들의 애정 행각이 드러나며 조정은 큰 충격을 받았다. 체제의 근간인 신분제까지 무너질 조짐이 보였다. 그때가 1252년 6월. 고종과 최항이 만나 대책을 세웠다.

3년 전 최이가 살해한 박훤의 저택을 정업원으로 개축했다. 그리고 민가에 거주하는 황실 출신 비구니들 모두 데려가 다시 조석으로 사직의 안녕을 빌게 했다.

어느덧 최항의 아들 최의도 십 대 후반이 되었다. 체통을 지키는 후계자 교육을 받았기 때문인지 그는 유달리 과묵했고 수줍어했다. 그 속사정은 김준만이 알고 있었다.

일찍이 여색에 눈을 뜬 최의는 하필 아버지 최항이 가장 아끼는 애첩 심경心境에게 빠져들었다. 심경은 월나라 서시라 불릴 만큼 미인이었으며 간교했다. 최의와 사통하면서 최항이 눈치 채지 못하게 처신했다.

그러나 최의의 불륜은 김준에게 들키고 말았다. 그 뒤부터 최의는 부정한 짓이 아버지에게 알려질까 봐 끙끙대며 말수가 적어졌다. 특히 김준 앞에서는 고양이 앞의 쥐처럼 잔뜩 움츠러들어 눈치를 살폈다.

한편, 해전에서 연패한 몽골은 고려 정부를 강화도에서 끌어내기 위해 내지의 백성들을 더욱 괴롭혔다. 몽골군이 일할 만한 사람을 모조리 잡아가는 바람에 농사조차 어려웠다.

조정에서도 불만이 터져 나왔다. 참지정사 최린崔璘이 고종에게 항의했다.

"강화도 하나 지킨다고 사직이 보전되겠습니까? 몽골에 태자를 보내 철군을 부탁해야 합니다."

고종이 거절하자 최자崔滋, 김보정金寶鼎 등 재상들이 가세했다.

"폐하, 누군들 자식이 중하지 않겠습니까. 전란으로 자식을 사별한 부모도 많습니다. 폐하께서는 어찌 태자의 안위만 걱정하십니까?"

최이 때라면 이런 의견을 감히 어느 누구도 낼 수 없었다. 최항도 몽골과 강화를 추진하는 것이 달갑지 않았지만 마냥 막을 수 없었다. 그만큼 국정 장악력이 떨어졌던 것이다.

1251년 몽골이 침략했을 때였다. 고종이 친히 강화해협을 건너 개경 아래 승천부까지 나가 몽골군을 달랬다. 그러나 몽골군의 요구는 오직 하나, 황실이 강화도에서 개경으로 나오라는 것이었다. 이는 무신 정권이 받아들일 수 없는 일이었다. 결국 협상은 결렬되었다.

그럴 때마다 몽골군은 전국을 돌며 마을을 쑥대밭으로 만들고 수십만 명씩 인질로 잡아갔다. 백성들은 혼신을 다해 유격전으로 맞섰다. 강화도 조정에서 백성들에게 내놓은 대책이라고는 근처 산성이나 섬으로 피신하라는 것뿐이었다. 결국 정부로 들어오는 조세가 턱없이 줄어들었다.

고려는 재정 파탄에 직면하자, 1256년 몽골에 청화사請和使를 보내기로 결정했다. 언변이 뛰어난 김수강金守剛이 몽골로 갔다.

몽케 칸蒙哥汗·몽가한이 김수강을 보자마자 불만을 터뜨렸다.

"고려 왕이 섬에서 나올 듯하면서 나오지 않고 있다. 그러는 한 화친은 없다."

"사냥꾼이 굴 앞을 지키는데 굴속 짐승이 어떻게 나올 수 있겠습니까? 땅이 얼어붙었는데 새싹이 나올 수 있겠습니까?"

그 비유에 탄복한 몽케가 군대를 철수시켰다. 회군 명령을 받은 자랄타이는 아쉬운 듯 20여 일을 더 버티다가 철군했다.

최항은 섬을 떠날 마음이 전혀 없었다. 아니, 떠날 수 없는 입장이었다. 육지로 나가는 순간 고려는 몽골의 속국이 된다. 그러면 무신 정권도 사라진다. 몽골을 회유하고 무신 정권을 강화하는 정책을 동시에 추구할 수밖에 없었다.

최항은 고종의 둘째 아들 안경공 창溫을 몽골에 평화 사절로 보내는 한편 친위군을 보강했다. 기존 야별초를 늘려 좌·우별초로 나누고, 몽골군과의 실전 경험이 있는 병사들을 따로 모아 신의군을 창설했다.

이 세 부대를 합쳐 삼별초라 불렀다. 삼별초는 기존 별초와 성격이 달랐다. 별초처럼 고려에서 가장 용맹한 군대이면서 몽골과의 대결 의식은 훨씬 더 강했다.

최항은 삼별초 지휘를 김준에게 맡기고, 인사와 재정 등 주요 행정 업무를 최양백에게 맡겼다. 나름대로 견제와 균형을 취한 것이다. 김준은 수군 중심인 좌별초를 배중손에게, 우별초를 노영희盧永禧에게 맡겼다. 신의군은 김통정·박희실朴希實·이연소李延紹 등이 지휘하도록 했다.

국정과 군사를 분리한 최항은 1257년 4월 초에 중병으로 쓰러졌다. 기생의 아들로 태어나 지방을 떠돌며 중노릇하다가 9년 동안 집권하면서 한풀이하듯 권력을 휘둘렀는데, 조부 최충헌이 그랬듯 죽음을 앞두고 죄수들을 방면했다.

김준, 유능柳能, 선인열宣仁烈, 최양백을 불러서는 일일이 손을 잡으며 부탁했다.

"아들 의가 내 뒤를 잘 잇도록 도와주구려."

그러더니 혼신의 힘을 다해 후원 정자로 가서 이렇게 시를 읊었다.

장안 수천 호에 복사꽃 향기 그윽하고
십 리에 비단 장막 휘날리건만
느닷없는 광풍이 꽃향기와 장막을 몰아가네.
필시 저승의 강을 건너가라는가 보다.

권력에 취해 있던 자신에게 갑자기 불어닥친 종말을 노래한 것이었다. 이 시를 읊은 뒤 침실로 돌아와 눈을 감았다.

시녀와 첩들은 와락 울음을 터트렸다. 최양백이 칼을 빼 들고 다그쳤다.

"더 이상 곡소리를 내지 말라!"

최양백은 최항의 죽음을 극비에 부친 채 대장군 최영崔瑛, 채정蔡楨, 선인열, 유능 등을 불러 대책을 논의했다. 그들은 삼별초더러 호위케 하면서 최의를 데리고 가 고종을 만났다. 고종은 최항의 사망을 공포하고, 최의를 교정별감에 앉혔다.

별감이 된 최의는 가장 먼저 아버지 최항의 첩이었던 심경을 자기 안방에 들여놓았다.

최의는 어머니가 종이었고 할머니가 기생이었다. 자기 몸에 천민의 피가 흐르는 것에 지나치게 예민했다. 누구든 출신을 언급하면, 비록 그것이 실언이라 해도 죽였다.

거기서 그치지 않고 직언하거나 어진 사람은 다 물리쳤다. 오직 최양백 세력만 가까이하고 김준 세력까지도 멀리했다. 최양백과 김준의 세력은 이미 최항 때부터 둘로 나뉘어 대립했는데, 최의가 최양백의 손을 들어준 것이다.

그 이유는 단순했다. 집권 전 자신과 심경의 밀애를 아는 김준이 싫었다.

김준은 상실감에 빠져 지냈다.

최이 때 자신의 복권을 도와준 송길유까지 추자도로 유배당했다. 그 사유가 석연치 않았다.

송길유는 최항 집권기에 경상도 수로방어별감을 지내면서 별초군과 함께 주민들의 해도입보海島入保, 즉 몽골 침입에 대비해 주민들이 섬으로 들어갈 것을 독려했다. 그때 죄 없는 주민들을 죽였다는 것이었다.

신의군으로 재분류된 그 별초군의 병사들은 송길유가 유배되자 자신들도 처벌받을까 봐 불안해했다. 덩달아 신의군 지휘관인 김통정, 박희실, 이연소도 최의의 그런 처사에 감정이 상했다.

김준이 신의군 지휘관들과 류경柳璥, 박송비, 임연, 김대재를 불러 모았다.

"최의가 우리를 찬밥 신세로 만들고 있소. 제 아비도 우리가 목숨 걸고 도와주어 별감이 되게 했고, 자기도 우리 덕분에 별감을 이어받더니 혼자 잘나서 그리된 것처럼 행세하고 있소. 이런 놈은 미리 싹을 잘라야 하오."

그러잖아도 최의가 별감이 된 후 낙동강 오리알 신세였던 자들이라 의기투합해 거사일까지 잡았다. 그날은 연등회가 열리는 4월 8일이었다.

최씨 정권을 끝낸 김준

연등회를 하루 앞둔 날, 김준 일파는 구체적인 최의 제거 방법까지 결정했다. 하지만 비밀이 김준의 아들 김대재金大材 때문에 누설되었다. 순진한 김대재가 장인 최양백을 찾아가 거사에 동참할 것을 권유했다.

"장인께서도 함께하셔야 목숨을 부지할 수 있습니다."

사위의 말에 최양백은 놀란 표정을 감추고 응락하는 척했다.

"알았네. 그리할 테니 그만 돌아가게."

최양백은 김대재를 돌려보낸 뒤 유능과 함께 최의를 찾아갔다. 최의가 심드렁한 표정으로 물었다.

"무슨 대책을 세워야 하지 않겠소?"

유능이 우유부단한 성격을 드러내며 말했다.

"밤이 깊었는데 오늘 무슨 일이야 생기겠습니까? 내일 아침 일찍 야별초 지유 한종궤韓宗軌를 시켜 김준 일당을 토벌하십시오. 그리고 연등회 행사를 신나게 치르면 됩니다."

"그게 좋겠소."

촌각을 다투어 해결해야 할 역모를 최의는 밤이 늦었다고 그냥 방치해버렸다.

최의는 어려서부터 독보적 후계자로 자랐다. 치열한 경쟁을 거쳐 정권을 잡은 최충헌, 그리고 피 말리는 습권 과정을 거친 최이와는 달랐다. 권력의 근본이 '불안전의 불가피'라는 것을 체득하지 못했던 것이다.

그날 밤 늦게 귀가한 최양백은 친정집에 와 있던 딸 경애瓊崖에게 최의와 나눈 이야기를 전해주었다. 경애는 고민에 빠졌다. 이대로 날이 새면 남편은 물론 자식까지 죽는다. 결국 자식은 살려야 한다는 일념으로 어둠을 뚫고 집으로 달려갔다.

코까지 골며 자고 있는 남편을 흔들어 깨웠다.

"밤도 야심한데 친정에서 자고 오지 이리 달려온 까닭이 뭐요?"

"일이 급해졌습니다. 오늘 밤 안으로 손쓰지 않으면 모두 죽습니다."

"아니, 장인어른께 거사에 동참하라고 권했더니 고변하셨다고? 큰일났구나!"

잠이 싹 달아난 김대재가 옷을 대충 걸치고 아버지 김준에게 달려갔다.

화들짝 놀란 김준이 거사 세력을 급히 모았다. 벌써 축시오전 1-3시를 지나 인시오전 3-5시로 접어들고 있었다.

"이미 일이 누설되었으니 연등회까지 기다릴 수 없소. 당장 거사를 감행해야 우리가 살 수 있습니다. 우선 임연林衍은 한종궤를 제거하고, 김통정은 삼별초에 소집령을 전달하시오."

원래 임연은 대장군 송언상宋彥祥의 종이었는데, 워낙 몸이 날래고 힘이 좋았다. 물구나무로 몇 시간씩 활보하고 지붕도 단숨에 뛰어넘었다. 김준은 그런 임연이 쓸 만하다며 양아들로 삼고 아내까지 얻어주었다. 그 후 임연은 아내가 임효후林孝侯와 간통한 사실을 알고 임효후의 아내를 꾀어 간통했다. 임효후에게 고발당해 목이 떨어질 처지에 놓인 임연을 또 김준이 구해주었다.

임연이 칼을 들고 조문주趙文柱, 오수산吳壽山과 함께 한종궤의 집으로 달려갔다. 김통정은 삼별초 장교들을 통해 소집령을 하달했다. 강화해협을 지키는 좌별초를 제외한 우별초와 신의군이 부랴부랴 훈련장에 모여들었다.

김준이 병사들 앞 단 위에 올랐다.

"최의가 집권한 후 나라가 더 어렵다. 백성이 굶어 죽어도 자기 창고에 양곡이 썩어 나도록 쌓아 두고 있다. 그러면서도 평생을 바쳐 나라를 지켜온 우리를 무시하고 계집의 치마폭에 파묻혀 지낸다. 그것도 제 아비의 첩… 이처럼 인륜을 짓밟는 놈에게 나라를 맡길 수 없다. 별감이 된 후 한 번이라도 우리 삼별초를 찾은 적이 있었던가? 없었다. 이런 패륜아 최의를 제거하고 덕망 있는 새 영도자를 모셔야 한다. 그래야 나라도 살고 우리도 산다."

당시 최의는 모든 업무를 외삼촌 거성원발巨成元拔에게 맡긴 채 애첩 심경과 소일했다. 부하는 부릴 줄만 알았지 대우할 줄 몰랐다. 그러니 김준의 선동이 먹혔다.

연설을 마친 김준이 김대재를 불렀다.

"네 장인 최양백을 불러오너라."

멋모르고 허겁지겁 사위를 따라온 최양백의 입술을 별초군이 숯불로 입술을 지져 죽였다. 이를 신호로 삼별초 병사들이 최의의 집으로 돌격했다. 아직도 어두운 새벽이라 선두 병사들이 관솔불을 높이 들었다.

몰려드는 물안개 속에 삼별초가 최의의 집을 몇 겹으로 둘러 쌌다. 그런데도 집 안은 조용하기만 했다. 이미 김준이 가병들에게 "별감의 지시로 삼별초가 훈련 중이니, 별감을 깨우지 말라"고 일러두었던 것이다.

그런 줄도 모르고 최의는 심경과 꿈속을 헤매고 있었다. 자욱한 물안개 사이로 햇살이 뻗쳐 올 때야 반란이 일어난 줄 알고 낙심에 빠져 훌쩍거렸다. 옆방에 머물던 원발이 달려왔다.

"아직 실망하기 이릅니다. 제가 적을 막을 테니 진정하십시오."

원발이 창을 들고 대문 앞에 버티고 섰다. 그는 거구에다 장사여서 '역발산 장비'로 불렸다. 삼별초 중 누구도 선뜻 덤비지 못하고 대치만 하고 있었다. 김준은 마냥 기다릴 수 없어 병사들에게 벽을 헐라고 했다.

돌과 짚을 섞어 쌓은 흙담이었다. 창과 몽둥이로 쳐도 끄떡없었다. 병기고에서 쇠몽둥이를 50개 가져와 내리치니 그제야 조금씩 금이 갔다.

당황한 원발이 벽이 허물어지기 전 탈출하려고 최의를 업으려는데, 최의가 워낙 살이 쪄 쉽지 않았다. 그때 담 위에 올라가 있던 오수산이 뛰어내리며 원발의 뒤통수를 쇠뭉치로 내리쳤다. 그 순간 원발이 담을 뛰어넘었다.

병사들이 겁먹고 물러설 때 김통정이 막아섰다. 그제야 병사들이 원발을 둘러싸고 화살을 날렸다.

원발이 고슴도치가 되는 동안 최의가 사라졌다. 집 안을 이잡듯 뒤진 끝에 김통정이 하수구에 고개를 박고 있던 최의를 찾아냈다.

최의가 김준 앞에 끌려 와 비굴하게 굴었다.

"김 장군. 그대 선친이 내 증조부를 잘 모셨지. 장군도 내 조부와 아버지, 나까지 3대에 걸쳐 충성해주어 고맙소."

"그걸 아는 놈이 그리 박대했느냐? 네 집안을 섬기느라 우리 집안의 자존심이 대대로 뭉개졌느니라. 이 칼은 바로 그 대가다."

김준은 옷에 최의의 피를 묻힌 채 김통정, 류경 등을 데리고 황궁으로 갔다. 벌써 세상이 바뀌었다는 소식이 퍼져 태정문泰定門 앞에 백관이 도열해 있었다.

이들의 영접을 받고 편전으로 간 김준은 고종에게 정권을 바쳤다. 군권을 제외한 인사권, 재정권 등을 황제에게 돌려준 것이다.

이것이 후세 사람들이 말하는 복정우왕復政于王이다. 이로써 무신이 집권한 지 88년 만에 권력 지형이 무신 독식에서 황제와 공유하는 방향으로 변하기 시작했다.

백련사의 혜성은 앞으로 무신 정권과 황실의 권력 투쟁이 심해질 것이라 보았다. 강적 몽골을 앞에 둔 내부 분열은 자멸과 같다. 이를 막으려면 몽골과 전면전을 벌여야 한다. 그러나 싸워봐야 승산이 없다고 보기에 전면전을 못 벌이는 것이다.

혜성이 어떻게 해야 승산을 높일까 고민하다가 문득 몽골의 최대 숙적 남송이 떠올랐다. 그래서 김통정을 만나 남송과 연대를 추진해보라고 했더니, 가장 절실한 과제라면서도 현실적인 어려움을 털어놓았다.

천도 직전인 1231년, 최이가 벽란도에 와 있던 남송 상인을 불러 물소 뿔을 구해 오라고 했다. 고종의 수레에 사용하기 위해서였다. 그런데 상인이 장강 유역의 물소 세 마리만 배에 싣고 왔다.

최이가 그 이유를 물어보니 고려가 물소 뿔로 무기, 즉 강궁強
弓을 만들지 않을까 우려한 남송 정부에서 금수 품목으로 지정
했다는 것이었다. 당시 중원 정세가 복잡했던 탓에, 남송은 혹
시 고려가 몽골과 싸우다가 돌연 손잡고 자신들의 배후를 칠지
도 모른다고 의심했던 것이다.

이때부터 무인 집정자들, 최항은 물론 김준까지도 남송과 연
대를 고려하기는커녕 경원시했다.

그 후 남송인 풍시諷示, 해삼解三, 황이荒夷가 강화도로 망명했
다. 그들은 일찍이 몽골의 포로가 되어 종군했던 자들로, 자랄
타이가 고려를 침공할 때 따라왔다가 국경선 근처 산속에서 도
망쳤다. 다행히 고려 관리를 만나 1258년 강화도로 피신해 온
것이다.

김통정이 좋은 기회라 보고 김준에게 남송과 연대 방법을 찾
자고 했다. 하지만 고종이 남송인 망명 사건을 조용히 처리하길
원했다. 김준도 집권 초창기부터 고종을 거역하기 어려워 세 사
람을 남송으로 보내고 말았다.

김통정이 혜성에게 남송과 관련한 고려 조정의 분위기를 전
하며 고충도 함께 털어놓았다.

"황실이 김준을 우대해주면서 야금야금 친몽 정책을 강화하
고 있어. 여기에 김준이 속고 있지. 돌이킬 수 없을 때가 되어서
야 깨달을 것 같아. 네 말대로 고려의 돌파구는 남송과 연대뿐

162

이야. 하지만 김준은 눈앞의 일에만 연연하는 성격으로 보아 추진하지 않을 거야."

"그럼 다른 방법은 없어?"

"남송이 먼저 연대하자고 나와야 김준의 생각이 달라질 거야. 누군가 물밑에서 남송과 사전 작업을 한 뒤 공론화해야지."

"그래? 그럼 내가 남송에 다녀올게."

그렇게 혜성이 자원하고 먼 뱃길에 올랐다.

먼저 남송 항주 인왕사의 혜개慧開 주지를 찾아갔다. 혜개는 남송 황실과 친분이 깊었다. 그의 주선으로 남송의 실세 가사도賈似道를 만났다.

혜성은 고려 황실에서 보낸 사신이 아니어서 외교 문제를 정식으로 거론할 수 없었다. 하지만 고려가 남송과 동맹을 추진하면 가능하겠다는 대답은 받았다. 가사도는 고려 수군이 황하하류 지역에서 몽골을 공략해주면 좋겠다는 뜻까지 밝혔다.

귀국하는 혜성에게 혜개가 이런 법어를 종이에 써 주었다.

大道無門 千差有路 대도무문 천차유로. 透得此關 乾坤獨步 투득차관 건곤독보.

'큰 길에 문이 없으니 어떤 길로도 통한다. 이 길로 간다면 천지를 홀로 걸을 수 있으리라.'

혜성은 김통정과 함께 김준을 찾아갔다. 김통정이 먼저 입을 열었다.

"별감, 혹여 황실과 무인 간에 틈이라도 생기면 고려는 자멸합니다."

"걱정할 것 없소. 지금 군부와 황실의 관계는 최상이오."

"멀리 보셔야 합니다. 군부와 황실의 기본 입장은 다릅니다. 우리는 몽골과 싸워야 유지되고, 황실은 몽골 아래 들어가도 유지되는 입장입니다."

"그렇긴 하지만…. 무슨 대안이 있소?"

그때 혜성이 나섰다.

"제가 남송에 다녀왔습니다. 적의 적은 동지라 했으니 남송과 연대하십시오. 그러면 서로가 승산이 있습니다."

김준이 어이없다는 듯 웃었다.

"말이 그렇지, 그게 어디 쉬운 일이오? 몽골은 우리와 붙어 있고 남송은 바다 건너 수천 리 밖에 있소."

"바로 그 바다를 이용하십시오. 우리 수군이 바다 건너 몽골의 배후를 치면 됩니다."

"우리 고려를 지키기도 버거운데 그 먼 곳까지 수군을 보낸다? 만에 하나 참패하면?"

"그럴 리 없습니다. 지금 몽골은 파격달巴格達, 바그다드을 함락하고 남송으로 향하는 중입니다. 우리가 산동 방면을 공략하면 그곳 고구려, 백제, 신라 유민은 물론 황하 유역의 한인漢人들까지 가세할 것입니다. 세계에서 가장 부유하다는 남송도 충분한

군수 물자로 지원해줄 것입니다. 우리가 이기는 싸움입니다."

"그렇게까지 일을 크게 벌이면 복잡해집니다. 우선 몽골의 요구를 조금씩 들어주는 척하고 황실도 달래가면서 버텨봅시다."

마침 곁에 있던 임연도 김준의 말에 동의했다.

혜성은 물론 김통정도 아차 싶었다. 김준의 방식으로 정치를 해서는 미래가 없다고 본 것이다. 무엇보다 우물 안 개구리처럼 김준의 식견이 너무 좁았다. 식견이 좁으면 위기를 기회로 볼 줄 모른다. 한반도를 벗어나 고려가 평소 추구하던 고구려의 위상을 확보할 절호의 기회를 물리치다니….

늙은 고종은 은인자중하며 김준을 최고로 예우해주고 있었다. 그것에 취해 김준이 최씨 사저에서 인사를 관리했던 정방을 황궁으로 옮겼을 뿐 아니라 삼별초까지 고종의 호위에 동원했다.

바야흐로 권력이 황제에게 이동하면서 몽골과의 화친도 무르익어 갔다. 그런 분위기에서 삼별초군, 특히 그중 신의군의 입지가 나날이 옹색해졌다.

어느 날 김통정이 김준을 독대했다.

"우린 오랜 세월을 함께했습니다. 장군의 선친이 내 어머니를 돌봐줘 여기까지 이를 수 있었습니다. 이제 나는 어머니처럼 무명초로 살고 싶습니다."

"나를 더 도와줘야지 그 무슨 말이오?"

김통정은 평소 나랏일에 깊이 개입하려 들지 않았다. 김준이 여러 번 끌어들여도 도와주는 선에서 멈추었다. 권력욕도 명예욕도 없었다. 김준은 그런 김통정을 별종이라 여기면서도 담백한 모습에 호감이 더 갔다.

"나 역시 어머니를 닮은 것 같습니다. 야별초에 들어간 이유도 최이가 좋아서가 아니라 황제 중심의 세상이 싫었기 때문입니다. 황제가 전권을 휘두르는 세상이 싫었고, 최이가 사욕에서나마 황제를 농락하는 것이 좋았습니다. 그래서 세계를 손아귀에 넣겠다는 몽골과 맞서는 무인 정권을 도왔습니다.

권력이란 집중될수록 야수가 됩니다. 하나의 권력이 둘로, 둘이 셋으로, 결국은 사람 수만큼 나뉘어야 합니다. 그렇게 모두 황제가 되는 세상을 만들고 싶었습니다. 누구나 입처작주立處作主하는 세상이 와야 합니다. 지난 30년 동안 장군을 도와 나랏일을 거들어보았더니 그런 세상은 요원한 것 같습니다.

이쯤 했으면 장군 댁에 진 마음의 빚도 갚았으니 이제 조용히 물러가렵니다. 혹 내가 말한 그런 세상이 올 기미가 보이면 그때 다시 참여하겠습니다."

김통정의 말을 듣는 내내 김준은 고개를 끄덕였다. 일리 있다는 뜻이었다. 하지만 현실은 그렇지 않다. 김준이 보기에 김통정은 지나친 이상주의자였다. 조금만 현실과 타협하면 좋으련만…. 안타깝지만 어쩔 수 없었다. 김통정은 황제 자리를 준다고 해도 눌러앉을 사람이 아니었다.

김통정이 물러난 후 김준은 류경, 임연 등을 불러 대몽 정책의 방향을 결정했다. 안으로는 반몽을 유지하되, 밖으로는 강성하기만 했던 최씨 정권과 달리 유연하게 대처하기로 했다. 그래야 권력을 유지하는 시간을 더 벌 수 있다고 본 것이다.

김준의 등에 꽂힌 비수

지난 30년 내내 몽골은 고려 수군에 막혀 강화도를 정복하지 못하고 내륙의 백성들만 괴롭혔다. 초기에 홍복원의 안내로 황해도와 강원도 일대를 훑고 다녔고, 후기에 홍복원의 손자 홍다구洪茶丘를 길잡이 삼아 남부까지 잿더미로 만들었다.

홍다구의 아버지 홍복원은 1233년 서경에서 반란을 일으켰다가 실패한 인물로, 몽골로 도주해 동경총관의 벼슬을 받고 고려인들의 귀몽을 강요하던 중 고려 여인에게 맞아 죽었다.

홍다구 집안처럼 몽골의 개가 된 고려인도 있었지만, 대다수는 그렇지 않았다. 몽골이 누를수록 반발했다. 몽골도 그에 질세라 더 날뛰었다. 해마다 추수철에 곡식을 약탈했고, 농사지을 만한 남녀도 납치했다. 버티기가 죽기보다 힘들 지경이었다.

몽골은 고종의 입조를 요구했다. 김준 정권도 몽골의 요구를 거절하기 어려웠다. 하지만 고종은 병이 깊어져 류경의 집에서 보살핌을 받고 있었다.

그래서 고종 대신 태자를 보내기로 했다. 태자가 몽골로 떠나기 전 고종에게 하직 인사를 올렸다. 자리에 누운 고종이 태자의 손을 붙잡고 눈물을 감추지 못했다.

"태자를 다시 볼 수 있을는지…."

"아바마마, 그 무슨 말씀이옵니까. 부디 옥체를 보존하소서."

고종이 곁에 있던 류경의 손에 태자의 손을 쥐어주었다.

태자가 몽골 조정에 들어가면서 지난했던 30년 전쟁이 마무리되었다. 몽골군 중 일부만 서경에 남고 모두 압록강 밖으로 물러났다. 그 대신 몽골은 강화성을 헐라고 압박했다. 고려는 몽골에 태자가 있어 거부하기 어려웠다. 외성, 중성, 내성 중 내성부터 허물기로 했다.

그해 1259년 여름은 유난히 더웠다. 그런 무더위를 무릅쓰고 내성 해체조가 팔을 걷어붙였으나 워낙 강고해 잘 무너지지 않았다.

이 성을 얼마나 눈물겹게 쌓았던가. 항전을 다짐하고 또 다짐하며 성을 쌓았다. 그 후 30년을 이 성과 함께 버텼다.

그런 성이 천둥소리를 내며 무너지기 시작했다. 17개의 성문마다 장식된 용두龍頭가 땅바닥에 곤두박질쳤고 구경하던 부녀자와 아이들까지 통곡했다.

강화도에 듬직한 성이 사라졌다. 사람들은 전쟁터에서 갑옷을 빼앗긴 기분이 들었다.

내성이 없어지자 가장 먼저 토호와 귀족들이 배를 사 두려고 하는 바람에 배 값이 폭등했다. 몽골에서는 내성뿐 아니라 외성까지 다 헐라고 압박했다. 따르지 않으면 태자를 죽일 것처럼 위협했다.

내성에 이어 외성까지 헐리던 날 저녁, 고종이 68세를 일기로 숨을 거두었다.

김준 측은 다음 황제로 안경공 창淐을 내세우려 했다. 일전에 몽골을 다녀올 때 입었던 옷에 오랑캐 물이 들었다며 그 옷을 불태웠던 인물이었다. 그가 황제가 되면 대몽골 강경 노선으로 회귀하리라고 본 것이다.

그런데 고종의 임종을 곁에서 지킨 류경 등이 고종의 유지를 반포했다.

"나의 맏아들 태자가 뒤를 잇게 하되, 태자가 귀국할 때까지만 태손 심諶이 나랏일을 보게 하라."

김준이 물을 먹은 것이다.

이듬해 3월 태자가 뼛속까지 친몽주의자가 되어 몽골의 전적인 지원하에 귀국했다. 그가 바로 원종이었다.

귀국 전 원종은 쿠빌라이 칸을 만나 불개토풍不改土風의 약조를 맺었다. 고려의 풍속을 그대로 유지한다는 것이다. 그 대신 고려 황제는 그 지위를 잃어 왕이 되었다. 폐하는 전하로 격하해 불러야 했다.

원종 이후의 태자는 세자가 되어 몽골 공주와 결혼해야 했다. 이로써 고려가 몽골의 부마국으로 전락한다. 왕의 묘호廟號에도 몽골에 충성한다는 뜻의 충忠 자가 붙기 시작해 고려 6충왕이 탄생한다.

원종은 머리부터 발끝까지 친몽 사대 의식으로 물들어 있었다. 그는 당연히 출륙환도가 빨리 이루지기를 바랐다. 하지만 강화에 머물러야만 하는 김준 세력의 입장을 무시하기 어려웠다. 원종은 김준에게 교정별감의 벼슬을 주고, 정사에 관심 없는 것처럼 궁녀들과 오락으로 소일했다.

그즈음 몽골의 대칸大汗이 된 쿠빌라이는 고려에 신경 쓸 겨를이 없었다. 남송과 대치 중이었고, 동생 아리크부카阿里不哥, 아리불가의 반란도 진압해야 했다.

쿠빌라이는 1261년 겨울 고비사막에서 아리크부카를 꺾고 나서야 다시 고려를 주시했다. 그런 쿠빌라이에게 고려인 조이趙彝가 고려와 이웃한 일본을 구슬려 남송 고립 작전을 펴야 한다고 부추겼다. 조이는 일본과 교류가 잦은 합포마산 근처 함안 출신으로, 문과에 급제한 후 출세 목적으로 몽골에 가서 고려를 곤경에 빠뜨렸다.

그때부터 쿠빌라이가 일본 회유를 생각하는데, 조이가 홍다구와 함께 찾아와 고려가 일본과 내통하고 있다고 참소했다. 그 증거로 원종이 귀국한 지 5년이 넘도록 강화도에서 나오지 않는 것을 들었다. 마침 1264년 내전도 끝나 한껏 여유가 생긴 쿠빌라이는 원종이 직접 자신에게 와서 해명하라고 요구했다.

고려에서 왕이 외국에 나간 전례는 없었다. 게다가 몽골의 속셈을 알 수 없었다. 혹 원종을 볼모로 김준 세력을 부른다면? 김준에게는 최악의 예상 결과였다.

재상들이 하나같이 반대하는데 문신의 원로 격인 이장용李藏用이 홀로 찬성했다.

"전하께서 입조하면 몽골과 화친이요, 거절하면 바로 전쟁입니다. 가셔야만 합니다. 몽골은 우리가 일본과 내통한다고 보고 있습니다."

그러나 김준이 펄쩍 뛰었다.

"전하께 변고라도 생기면 후환을 감당하기 어렵소."

원종은 태자 때 쿠빌라이를 만나 좋은 인상을 품고 있어 가고 싶었지만 김준이 강력하게 반대해 이러지도 저러지도 못했다.

이장용이 김준을 따로 만나 설득했다.

"김 별감, 전하께서 입조하시는 게 유리하네. 거절하면 또 몽골이 우리 산하를 짓밟을 것이고, 자네에 대한 백성의 인심도 사나워져. 내가 전하를 모시고 가서 쿠빌라이를 잘 구슬려보겠네."

이장용은 외교주의자였다. 대몽 관계를 무력이 아닌 협상을 통해 풀고자 했다. 김준도 수긍해 이장용이 원종을 모시고 몽골의 수도 중도中都, 후에 대도로 개명로 향했다. 원종은 10여 일간의 긴 여행 끝에 쿠빌라이를 만났다.

"오랜만이구나. 원로에 수고가 많았다. 나라 복구는 잘되고 있느냐?"

"개경에 왕성을 건축 중이니 머지않아 육지로 나갈 것입니다."

원종이 쿠빌라이의 환대에 감읍했다.

"잘했다. 듣자 하니 일본과 내통한다던데, 사실이냐?"

"그럴 리가 있습니까?"

쿠빌라이가 고개를 갸우뚱하며 몽골에 인질로 와 있던 영녕공 준綧을 불러들였다.

"여기 영녕공 얘기를 들어보니 고려에 4만 군사가 있다던데, 그중 3만은 몽골로 옮겨 놓거라."

워낙 무리한 요구라 이장용이 어이없어하며 대답했다.

"폐하. 영녕공의 얘기는 태조 왕건 때의 것입니다. 그 후 전쟁으로 병력이 십분의 일로 줄었습니다."

그러고 영녕공을 똑바로 쳐다보며 물었다.

"고려의 인구가 얼마나 됩니까?"

영녕공이 머뭇거렸다.

이장용이 5도 양계의 현황과 어른과 아이의 수까지 정확히 내놓았다. 그제야 쿠빌라이가 믿었다. 그리고 이장용과 이런저런 이야기를 주고받더니 놀란 표정이었다.

"아, 그대는 아만메르겐阿蠻滅兒里干이로다!"

아만메르겐은 언변의 달인이라는 뜻이었다. 이후 이장용을 만나본 몽골 재상들도 해동의 현인이라며 칭송했다. 그 덕에 원종이 무사히 귀환했다.

원종이 몽골을 다녀간 후에도 조이와 홍다구 등이 고려를 괴롭히려 쿠빌라이를 끈질기게 설득했다.

"고려를 이용해 일본에 압력을 넣어 남송 정벌에 활용하십시오. 일본이 바다 건너 항주를 공격하면 남송은 금방 무너집니다."

이에 쿠빌라이가 1266년에 흑적黑的, 은홍殷弘 등을 고려로 보냈다. 쿠빌라이는 원종에게 요구했다.

"과거 일본이 한·당漢唐과 통교했다고 하니, 우리와도 그리하도록 흑적 일행을 일본으로 잘 인도하라."

원종은 송군비와 김찬金贊에게 흑적 일행을 데리고 일본에 가게 했다. 이들은 초지진 나루터에서 육지로 건너 합포로 내려가 배를 타고 거제도까지 갔지만 워낙 풍랑이 거세 돌아와야 했다.

그러나 쿠빌라이는 핑계라며 일소에 붙이고 조속한 환도, 징발용 호적 작성, 군량미 제공, 구리 2만 근, 훈련된 매 천 마리 등 더 가혹한 요구를 했다.

어느 것 하나 실현 불가능했다. 급한 대로 구리 약간과 매 새

끼만 보냈다. 그랬더니 쿠빌라이 앞에서 조이와 홍다구가 고려가 몽골을 무시했다면 혼내줘야 한다며 펄쩍 뛰었다.

쿠빌라이가 다시 사신을 보내 개경 천도를 강력하게 촉구했다. 밀리면 안 된다고 본 김준이 원종 앞에서 강경하게 반대했다.

"내 눈에 흙이 들어가기 전에 안 됩니다."

이장용이 또 김준을 찾아갔다.

"김 별감. 몽골이 본래 도성을 중도에 두고, 여름에 상도를 도성으로 삼습니다. 우리도 그렇게 합시다. 강화도를 도성으로 삼되, 여름에만 개성에 머뭅시다."

단순한 김준이 동의했다.

"듣고 보니 그것도 좋은 방안이오."

그 후 개경에 왕실 공사를 위한 임시 출배도감出排都監을 설치했다. 그래도 쿠빌라이가 마땅치 않게 여겼다. 조이와 홍다구가 고려가 지연 작전을 쓴다고 참소했기 때문이다.

"폐하, 고려는 하루면 천도가 끝납니다. 그들이 강화도로 천도할 때 먼저 입도한 후 궁궐 공사를 마쳤듯, 이번에도 먼저 개경에 나온 후 궁궐을 지으면 됩니다. 궁궐 건축을 핑계로 몇 년을 더 끌려는 속셈입니다. 이런 꼼수 뒤에 바로 군권을 장악한 김준이 있습니다."

그때부터 김준을 제거하겠다고 결심한 쿠빌라이는 12월에 신년 하정사賀正使로 온 원종의 동생 안경공 창에게 명했다.

"당장 김준 부자와 김준의 아우 김충金冲, 그리고 이장용을 함께 보내라."

고려 왕이 김준에게 휘둘리니 몽골이 대신 징벌하겠다는 뜻이었다.

다음 해 2월 몽골 사신들이 귀국하는 안경공 창을 따라 고려에 왔다. 그들은 원종에게 쿠빌라이의 명을 전달만 하고 숙소로 갔다.

이제 공은 원종에게 넘어갔다. 일순간 편전에 긴장감이 맴돌았다. 장군 차송우車松祐가 김준에게 귓속말했다.

"몽골 사신들을 바다 위 섬으로 끌고 가 쥐도 새도 모르게 없애버립시다."

그러자 김준이 노골적으로 원종에게 주장했다.

"전하, 몽골 사신들을 수장시키고 손돌목에서 조난 사고를 당했다고 합시다."

"그렇게까지 할 필요 없소."

원종의 태도에 김준이 노기등등해 퇴궐했다. 그 모습에 이장용의 눈빛이 흔들렸다.

만일 원종이 김준에게 몽골에 입조하라고 한다면? 쥐도 궁지에 몰리면 고양이를 무는 법인데 김준이 가만있을 리 없었다.

이장용이 곧바로 김준을 뒤따라갔다.

"김 별감. 내게 생각이 있네."

"아무 말도 듣고 싶지 않습니다. 벌써 몇 번째입니까? 성을 허물어라, 왕을 보내라, 개경으로 나와라. 그럴 때마다 이 대감의 중재안을 받아들였지만 결국 나만 궁지에 몰렸소이다. 오늘 전하의 태도를 보니 내게 몽골로 가란 말만 하지 못할 뿐, 쿠빌라이의 명을 은근히 즐기고 있는 것 같더이다."

"그럴 리가 있겠습니까. 몽골 사신 앞이니 조심했을 뿐이지. 이리합시다. 마침 나도 입조 대상이니, 내가 가서 쿠빌라이에게 별감은 도성 이전 준비로 시간을 못 낸다고 둘러대리다."

그제야 침통했던 김준의 얼굴이 확 펴졌다.

두 달 후인 4월경 이장용은 강화도를 출발해 의주를 지나 5월 중순 몽골의 수도 중도에 도착했다.

그 길에 본 고려 산하의 모습은 형언하기 어려울 만큼 처참했다. 난리 통에 젊은이들이 사라져 농토는 방치되었고, 주린 백성들이 산야의 초근목피까지 뒤지고 있었다.

그런데 중도는 4년 전과 딴판이었다. 웅장한 대궐이 끝없이 들어선 가운데 각국 사신들이 줄지어 대기하고 있었다.

이장용도 차례가 오기를 기다렸다가 쿠빌라이를 만나야 했다. 먼저 인사말을 건넸던 예전과 달리 쿠빌라이가 대뜸 질책부터 했다.

"왜 김준은 오지 않았는가?"

"천도 공사를 총감독하느라 올 수 없었습니다."

"그래, 내가 남송, 일본, 안남安南, 베트남 각국을 점령하려는데 너희도 병사 3만 정도는 보내줘야 하지 않느냐? 그런 성의도 안 보이다니, 혹 딴마음 품고 있느냐?"

"폐하. 지금 고려는 4년 전 말씀드린 상황과 달라진 것이 없습니다."

그러면서 중도로 오는 길에 보았던 참상을 전해주었다. 쿠빌라이가 변명하지 말라며 다그쳤다.

"사람이란 죽으면 또 태어나 채워지는 것이다. 원정에 써야 하니 우선 양곡 4천 석을 실을 전함 천여 척을 만들어라. 고려 왕에게 분명히 전하라. 다시 변명하면 고려 전역을 불태워버린다고."

이장용이 아무리 설명해도 쿠빌라이는 변명으로만 받아들였다. 통역하던 젊은이가 왜곡하고 있었던 것이다. 바로 홍다구였다. 이장용을 비웃는 표정이었다.

황제의 마지막 말을 다시 홍다구가 통역했다.

"이제 다 끝났으니 노망난 것처럼 잔소리 그만하고 냉큼 돌아가라."

같은 혈족끼리 이럴 수 있을까? 아무리 사실을 말해도 통변을 비틀면 도로아미타불이다. 이장용은 등에 식은땀을 흘렸다. 몽골에서는 귀국하는 이장용에게 오도지吾都止를 딸려 보냈다. 고려가 쿠빌라이의 명을 제대로 실행하는지 감독하겠다는 것이었다.

그해 6월에 귀국한 이장용은 원종에게 전함 건조만 언급했다. 몽골의 요구를 거역하면 고려를 불태우겠다고 한 말은 차마 전할 수 없었다.

원종이 오도지를 대동하고 전함 만드는 일을 친히 독려하고 다녔다. 김준 앞에 자신이 최고 친몽파인 것을 과시하는 듯했다. 보다 못한 차송우가 김준에게 불평을 늘어놓았다.

"원종이 몽골의 개처럼 굽니다. 이러다 우리까지 물겠습니다. 어디 원종만 종친입니까? 종친은 많습니다. 또 막말로 왕의 씨가 따로 있습니까? 왕건도 장군이었는데 고려를 세웠습니다."

김준에게 다른 종친을 왕으로 세우든 직접 왕이 되라는 것이다. 대놓고 반역을 권할 만큼 원종과 김준 세력 사이에 반감이 커졌다.

차송우의 의견에 김충과 도병마녹사 엄수안嚴守安이 만류했다.

"원종을 없애면 백성들이 우리를 지지하겠습니까? 그 틈에 몽골이 내지를 삼키고 강화도까지 공격하면 버틸 수 있겠습니까? 설령 버틴다 해도 백성들의 지지 없이는 오래가지 못합니다."

결국 원종의 힘은 몽골의 힘이었다. 그 힘에 대항하려면 백성들의 지지를 받아야 하는데, 백성들은 왕씨의 고려를 숙명처럼 여기고 있었다.

이런 상황에서 김준 세력이 언제까지 몽골을 등에 업은 원종과 맞설 수 있을까? 김준 자신도 그것에 확신하지 못하고 있는데, 그의 가족까지 수시로 물의를 일으켰다.

김준이 민가를 헐고 자택을 확장할 때였다.

아내는 '장부의 눈구멍이 작아 더 크게 짓지 못한다'며 비웃었다. 아들들은 무뢰 잡배의 우두머리가 되어 백성의 재산을 강탈하고 다녔다. 이 소식을 들은 원종은 비웃기만 할 뿐 놓아두었다.

정치 일선에서 물러나 있던 김통정마저도 김준을 찾아가 흉흉한 민심을 전했다. 그래도 김준은 '내 자식 문제'라며 말을 못 꺼내게 막았다. 그때부터 김통정은 정사에 완전히 거리를 두고 교동도에 은거했다. 가끔 배중손과 만나 수군 훈련과 작전에만 관계했다.

물론 김준도 사고 치는 가족에게 말은 못 했지만 속은 탔다. 불교 다섯 교파 지도자들을 번갈아 집으로 불러 불공을 드렸다. 자기 마음을 달래면서 자식들도 바로 되기를 빌었다. 그러고도 신변에 불안을 느껴 유명한 무당 요부인鷗夫人을 불러 길흉을 점치는 일이 잦았다.

김준 정권은 반몽 전선 위에서만 유지되기 때문에 원종보다 민심을 더 얻어야 했다. 그런데 김준이 강화성 해체에 앞장서면서 항몽 의지가 강했던 백성들이 실망했다. 게다가 가족 문제까지 겹쳤다.

이제 김준은 항몽 정신으로 무장한 삼별초로 버텨내야 할 상황이 되었다. 삼별초도 대안이 없어 김준을 따를 뿐 민심의 지지를 받으며 항몽할 지도자를 고대하고 있었다.

김준은 근시안적 인물이라 눈앞에 보이는 것에만 집착했다. 최고 권력자라면 여러 일 가운데 주도적인 과제를 선정해야 하는데 그러지를 못했다. 일 처리 방식도 임시방편이었다. 특히 가족에 엄격하지 못했다.

바로 그 점으로 인해 김준은 몰락의 길로 접어든다.

김준의 아들 김대재가 임연과 밭의 소유권 문제로 다투었다. 김준이 임연의 집에 종을 보내 사정을 알아보게 했다. 그 종을 임연의 처가 때려 죽였다. 그때부터 임연은 김준이 자신을 양아들로 삼고 위험한 일만 시키면서 친아들만 싸고돈다고 보았다. 둘의 관계가 눈에 띄게 서먹해졌다.

임연의 별명은 두 가지였다. 눈이 벌처럼 튀어나와 봉목蜂目, 승냥이 목소리를 낸다고 시성豺聲이라고 했다. 별명도 둘이지만 이중인격자였다. 한번 원한을 사면 그 자리에서는 가만있다가 언젠가 되돌려주었다.

김준과 임연 사이를 낭장 강윤소康允紹가 눈치채고 원종에게 일러바쳤다.

강윤소는 몽골어를 잘하는 데다 양쪽 비위를 잘 맞추는 사람이었다. 원종이 좋은 기회라 여기고 강윤소를 임연에게 보내 떠보았다.

"김준과 그 일가의 악행이 나라를 어지럽혀 전하의 걱정이 이만저만 아닙니다."

임연이 원종의 속뜻을 알아채고 강윤소가 간 다음 환관 최은崔恩을 찾아갔다.

"나랏일이 김준 때문에 어지럽네. 김준을 제거하면 어떨는지 전하께 자네가 전해주시게나."

최은은 이미 원종을 통해 들었던 터라 놀라지 않고 고개만 끄덕였다. 그는 같은 환관인 김경金鏡과 더불어 원종을 찾아갔다.

"임연이 우리의 계획대로 움직이기 시작했습니다."

"어떻게 이용할 것이냐?"

"몽골 사신의 환송연에서 거사토록 하겠습니다."

몽골 사신이 돌아가는 날이 1268년 12월 병신일이었다. 임연이 그날에 맞춰 김준을 때려 죽일 준비를 했다. 왕이 참석하는 행사에 무기를 소지할 수 없어 몽둥이를 몽골 사신에게 주는 선물처럼 비단으로 포장해 연회장에 숨겨두었다.

그런데 이변이 생겼다. 환송연에 김준이 불참하더니, 다음 날에도 입궐하지 않았던 것이다.

그날 오후 원종이 의식을 잃고 쓰러졌다는 헛소문을 내고 최은을 김준에게 보냈다. 그제야 김준이 최은을 따라 궁궐에 들어왔다. 임연은 그럴싸한 거짓말로 김준을 정당政堂으로 이끌었다. 김준이 정당에 들어서자 왕실 노비 김상金尙이 쇠몽둥이로 머리를 내리쳤다. 김상의 힘은 천하장사였다.

임연이 꼬꾸라진 김준의 목을 밟았다. 김준은 거물거리는 의식을 붙잡고 마지막 말을 남겼다.

"야, 이놈아. 마부나 하던 놈을 키워 놨더니…. 내가 아비라면서 이런 짓을 하느냐?"

"너야말로 최이 덕으로 출세하고 그 손자를 죽인 놈 아니냐. 그런 말 할 자격이 있느냐? 너도 뒈져라."

폭설이 내리고 있었다. 최은이 눈길을 헤치며 원종에게 달려가 김준을 죽였다고 보고했다. 원종이 최은의 등에 붙은 눈을 털어주었다.

"참으로 수고했소. 이제 큰 고비는 넘겼구려. 하하하…"

우리 죽었다 생각하고 싸우자

원종은 임연에게 대장군 겸 추밀원부사를 맡겨 군부를 지휘하도록 했다. 임연은 야별초를 풀어 김준 일당을 제거했다.

임연은 군권을 쥐었다 해도 김통정과 배중손이 꺼림칙했다.

둘 다 삼별초의 신임을 받고 있었다. 그나마 배중손은 해안 수비에 전념해 마음이 놓였지만, 김통정은 달랐다. 정사에 거리를 두고 있다지만 김준의 신임을 받았고, 특히 신의군의 절대 지지를 받고 있었다.

그래서 김상을 교동도로 보내 김통정을 살펴보게 했다.

"대장군. 김통정은 평범하게 지내고 있습니다. 어부들과 고깃배를 타고, 시간 날 때면 관미성에 올라 도덕경을 암송하고 있습니다. 걱정 안 하셔도 될 듯합니다."

임연도 평소 김통정이 노자를 좋아했고 세속에 초탈한 인물이라는 것을 알고 있어 마음이 놓였다. 그런데 생각지 못한 일로 속이 뒤틀렸다. 거사 동지인 김경과 최은이 원종의 신임을 바탕으로 임연을 무시했다.

성미 급한 임연이 이들을 강화도 저잣거리에 효수했다. 거기서 그치지 않고 원종까지 폐위하려 했다. 구정에 야별초를 모이게 한 가운데 조정 중신을 소집했다. 한 사람씩 지목해 결판낼 작정이었다.

먼저 조야에 덕망이 높은 이장용에게 물었다.

"내가 왕을 위해 김준을 죽였거늘, 그런 나를 왕이 죽이려 하니 앉아서 당하겠습니까? 왕을 죽이든지 바다 섬으로 추방해야겠소이다. 어떻게 생각하시오?"

"차라리 전하께서 왕위를 양도하도록 하시는 것이 어떻겠습니까?"

임연의 성질로 보아 원종을 죽이고도 남았다. 그런 임연을 달래려고 타협안을 내놓은 것이다. 그것이 이장용의 처세술이었다. 대몽 외교도, 왕실과 군부의 갈등도 그렇게 조절해왔다.

고창 출신 유천우兪千遇가 중재안을 내놓았다.

"장군께서 어찌 이 같은 중대사를 서두르십니까? 몽골에 가 있는 세자가 돌아온 후에 하셔도 늦지 않습니다."

세자가 귀국하면 원종을 물러나게 하자는 것이었다. 그 말도 일리가 있어 보여 임연이 거기서 멈추었다.

"알았으니 다들 돌아가시오."

그날 밤 임연은 아차 싶었다. 만일 원종을 쫓아낸다면 세자 왕심王諶이 자신을 좋게 볼 리 없었다. 더구나 그는 원종 못지않은 친몽이었다. 임연이 원종과 군권을 놓고 갈등을 빚으면서도 내세우는 명분은 항몽이었다. 그래야 삼별초의 지지를 받을 수 있기 때문이었다.

당시 고려에 세 부류의 대몽 세력이 있었다. 하나는 왕권 회복을 위해 친몽하려는 왕실, 다음은 군권 유지를 위해 항몽하는 임연 일당, 마지막은 고려의 독립과 자존을 위해 항몽이 옳다는 다수의 사람들.

만일 임연이 원종 대신 세자 왕심을 왕으로 세운다면? 임연은 권력에만 눈이 멀어 또 친몽 왕을 세운 꼴이 된다. 그러잖아도 몽골에 머무르던 세자가 벌써 쿠빌라이의 딸 홀도로게리미실忽都魯揭里迷失.쿠투루칼리미시과 만나고 있다는 풍문까지 돌았다.

임연이 민심의 지지를 얻으려면 차라리 반몽 의식이 강한 종친을 왕으로 세워야 했다. 그가 누굴까? 고종이 승하한 날 김준도 왕으로 염두에 둔 인물, 바로 원종의 동생 안경공 창이었다.

임연은 다음 날 오전 문무백관에게 소집령을 내렸다.

"오늘 밤 모두 안경공 창의 집에 모여라."

그날 밤 문무백관이 다 모이자 갑옷을 입은 임연이 군사를 대동하고 나타났다. 임연은 안경공 창을 옆에 세우고 백관에게 외쳤다.

"모두 따라 하시오. 왕창 전하 만세, 만세, 만만세!"

아닌 밤중에 홍두깨였다. 백관은 물론 안경공 창까지 황당해 어쩔 줄 몰라 했다. 임연이 벌침처럼 쏘아보며 백관을 다그쳤다.

"만일 따라 하지 않으면 모두 죽여버리겠다!"

그제야 백관들도 만세를 불렀다.

"됐다. 여봐라, 어서 전하를 대궐로 모셔라."

새파랗게 질린 안경공 창이 병사의 부축을 받고 가마에 올랐다.

그렇게 해서 안경공 창이 용상에 앉았다. 그 후 좌부승선 이창경李昌慶을 보내 진암궁辰巖宮에 있던 원종을 내쫓았다.

원종은 홀로 궁궐을 나서 싸락눈이 쌓인 길에 몇 번이나 미끄러지며 김애金皚의 폐가로 가야 했다. 그 모습을 임연과 아들 임유무林惟茂의 장인 이응렬李應烈이 함께 지켜보았다.

임연이 박장대소했다.

"하하하, 통쾌하다. 감히 나를 토사구팽하려 들다니. 고얀 놈."

이응렬은 한술 더 떴다. 기쁨에 들떠 휘파람까지 불었다.

"야, 왕식王植아. 어디 용손이 너 하나뿐이더냐?"

왕식은 원종의 이름이었다. 원래 태자 시절의 이름은 왕전이었는데, 왕위에 오른 뒤 왕식으로 바꾸었다.

왕창은 임연을 교정별감에 임명하고, 최충헌 때부터 무인 집권자의 호위 부대였던 6번 도방으로 하여금 임연을 경호하게 했다. 몽골에 있던 세자는 고려 조정에 무슨 일이 벌어진지 모른 채 귀국길에 올랐다. 국경에 이르러서야 정주靜州 관노 정오부丁五孚를 만나 사태를 알게 되었다.

"강화도에 반란이 일어나 임연이 왕을 바꾸었답니다. 국경 근처에 야별초 20명을 숨겨 놓고 저하를 노리고 있으니 돌아가소서."

세자가 몽골로 돌아가 쿠빌라이에게 그 사실을 전했다. 쿠빌라이는 병부시랑 흑적黑的을 강화도로 보냈다.

흑적이 임연을 추궁했다.

"어떻게 신하가 왕을 폐하느냐? 당장 복위시켜라. 그렇지 않으면 책임을 묻겠다."

임연이 흑적에게 뇌물을 주면서까지 버텼지만 소용없었다. 결국 여섯 달 만에 원종을 복위시켜야 했고, 원종은 쿠빌라이에게 사은하러 갔다. 임연은 원종이 쿠빌라이에게 자신을 고발하지 못하도록 큰아들 임유간林惟幹과 심복을 딸려 보냈다.

폐위 과정을 이미 다 알고 있던 쿠빌라이는 변명하려는 임유간의 목에 올가미를 씌워 감금하고 임연에게 조서를 보냈다.

'네 아들 말이 진실치 못하니 직접 와서 내막을 밝혀라.'

난감해진 임연이 울화로 나날을 보내다가 등에 종기가 났는데 낫지 않았다. 그가 자리에 누워 지난 일을 돌이켜보니 김준

때 남송과 동맹을 맺자던 김통정이 떠올랐다. 그때 자신도 김준에 맞춰 반대했지만, 이제 와 보니 남송과 동맹을 맺고 몽골을 쳤어야 했다.

김준이나 임연이나 우물 안 개구리처럼 권력의 꿀을 빨기에 바빴다. 그들은 복정우왕 이후 요직에 원종의 사람으로 채워져도 병권을 믿고 위기의식을 못 느꼈다. 결국 많은 벼슬아치들로 친몽 세력이 부상한 뒤에야 원종을 쫓아냈지만 때는 이미 늦었다.

아니, 그때라도 원종을 제거하고 다시 김통정을 등용해 남송과 연대를 추구하며 돌파구를 열었어야 했다.

이런 회한 속에 임연이 숨을 거두고, 둘째 아들 임유무가 교정별감을 승계했다.

이십 대 초반에 대임을 맡은 임유무는 이응렬, 송군비 등에게 정사를 위임했다. 그는 삼별초 중 왕실의 친몽골 분위기에 특히 민감한 신의군을 맡아줄 인물을 찾았다. 삼별초 모든 병사의 추앙을 받던 배중손이 임유무와 단둘이 만나 김통정을 추천했다.

김통정은 수시로 정변이 일어나는 것을 보고 불안해하던 차에 신의군을 맡아달라는 부탁을 받고 먼저 혜성을 만났다.

"임유무도 오래 못 갈 거야. 짜임새가 그렇잖아. 백관이 원종 사람으로 채워져가는데 어떻게 버티겠어. 당장은 칼이 붓을 이긴다고 하지만, 칼이 불이라면 붓은 물이야. 시간이 흐를수록 임유무가 불리해져."

혜성이 정세를 예측하자 김통정이 물었다.

"그럼 삼별초는 어떻게 해야 할까?"

"결국 삼별초만 따로 놀겠지. 최씨와 김준, 임씨가 권력욕을 채우려고 삼별초를 이용했어. 그중 신의군은 몽골을 미워하는 마음 하나로 뛰었지. 이제 다 내려놓아야 해. 사사로운 욕망도 집단 증오심도 내려놓고, 누가 왕이 되고 백성이 되는 세상이 아니라 각자가 주인인 세상으로 나아가야 해. 그 길로 가는 데 삼별초를 활용해야지."

"누가?"

"바로 네가…."

"어떻게?"

"불과 물을 잘 지켜봐. 대지 위에서 춤추고 흐르다가 대지로 사라져. 부질없는 아집과 욕망은 내려놓고 삼별초가 대지의 역할을 하도록 네가 힘써봐. 세상이 저 대지처럼 모든 것을 품고 자라게 하고, 때로는 안식처가 될 수 있도록."

김통정이 삼별초로 돌아온 직후였다. 원종은 몽골 장수 두련가頭輦哥와 조평장趙平章의 호위를 받으며 귀국하다가 서경에 이르러 상장군 정자여鄭子璵를 강화도에 보내 개경으로 환도하라 명했다.

하지만 임유무는 정반대의 조치를 내렸다. 삼별초를 각 도에 보내 백성들을 근처 성으로 피신시키고, 장군 김문비金文庇를 교동橋桐으로 보내 수비토록 했다. 몽골군과의 일전을 대비한 것이었다.

그러는 사이 원종의 어가는 개경 근교에 이르렀다. 원종이 강화로 가는 것은 위험하다고 보고 개경에 머물며 이분성李汾成을 임유무의 매부 홍문계洪文系에게 밀파했다.

어스름할 때 강화도로 건너간 이분성이 인적이 끊기길 기다렸다가 홍문계의 집에 들어가 원종의 밀서를 내놓았다.

'경의 집안은 여러 대에 걸쳐 벼슬했다. 의리에 매이지 말고, 마땅히 사직을 이롭게 하라.'

밀서를 든 홍문계가 손을 떨더니 그대로 엎드려 원종이 머무는 북쪽을 향해 두 번 절했다.

다음 날 홍문계는 삼별초에 영향력이 큰 상장군 송송례宋松禮를 찾았다. 송송례도 홍문계처럼 임유무가 중용하지 않는다며 불만이 컸다. 홍문계의 말을 들은 송송례는 또 아들 송분宋玢에게 원종의 뜻을 전했다. 송분 또한 신의군 지휘권을 가졌는데, 임유무가 김통정에게 신의군 지휘를 맡기자 불만을 품고 있었다.

송분이 배중손을 만나 넌지시 떠보았다.

"민심이 흉흉합니다. 임유무가 아직 어려 이응렬, 송군비가 전횡한다는 겁니다. 어쩌면 좋겠습니까?"

"만일 임유무가 무너지면 꼼짝없이 출륙환도를 해야 하네. 이는 곧 삼별초 해체가 아니던가."

"그렇기는 합니다. 하나 고려 사직이 있어야 삼별초도 있는 것 아닙니까."

"아니지. 삼별초가 버텨주어야 고려 사직이 몽골에 흡수되지 않네."

이로써 송분은 배중손의 의중을 확인했다.

배중손도 모종의 음모가 꾸며지는 것을 직감하고 임유무에게 달려갔다.

"낌새가 이상합니다. 아무래도 원종이 이간책을 쓰는 것 같습니다. 논의해왔던 해도 천도를 강행해야 할 것 같습니다."

그러나 임유무는 태평했다.

"원종이 강화도로 온 다음에 추진합시다."

한편, 약삭빠른 송분은 삼별초 중 자신의 직계만 따로 모아 구왕단求王團이라 칭했다.

"임유무가 편 가르기를 하고 있다. 이래서는 사직은 물론 삼별초까지 분열된다. 분열되면 우리는 다 망한다. 임유무를 제거해야 온 나라가 다시 뭉칠 수 있다. 그 일을 우리 구왕단이 해내야 한다. 일단은 조심하고 기회를 노리자."

그 후 송분은 이분성을 만나 삼별초 가운데 친 임유무 세력인 배중손과 유존혁劉存奕, 김통정을 격리시키는 계책을 냈다.

"김통정을 만나 이리 말하십시오. 임유무는 김 장군이 김준의 총애를 받았다며 내심 싫어하고, 지휘권도 신의군이 워낙 드세 다독이려고 잠시 맡겼을 뿐 곧 회수할 것이라고요. 그다음 원종께서 마음 깊이 김 장군을 흠모한다고 해보십시오."

이분성은 송분의 말을 김통정에게 그대로 전했다. 그리고 자신의 말도 한마디 보탰다.

"이번에 전하께서 특별히 따로 만나 안부를 전하라 하셨소."

물론 이분성과 송분이 꾸며낸 얘기지만 원종이 김통정에게 호감을 가진 것은 사실이었다.

김통정이 원종을 독대한 적은 없었다. 하지만 원종은 태자 시절부터 김통정이 양수척 후손이면서 음서제를 뚫고 권력 핵심부에 어른거리는 것을 대단하게 여겼다. 권력과 명예에 초탈한 행보에도 매력을 느꼈다.

"김통정을 곁에 둘 수만 있다면…"

원종은 그랬다가도 김통정과 고려의 귀족층이 물과 기름처럼 도무지 어울릴 수 없음을 알고 고개를 저었다. 귀족들은 자신들의 야망에 도움을 줄 인물을 필요로 할 뿐이었다.

이분성의 말에 김통정은 이리 반응했다.

"제가 김준 별감의 측근이었다 하나 중도에 교동도로 떠났습니다. 임 별감도 이를 잘 알고 있습니다. 전하의 총애는 고맙소만, 몽골을 상대하는 일만큼은 조야가 하나가 되어야 한다고 봅니다."

이분성에게서 김통정의 신념을 확인한 송분은 임유무를 찾아가 거짓 정보를 흘렸다.

"몽골 수군이 교동 방면에 몰래 출몰해 강화도 공격 지점을 염탐한다고 합니다. 수전에 능한 배중손과 유존혁, 교동 지리에 환한 김통정을 보내 수색해야 합니다."

순진한 임유무가 세 사람에게 교동 순시 명령을 내렸다.

드디어 송분은 세 사람을 강화도에서 쫓아내는 데 성공했다. 배중손이 교동도로 떠나며 임유무에게 신신당부했다.

"아무래도 변고가 생길 것 같으니 철저히 대비하십시오."

그제야 임유무가 자택에 수비 병력을 늘릴 구상을 하는데 밖에서 함성이 들렸다. 송분이 따로 모은 구왕단 일부 병사들이 임유무 집 정문으로 몰려오고 있었다.

임유무의 호위 병사들이 모두 정문으로 몰려갔다. 그때 뒤쪽 언덕에 미리 숨어 있던 구왕단 병사들이 호위병들에게 활을 쏜 뒤 동쪽 문을 부수고 난입했다. 그 자리에서 임유무와 그의 매형 최종소崔宗紹가 포박된 채 강화 사거리로 끌려가 목이 날아갔다.

임유무의 어머니 이씨만 도망치다가 평소 원한을 산 동네 사람들에게 붙잡혔다. 그녀가 쓰러지며 품 안에서 금덩어리들이 땅에 떨어졌다. 사람들이 서로 주우려 정신을 파는 사이 알몸으로 도망쳐 미나리꽝에 숨은 그녀는 결국 아이들이 던진 돌에 맞아 죽었다.

무인 정권 100년은 이렇게 끝났다.

어인이 찍힌 출륙환도 방문은 임유무 일당이 제거된 뒤 곧바로 강화 전역에 나붙었던 것이다. 그때부터 귀족을 필두로 강화도를 탈출하려는 사람들이 줄짓는 바람에 뱃사공의 품삯과 배 값이 천정부지로 올랐다. 지난 39년 동안 도읍지 거리마다 넘치던 인마는 종적을 감추었다.

교동에 있던 배중손, 김통정, 유존혁은 참변을 당한 임유무와 개경 환도 소식을 듣고 서둘러 강화로 돌아왔다.

인걸이 빠져나가는데도 강화도 산천은 예년과 다름없이 푸르렀다.

습지마다 수면 위로 매화마름꽃이 피어나고 있었다. 특히 초지리 습지의 매화마름은 일품이라 해마다 인파가 몰렸지만 올해는 달랐다. 농부 몇과 한가로이 거니는 왜가리, 백로가 다였다.

강화도에 단군 이래 최고의 적막감이 흐르는 가운데 배중손의 집에 노영희, 김통정 등 삼별초의 주요 간부들이 모였다. 그들 모두 송분의 세 치 혀에 속았다.

모두 고립무원의 처지로 선택의 여지가 없었다. 개경에 가서 원종의 처분만 기다리느냐 거절하느냐였다. 만일 거절하면 그 순간 반역자가 되는 것이다. 아니, 그보다도 개경 환도는 고려가 몽골의 속국이 된다는 것을 의미했다. 그들은 그게 싫었다. 어떻게 고구려의 후신이라는 고려가 북방 오랑캐의 속국을 자처할 수 있단 말인가.

평소 정치와 거리를 두었던 배중손이 천천히 말을 했다.

"환도하라는 왕명이 내려졌소. 따르자니 사투를 다해 지켜온 고려의 자주권이 사라지고, 거역하자니 훗날이 막막하오."

노영희가 핏대를 세우며 절규했다.

"고구려의 옛 땅을 회복하자고 세운 나라가 이렇게 무너질 수는 없습니다. 태조의 유지도 받들지 못하는 왕이라면 물러나야 합니다. 죽더라도 물러설 수 없습니다!"

어느덧 배중손 집 앞에 삼별초 병사들이 몰려들었다. 그들도 신의군 지유 김혁정金革精을 따라 외쳤다.

"우리 모두 죽었다 여기고 싸웁시다!"

"우리 모두 죽었다 여기고 싸웁시다!"

모인 사람들이 울먹이고 있었다. 김통정도 흐르는 눈물을 닦으며 일어섰다.

"목숨까지 내려놓는다면 무엇인들 못 하겠습니까. 천하가 몽골 앞에 무릎을 꿇어도 우리는 그럴 수 없습니다. 세상에 미련이 없는 우리를 그 누구도 어쩌지 못합니다. 목숨을 내놓은 마당에 무엇인들 못 하겠습니까. 제가 우는 것은 무서워서도 슬퍼서도 아닙니다.

삼별초가 비로소 제 길에 들어섰기 때문입니다. 무엇이 되려고 싸우는 것이 아니라 더 버리고 더 나누기 위해 싸우는 삼별초여야 합니다. 그래야 밤하늘의 별이 될 것입니다."

눈물을 쏟던 모든 사람이 김통정의 말에 감격했다. 어느덧 절망감이 자부심으로, 두려움이 희망으로 변했다.

이제야 신분 사회라는 틀을 벗어나 자신의 모든 것을 바칠 뜻있는 과업을 찾은 기분이었다.

한참 후 배중손이 나섰다.

"이제 정리합시다. 여러분이 나이고, 내가 여러분입니다. 우리는 모두 한 목숨입니다. 우리의 의지는 출륙 반대로 확인되었으니 앞으로 조정의 반응을 지켜보며 대응 수위를 정합시다. 아직은 지나치게 고려 왕실을 반대할 때가 아닙니다. 자칫 반역으로 비치면 민심을 잃습니다. 개경이 어떻게 나오는지 보고 행동합시다."

그래서 결정한 것이 '반몽은 분명히, 충성은 그대로'였다.

또한 출륙에 항의하는 뜻을 분명히 하기 위해 궁궐 창고에 쌓아 둔 곡식과 옷감을 모두 백성들에게 나눠 주기로 했다. 김통정과 신의군이 창고를 부수고 호적과 노비 소유권이 기록된 문서까지 꺼내 왔다.

이 일은 즉시 개경에 보고되었다. 그러잖아도 반란이 일어날까 걱정하던 원종은 5월 25일 김지저金之氐 장군을 강화도로 보냈다.

김지저는 배중손, 김통정 등을 만나 삼별초 해산을 일방적으로 선언하고, 몽골이 요구한다며 삼별초의 명부를 압수해 갔다. 그러자 삼별초 전체 분위기가 확 바뀌었다.

명부가 몽골의 손에 넘어간 이상 삼별초 모두는 화를 입을 게 분명했다. 그전까지 환도를 반대하고 왕실은 인정한다는 분위기였지만, 그때부터 삼별초는 확실한 반역으로 돌아섰다.

삼별초의 분위기가 급변하자 배중손, 김통정, 노영희 등이 다시 모였다. 모두 어이없어했다. 어떻게 왕이 나라를 지켜온 삼별초의 명부를 적에게 넘겨주느냐는 것이었다.

"그러고도 네가 한 나라의 왕이더냐?"

그들은 더 이상 원종을 왕으로 인정할 수 없었다. 현종의 8대손 승화후 온溫을 새 황제로 추대하기로 했다. 반대하면 누구든 처형하기로 하고 공표했다.

그런데 여기에 반대하는 세력이 나타났다. 몽골에서 온 무슬림으로 강화 시장에서 장사하던 자들이었다. 그들 백여 명이 삼별초와 함께하기를 거부한 이백기李白起 장군을 중심으로 모였다.

"삼별초가 작은 이익을 탐내어 고려를 배반했다!"

무슬림들은 그렇게 선동하고 다녔지만 호응하는 사람이 하나도 없었다. 그 대신 달려온 김통정 신의군에게 전원이 포박되어 공개적으로 처단되었다.

무슬림의 난이 있고 난 후 배중손, 김통정, 노영희는 시급히 황제를 세워야 한다며 승화후 온의 집에 갔다. 배중손이 간곡하게 요청했다.

"고려가 통째로 몽골에 넘어가게 생겼습니다. 중심을 잡아주십시오."

"내가 뭘 할 수 있겠소?"

"주상 전하는 강화 도성에 들어오지 않고 있습니다. 사직을 버린 것이니 임금 자격이 없습니다."

"허…. 그렇다 한들 나는 임금 자격이 안 됩니다."

승화후가 돌아앉았다. 그도 개경으로 가려고 짐을 꾸려 놓았으나, 그 양이 워낙 많아 큰 배를 찾는 중이었다.

김통정이 냉랭하게 쏘아붙였다.

"개경으로 가면 지금처럼 종친 대우 받으며 살 수 있을 줄 아십니까? 이미 틀렸습니다. 제가 이미 개경에 승화후께서 제위에 오를 것이라 전했습니다."

깜짝 놀란 승화후가 다시 돌아앉았다.

"그 무슨 해괴한 소리요? 생사람을 잡았구려."

"그러니 퇴로가 없습니다."

낙담한 승화후가 제위에 오르는 것을 승낙했다.

"하기는… 태조께서는 고구려 영토 회복을 바라고 개국하셨지. 지금 주상의 친몽은 태조의 뜻을 거스르는 짓이야."

승화후가 혼잣말처럼 말했다.

곧 강화 사거리에 삼별초와 지도자들이 집결해 승화후 온을 고려 황제로 공식 선포했다.

"지금의 왕은 몽골의 졸개가 되었다. 우리는 그에 반대한다. 태조의 유지를 받들어 몽골이 점령한 북방의 땅도 회복해야 하거늘 왕은 정반대로 행동하고 있다. 쿠빌라이가 황제 칭호를 버리라고 하니 그대로 따랐다. 세상에 쿠빌라이만 황제 하라는 법이 있나. 오늘 우리는 태조의 뒤를 잇는 황제를 추대하는 바이다. 바로 승화후 온이시다. 온 황제 폐하 만세!"

"온 황제 폐하 만세!"

삼별초와 함께 모인 군중의 만세 소리가 강도의 하늘에 울려 퍼졌다. 좌승선에 대장군 유존혁, 우승선에 이신손^{李信孫}이 임명되었다.

그 후 삼별초는 강화도 전역을 돌며 선동했다.

"오랑캐가 수많은 백성을 살육했다. 그런데도 임금이라는 자는 오랑캐에 빌붙어 나라를 팔아먹고 있다. 나라를 구하자! 모두 구정으로 모여라!"

순식간에 많은 사람이 구정으로 몰렸다. 앞에 나선 김통정이 노비의 이름과 토지의 소유 목록이 담긴 상자를 쌓아 놓고 도끼로 깨부쉈다. 그러고 노비 문서 몇 장을 찢어 높이 쳐들었다.

"여러분의 조상과 후손까지 굴레를 씌우는 종이쪽지다. 모두 재로 만들어 왕씨와 천것의 씨가 따로 없는 세상을 만들고자 한다."

횃불을 들어 먼저 노비록에 불을 붙였다.

"노비가 다 무엇이냐! 다 같은 인간끼리 누구는 노비, 누구는 귀족으로 구별 짓는 이런 세상을 다 불태워 버려야 한다!"

그날따라 하늘에 구름 한 점 없었다.

구정을 뒤덮은 인파에 밀려 그 옆 은행나무 위에도 사람들이 열매처럼 주렁주렁 앉아 있었다.

노비록을 태우는 불길에 백성들의 가슴에 천 년도 넘게 이어져 온 한이 녹아내리고 있었다. 환호성과 울음이 터져 나왔다. 김통정이 산더미처럼 쌓인 토지대장에도 불을 붙였다.

"누가 이 땅의 주인이더냐. 인간이 있고 농사가 있거늘 누가 땅에 금을 그었느냐. 권문세족들이 아니더냐. 이제 땅은 누구의 것도 아니다."

동이족 역사상 처음이었다. 노비록이 불타고 토지대장이 재가 되는 일이….

불길이 얼마나 거센지 강화도의 승천포를 넘어 예성강 하구의 벽란도까지 빨갛게 물들었다. 김통정도 울고 군중도 울었다. 군중의 대부분은 피란 갈 형편조차 못 되는 서민들과 노비들이었다.

돈푼깨나 있고 힘 좀 쓴다는 자들은 요량껏 배를 마련해 떠났거나, 지금도 빠져나가려고 바닷가로 가고 있었다. 그들의 뒤통수에도 구정의 붉은 불빛이 비쳤고 함성이 메아리쳤다.

배중손이 삼별초를 시켜 금강고金剛庫를 부수고 무기를 꺼내오게 했다.

떠나려는 자와 붙잡는 자

    삼별초가 나눠 주는 무기를 받은 군중은 함성을 지르며 해안가로 몰려갔다. 그중 어떤 노비가 막 배에 오르려는 주인을 발견하고 뒷덜미를 잡았다.

    "어딜 가시나, 주인 나으리?"

    "아니 자네가…? 이보게 옛 정리를 생각하게. 자네들은 여기서 자네들 세상대로 살고 나는 개경으로 가겠네."

    "무슨 놈의 옛 정리? 얼마나 개돼지 취급당했는데. 이젠 네놈들이 당할 차례야."

    "그래도 사람 목숨을 함부로 대하면 되나?"

    "이 미친놈아. 네가 죽인 노비가 몇이더냐. 내가 본 것만 미랑이, 기만이, 순정이 셋이다. 여종은 얼마나 많이 겁탈했더냐. 주인만 사람 목숨이고 노비는 파리목숨이더냐. 이 천하에 못된 놈아, 뒈져라!"

사색이 된 주인을 들어 그대로 갯벌에 거꾸로 처박았다. 그렇게 노비에게 잡혀 죽은 주인만 백여 명이 넘었다.

그날부터 삼별초가 신정부에 비협조적인 자들을 색출하러 다녔다. 이를 피해 산속으로 숨거나 탈출하려다가 익사한 자가 부지기수였다.

참지정사 채정蔡禎, 추밀원부사 김련金鍊, 도병마사 강지소康之邵도 삼별초의 눈을 피해 교포橋浦로 우회하며 간신히 도망쳤다. 그러지 못한 고관대작들은 삼별초에게 붙잡혔다. 그중 극히 일부만 삼별초의 거사에 동참했고 나머지는 죽음을 택했다.

직학 정문감鄭文鑑은 경전에 해박하고 워낙 올곧아 삼별초에서 공을 들였다. 그러나 삼별초와 함께하기를 거부하고 아내와 함께 바다에 투신했다.

명궁인 현문혁玄文奕 장군 역시 참여를 거부하고 식솔과 함께 노비 복장으로 바다를 건너다가 삼별초 순시선에 들켰다. 현문혁이 활을 쏘아 순시선은 접근하지 못하고 선회만 하는데, 내륙에서 분 강풍에 현문혁의 배가 갯벌에 좌초되었다. 삼별초의 화살에 현문혁이 죽었고, 그의 아내도 두 딸을 안고 바다에 뛰어들었다.

이처럼 강화 연해에 떠나려는 자와 붙잡으려는 자의 아귀다툼이 잇달았다.

그때 강화해협 순시를 맡은 김통정은 승려가 떠나는 것을 눈감아 주었다. 강화도에 남은 자들은 죽기를 각오했지만, 이생에 연연하는 자들에게는 승려가 필요했다. 그래서 왕실 사찰의 승려들이 도강하려는 것을 발각하고도 보내주고 혜성 생각에 백련사로 달려갔던 것이다.

강화도가 탈출과 저지로 홍역을 앓는 동안 중간에서 고민하는 사람도 많았다. 판태사국사 안방열安邦悅도 그랬다. 삼별초에 줄만 잘 서면 출세할 것도 같고, 그러다가 삼별초가 오래 못 가면 인생이 끝장나는 게 아닌가 싶어 갈팡질팡하다가 봉은사奉恩寺로 점치러 갔다.

안방열이 태조의 진영眞影 앞에 엎드렸다.

"어찌해야 하오리까, 굽어살피소서."

간절히 빌고 또 빈 다음 준비해 간 산통으로 스스로 점을 쳤다.

'절반은 살고 절반은 죽는다.'

안방열은 이 점괘를 어떻게 해석하면 좋을지 망설였다. 꿈보다 해몽이었다.

그는 눈앞의 것만 보는 사람이었다. 섬 안에서 친몽파가 죽어나가는 상황이라 삼별초가 번창하리라 보았다.

그 길로 배중손을 찾아가 부추겼다.

"내가 점쳐 보니 용손龍孫은 12대로 끝날 운명으로 용케 2백 년을 버텼으나, 이제 새 나라가 남쪽에 건설될 때입니다."

12대라면 순종으로, 재위 기간이 고려 왕 가운데 가장 짧았다. 1083년 왕에 오른 지 석 달 만에 병으로 사망했다. 순종 때부터 고려가 서서히 기울어 새 왕조로 바뀔 운명이라는 것이었다. 그 역사적 운명을 삼별초가 떠맡았다고 떠들었다. 안방열이 그냥 떠드는 말이었지만, 그때부터 중간에서 고민하던 사람들이 부쩍 반反 개경파로 돌아섰다.

강화도에는 일단 눈앞에 적이 보이지 않는 데다가 귀족들이 떠나며 남겨 둔 재물도 많았다. 굳이 세금을 따로 걷을 필요가 없었다. 떠나지 않고 남은 자들은 매일 축제를 벌였다.

섬 내 유일한 사정기관인 삼별초는 주로 동막리에 머물며 개경 정부와 몽골에 전의를 다지고 있었다. 누구를 억압하거나 간섭하지 않자 백성들 입에서 절로 감탄이 나왔다.

"이런 세상이 다 있나?"

"주인도 없고 노예도 없다니. 여기가 무릉도원일세."

어느덧 강화도 해변 탈출과 저지의 추격전도 시들해졌다.

때 이른 초여름 날씨였으나 해풍으로 쾌적했고, 섬 전체가 살구꽃 복사꽃으로 화사하기 그지없었다.

주민들이 꿈같은 자유를 만끽하는 동안 동막리에 모인 삼별초 지휘부의 고민은 깊어갔다. 언제까지 이 평화가 지속될 것인가. 개경 정부나 몽골의 무자비한 공격은 이미 정해진 수순 아닌가.

그들을 상대하기에 강화는 위험했다. 이미 많은 사람이 빠져나갔고, 성벽도 허물어진 상태였다. 촌각이 급했다. 결국 배중손이 천도 얘기를 꺼냈다.

"지금 강화도는 처음으로 사람다운 삶을 사는 곳이 되었소. 하지만 아쉽게도 개경 측이 떠나면서 모든 성을 다 허물어놓고, 사람까지 빼내 가 버티기 어려운 상황이오. 적들의 공세가 시작되기 전 옮겨야 합니다. 어차피 우리는 강력한 수군으로 버텨야 하니 또 다른 섬을 물색합시다."

그가 내놓은 해도海島 입지의 원칙은 셋이었다.

어느 정도 자급자족이 가능할 것.

천혜의 요새일 것.

대외 교류도 가능할 것.

이 원칙에 맞는 섬을 찾기 위해 모두 지도를 샅샅이 훑었다. 김통정이 지도 가장 아래 섬을 가리켰다.

"제주입니다. 자급자족이 되고, 본토와 멀리 떨어진 대양 한가운데의 천혜 요지입니다. 서쪽에 남송, 아래에 일본이 있어 대외 교류도 가능합니다. 이를 바탕으로 해상권을 장악하고 개경 정부의 숨통을 쥘 수 있습니다."

제주도 천도를 김통정이 제기한 것은 배중손이 정한 세 원칙에 부합하기도 했지만, 내심은 육지와 가장 먼 곳으로 가서 고려 왕국, 몽골 왕국, 그리고 그 왕국 체제와 거리를 두고 싶었다. 김통정은 언제나 왕국이 아닌 세상, 신분제와 노비 문서가 없는 세상, 개인이 자유로운 세상을 원했다.

하지만 배중손은 달랐다. 고려 사직을 버렸을 때 백성들은 물론 삼별초에서조차 반발할 사람이 있다고 주장했다. 현실이 그랬다. 그 사실을 깨닫고 김통정도 종친 승화후를 황제로 추대하는 데 동의했다.

그렇지만 할 수만 있다면 왕과 신하, 귀족과 평민과 노비, 혈연과 신분으로 유지되는 그 모든 것을 없애버리고 싶었다. 김통정의 무의식에 젖을 먹을 때부터 어머니 자운선에게 들었던 유랑하는 삶에 대한 동경이 깔려 있었던 것이다.

고려가 되었든 단군 조선이 되었든 왕이 존재하는 한 결국 다수는 소수를 위해 종살이해야 한다. 나라의 공신이 되었다 해도 왕의 눈 밖에 나면 하루아침에 노예가 될 수 있었다. 최씨 가문, 김준, 임연 모두 마찬가지였다.

여하튼 왕의 자리가 없어야 하지만, 굳이 필요하다면 요순시대처럼 누가 왕인지 알 필요가 없어야 한다. 그래서 왕이 재상을 권하면 못 들을 말이라며 귀를 씻는 세상이 되어야 한다.

김통정의 이런 열망을 배중손도 알고 옳게 여겼다. 하지만 아직은 때가 아니었다. 특히 민심이 그렇지 않았다. 백성들은 왕실을 하늘이 내었다고 믿는다. 그런 마음을 헤아리지 않고 무슨 일을 할 수 있단 말인가.

김통정이 제주도 천도를 거론하자 좌중에 침묵이 흘렀다. 김통정과 편한 사이인 유존혁이 의견을 내놓았다

"김 장군 말씀이 백번 옳소. 제주야말로 도읍지의 요건을 갖추고 있습니다. 단, 지금 제주에 간다는 것은 고려 사직을 포기하는 것과 같소. 그리되면 백성들이 실망해 거사를 유지하기 힘듭니다. 우선 우리가 개경과 다른 또 하나의 고려 사직을 표방해야 합니다. 그래야 백성들이 호응해 우리와 함께하려 할 것입니다. 되도록 내지와 가까우면서 몽골군 접근이 강화도보다 더 어려운 섬이 필요합니다. 다행히 서해에 무수한 섬이 있으니 조금 더 찾아봅시다."

김통정이 수긍하며 고개를 끄덕였다. 분위기 편승을 잘하는 안방열이 눈을 감고 중얼거렸다.

"일전에 태조 영정 앞에서 점쳤을 때, 남해 아래로 가면 필사의 괘가 나왔고 서해로 가면 필생의 괘가 나왔습니다. 이것이 태조의 뜻이라 봅니다. 또한…."

그때 배중손이 큰기침으로 안병열을 중단시키고 삼별초 지휘부 회의를 마무리 지었다.

"오늘은 서해 천도만 결정하고, 당장 천도 준비부터 시작합시다. 어느 섬으로 갈지는 내일 결정합시다."

각 마을에 삼별초가 파견되어 주민들이 생필품 위주로 간단한 짐을 꾸리게 하고, 연안의 모든 배는 초지진 방향으로 모이

도록 했다.

다음 날 지휘부 회의에서 배중손이 누런 지도 위의 한 섬을 가리키며 말했다.

"이곳 강화도보다는 제주에 더 가까운 섬이 있습니다. 그곳에서는 제주보다 본토가 더 가깝습니다."

모두는 그 섬 이름이 무엇인지 물었다.

"내 고향 진도입니다."

배중손의 대답에 김통정이 박수를 쳤다.

"아, 장군의 고향이 진도였지요? 아직도 장군의 목장이 그대로 있고…."

유존혁도 덧붙였다.

"진도에 한때 최항 별감이 주지 노릇했던 용장사도 있지요."

배중손이 다시 손가락으로 진도와 육지 사이의 바다를 가리켰다.

"다들 여기를 보시오. 명량해협이오. 강화해협의 손돌목 같은 곳입니다. 물살이 빨라 적들이 쉽게 배를 부릴 수 없소. 고려에서 세 번째 큰 섬이며, 평야 지대도 넓고 비옥해 새 정부가 자급자족하고 남을 정도입니다. 조운선이 전라도와 경상도의 조곡을 싣고 임진강을 향해 올라가야 하는데, 그 조곡을 가로채기에도 좋습니다. 물론 일본, 남송과 통교하기 쉬우니 진도야말로 강화와 제주가 가진 장점을 다 갖춘 곳이라 할 수 있지요."

모두 그곳으로 천도하는 데 찬성하고 6월 3일 출발하는 것으로 정했다. 그러나 외부에는 4일 떠날 것처럼 소문내기로 했다. 목적지가 진도라는 것은 철저히 함구했다.

남은 이틀 동안 지휘부가 고인돌에 머무는 사이 노영희는 각 마을의 이주 준비 상황을, 김통정은 초지진에 모여든 배들을 점검하러 갔다. 각 마을마다 담당 삼별초가 머물며 내일까지 이주 준비를 마무리하라고 독려했다.

다음 날, 땅거미가 내릴 즈음에야 두 사람이 돌아왔다.

낮에는 더웠지만 해가 지면서 바닷바람으로 제법 쌀쌀했다. 배중손이 장작불을 피워 놓고 기다리고 있었다.

"수고들 하셨소. 내일이면 떠납니다. 갑곶에서 출발하면 좋긴 한데, 적들이 쉽게 쫓아 올 수 있어 위험합니다. 출발지는 구포鳩浦가 적당할 듯싶소."

지휘부는 삼별초가 구포에서 출발하되, 고려궁에 모였다가 갑곶에서 배를 탈 것처럼 소문내기로 했다. 구포는 내가면內可面 저수지 근처로, 지금은 평야이지만 당시만 해도 육지 깊이 배가 들어오는 항구였다.

이제 모든 준비는 끝났다. 초지진에 모였던 배들도 감쪽같이 구포로 옮겨 놓았다. 내일 새벽에 떠나기만 하면 되었다. 바람도 잠들어 장작 불티가 곧게 하늘로 올랐다. 유달리 별이 맑은 밤이었다. 배중손과 노영희는 코까지 골며 자는데, 두 다리에

깍지를 끼고 앉아 있던 김통정이 일어섰다.

누우면 곧 잠에 떨어질 것 같았다. 그러나 이날 밤만큼은 잠으로 그냥 보내기 아쉬웠다. 어쩌면 38년 살아온 이 섬과 영원히 작별하는 시간 아닌가.

지난 세월 강화도에 그의 눈길이 닿지 않은 곳이 없었다. 그중 가장 마음 쓰이는 곳은 백련사였다. 어머니가 떠난 후 유일하게 속을 터놓은 혜성이 머무는 곳이었다.

삼별초가 강화도에 사는 사람들에게 이주를 준비하라고 알릴 때 백련사 등 사찰은 제외했다. 굳이 승려들까지 삼별초를 따라갈 필요가 없었다. 삼별초가 떠나면 강화도는 더 이상 공격 대상이 아니다. 설령 몽골군과 개경 관군이 온다 해도 사찰까지 핍박하지 않을 것이다. 김통정은 따로 혜성에게 출도 날짜를 알려주지 않았다.

얼마 전 김통정이 해안을 순찰하다가 백련사에 들렀을 때 혜성은 삼별초와 함께 이 섬에 남겠다고는 했다. 김통정은 그것으로 충분했다. 혜성이 삼별초와 함께 간다면 절벽 위를 걷는 하루하루가 될 것이다.

김통정은 가슴 설레며 백련사를 오갈 때가 좋았다. 강화도를 떠나기 전 마지막으로 백련사를 다녀오려고 잠든 말을 깨웠다. 별빛 아래 산사로 오르는 길은 구불구불하면서 보드라운데, 오른쪽 계곡물 소리가 우렁찼다.

백련사는 고구려 때 인도 승려가 고려산 정상에 올라 오색 연꽃을 날려 흰 연꽃이 떨어진 곳에 지었다. 그 승려는 무엇을 알리려 이역만리 강화도까지 왔을까?

무상무념 아니던가. 만물은 본래 다 불성을 지녔건만, 어떤 것을 더 귀하다고 보는 순간 나머지는 더 천하게 보인다. 거기서 탐진치貪瞋癡가 일어난다. 만물의 본성인 무상무념으로 회귀하면 귀천의 경계가 다시 사라진다. 바로 해탈이다.

그 일념에 빠져 있다가 말에서 내린 김통정이 법당에 들어가 앉았다.

깊은 밤, 풀벌레 소리만 요란했다. 비구니들은 잠들었고 향불마저 꺼졌다. 김통정은 희미한 불상 앞에서 한 식경을 명상으로 보내고 일어나 백팔배를 하기 시작했다.

절은 거듭될수록 느려졌다. 힘들어서? 아니었다. 김통정은 일부러 절을 천천히 했다. 그곳에 더 오래 머물고 싶었기 때문이다.

"부처님이시여! 부처님의 해탈처럼 고려도 해탈되기 원하나이다."

기원 같지만 기원이 아니었다. 자기 다짐이었다.

'부처님은 자등명 법등명自燈明 法燈明이라 했다. 그래, 나도 스스로를 등불로 삼자. 그리고 모두가 자신을 등불로 삼는 세상을 만들자.'

김통정은 그리 다짐하고 다짐하며 백팔배를 했다.

같은 시각, 개경의 편전에서는 황촉불을 끄지 못하고 있었다. 원종이 삼별초가 모레 4일이면 강화도를 떠난다는 보고를 받았던 것이다. 드센 데다가 수군으로 최강인 삼별초가 더 험한 섬에 웅거하면? 생각만 해도 아찔했다.

"이를 어찌할꼬."

탄식하는 원종에게 바로 그날 강도에서 탈출한 이승휴李承休가 책략을 내었다.

"당장 삼별초와 바다에서 싸우는 것은 불리합니다. 만일 지게 되면 적의 기세만 올라갑니다. 삼별초가 갑곶에서 출발한다 하니, 용진진 양 해안에 미리 궁수와 배를 숨겨두고 삼별초 선단이 지나갈 때 불화살로 그 중간을 끊으십시오. 그러면 삼별초 전력이 분산되어 후미는 흩어질 것이고, 선두도 의지할 데 없어 흩어질 것입니다."

원종이 비로소 마음이 놓여 침전에 들었을 때, 백련사의 김통정은 계속 절을 하고 있었다. 이미 108번을 훌쩍 넘겼는데도 땀에 흠뻑 젖은 채 신들린 듯 계속했다. 사라진 어머니를 향한 그리움이 사무쳐서인가, 혜성과 혼인하지 못한 안타까움 때문인가. 절해고도 같은 운명을 직면했기 때문인가….

어디서 닭이 울지 않았다면 무아지경의 절이 계속되었을 것이다. 김통정이 첫닭 우는 소리에 감았던 눈을 떴을 때는 벌써 축시오전 1-3시였다. 법당에 머문 시간이 5시간 이상이었다.

　김통정이 그제야 법당을 나서 경내를 가로질러 가는데, 달빛이 꽤나 밝았다. 언뜻 건물 모퉁이를 도는 인기척이 났다. 그림자 모양으로 보니 혜성이었다. 김통정이 절을 올리는 동안 밖에서 말없이 지켜보고 있었던 것이다. 김통정도 모른 척하고 말에 올랐다. 새벽이 가까워서인지 또각또각 고인돌로 향하는 말발굽 소리가 청아했다.

　1270년 6월 3일 이른 새벽이었다. 김통정이 아직 잠들어 있는 배중손 등을 깨워 구정으로 갔다. 각 마을을 담당하는 삼별초 병사들도 주민들을 깨우고 있었다.

　바로 그 시각, 고려군 궁수들도 강화도의 승천포 나루를 향해 달려갔다. 용진진 양안에 잠입해 내려오는 삼별초를 덮치기 위해.

별을 헤는 섬사람들

아직 어두운데도 구정에 사람들이 몰려들고 있었다. 금세 2만 명 정도가 되었다.

날마다 불던 서풍도 그쳤다. 사람들은 하늘도 도와주고 있다며 기뻐했다. 마치 소풍을 떠나는 것처럼 들떠 있었다. 그들은 왜 선뜻 삼별초를 따라나섰을까? 지난 며칠간 누린 자유 때문이었다.

도성에 살면서 특권은커녕 지방민과 똑같이 조租, 포布, 역役을 부담했고, 방리지역坊里之役이라 하여 왕궁, 관청, 성을 건설하거나 보수할 때도 부역해야 했다. 왕과 외국 사신의 행차 때도 빠짐없이 동원되었다.

차라리 향·소·부곡 같은 곳이라면 다 같은 처지라 남들과 견줄 일이 거의 없었다. 도성에서는 달랐다. 늘 귀족을 마주쳐야 했고, 그만큼 모멸감도 컸다.

그런 세상이 하루아침에 뒤집혔다. 상전과 종, 귀족과 평민, 부자와 빈자의 구분이 없어졌다. 비록 며칠이어도 한번 새 세상을 맛보고 나니 다시 과거의 고려로 돌아가는 것이 죽기보다 싫었다. 그래서 선뜻 따라나선 것이었다.

물론 적은 수이지만 억지로 끌려온 사람도 있었다. 그들에게 낯선 세계는 칠흑이었다. 하지만 그 나머지 대다수에게는 별세계였다. 그곳을 향해 설레는 마음으로 떠나는 사람들의 짐도 가벼웠다. 농사짓는 땅에 뿌릴 씨앗, 약간의 식량, 냄비와 밥그릇, 삿갓과 옷가지 정도가 짐의 전부였다. 어부들은 그물도 챙겼다. 그들은 본래 귀중품도 없었지만, 귀족들이 남겨 둔 것도 거들떠보지 않았다.

인시오전 3~5시경, 2만 명이 약간 넘는 사람들이 줄지어 출발했다.

선두에는 말을 탄 배중손과 노영희, 그리고 왕온 황제가 섰다. 황제라고 특별 대우를 받는 것이 아니라 백성들과 같이 떠들고 웃고 어울렸다. 후미는 김통정과 신의군이 지켰다.

구정에서 아래로 가다 보면 동서로 갈라진 길이 나온다. 선두가 갑곶과 반대인 동쪽으로 꺾으며, 그제야 출발지가 구포라고 알렸다.

행렬 가운데 귀족들이 있었다. 그들은 몽골에서 귀국해 개경 가까이 온 원종을 맞이하러 나간 조정 신하들의 가족이었다.

갑작스러운 반란에 원치 않는 남천南遷을 따라야 했다.

그들의 봇짐은 무거웠다. 귀중품을 챙겨 넣었기 때문이다. 그런 데다가 평생 하대하던 천것들과 부대끼며 걸어가자니 죽을 맛이었다. 며칠 전만 해도 눈을 마주치지 못했던 아랫것들의 비아냥도 심했다.

"나으리, 힘드시지요?"

이 정도는 약과였다. 아예 대놓고 반말했다.

"야, 힘들면 말해. 내가 짐을 들어줄게."

"생전 힘든 일을 한 번도 안 하더니 며칠 굶은 닭처럼 비실비실하네."

기가 막혔다. 신분제 폐지가 이렇게 서럽다니. 그렇다고 화를 낼 수도 없었다.

일행이 고려산과 혈구산 사이의 고비고개에 이르렀다. 이 고개만 넘으며 바로 구포항이었다. 구포항을 따라 나가야 석모도와 강화도 사이의 바다인 항파해협이 나왔다.

고비고개에 선 배중손이 잠시 멈추라는 신호를 보냈다. 동녘에 막 떠오른 해가 산자락까지 비추고 있었다.

"살어리 살어리랏다. 청산에 살어리랏다…"

누군가 흥얼거리자 여기저기서 따라 불렀다.

그 노래가 끝나기도 전 후미에서 우르르 몰려다니며 비명 지르는 소리가 났다. 벌써 몽골군이 추격해온 줄 알고 다들 놀라는데, 후미의 김통정이 보낸 신의군 병사가 달려와 배중손에게 고했다.

"관군 윤길보尹吉甫와 이숙진李淑眞이 우리 눈을 피해 숨어 있던 벼슬아치의 가족과 노비를 모아 쫓아왔습니다. 한 50명이 갑자기 들이치는 바람에 우리 병사 5명이 죽었지만 바로 물리쳤습니다."

"지금 그놈들 어디 있느냐?"

노기를 띤 배중손이 물었다.

"40명은 우리 손에 죽었고, 10명이 별립산 쪽으로 도망쳤습니다."

"알았다. 여기서 머무를 시간이 없다. 자, 서두르자."

구포에 다다른 때는 이른 아침인 사시오전 9~11시 무렵이었다. 항파해협까지 쭉 뻗은 구포의 물길에 천여 척이 넘는 배가 까마귀 떼처럼 출렁이고 있었다. 김통정이 초지진에 배들을 모아 점검한 뒤 삼별초 수군을 시켜 이곳으로 옮겨놓았던 것이다.

물보라가 허공으로 솟구치는 갯바위에 배중손이 훌쩍 뛰어올라 오른손으로 배들을 가리켰다.

"우리가 탈 배입니다. 충분합니다. 모두 차례로 오르십시오."

출렁이는 배 위로 사람들이 올랐다. 누가 시키지도 않았는데 노인과 아이부터 올리고 젊은이들이 마지막으로 뛰어올랐다. 섬사람들이라 파도에 일렁이는 배에 익숙했다.

이제 그들은 가야 했다. 그곳이 어딘지 배중손, 김통정 등 몇 사람 외에는 아무도 몰랐다. 눈앞에 펼쳐진 저 망망대해 어디쯤 있을 것이라 짐작만 할 뿐. 그러나 자신들이 갈 곳이 불확실해도 평생 착취와 모멸을 당하는 것보다 나았다.

무신 정권에서 목에 힘깨나 주던 삼별초 병사들은 완전히 변했다. 마치 약사여래처럼 노비들의 짐을 들어주고 노약자들을 보살폈다.

배중손이 출항 준비 명령을 내렸다.

"정원을 채운 배는 먼저 가운데로 나가 기다려라. 선단의 앞과 뒤, 좌우로 삼별초 전함이 호위하라."

정박해 있던 배들이 사람을 다 태운 순서대로 바다 가운데로 나가 줄을 짓기 시작했다.

맨 마지막으로 김통정이 배에 뛰어올랐을 때였다. 누군가 배 아래에서 옷을 거칠게 잡아당겼다. 돌아보니 밀짚모자를 눌러쓴 자였다. 김통정이 의아하게 생각하며 상대의 모자를 바로 벗겼다. 그러자 혜성이 환하게 웃고 있었다.

김통정은 깜짝 놀랐다.

"아! 오지 않길 바랐는데…."

"아제아제 바라아제…. 내가 그날 한 말 벌써 잊었니? 얼마나 됐다고."

"달래야…!"

김통정이 혜성의 손을 잡고 그녀를 배 위로 힘껏 끌어 올렸다.

"출발하라!"

배중손의 명령과 함께 북소리가 구포 해안에 메아리쳤다.

드디어 떠났다. 삼별초 중 해전에 가장 능한 용골단이 뱃머리에 용 해골 깃발을 꽂고 앞장섰다. 그 뒤로 천여 척의 배들이 꼬리에 꼬리를 물었다. 어느덧 선두가 구포항을 빠져나가 좌측 항파해협으로 들어섰다.

이른 아침이었다. 동쪽에 솟아오르는 벌건 태양이 하늘은 주황빛으로, 바다는 남보라로 채색하기 시작했다. 환해지는 천지에 까만 세모처럼 보이던 고려산과 혈구산이 더 작아져갔다.

혜성이 선단 후미의 배에 우뚝 서 멀어지는 강화도를 바라보며 마지막 법문을 남겼다.

"신분은 관습의 것, 침묵은 바다의 것. 우리는 간다, 관습을 훌훌 털고 바다로. 우리는 간다, 이 바다를 지나 관습 이전으로. 나무아미타불…"

선단의 길이는 자그마치 25리. 선단 뒤로 강화도가 자그만 점이 되어 사라졌다. 천지사방에는 망망대해뿐이었다. 그래도 좋았다. 아침 해가 완연히 하늘에 떠 있었다. 뱃놀이하는 분위기였다. 용골단 전함에 탄 풍악대의 연주에 맞춰 기녀들이 〈동동가〉를 불렀다.

"덕일랑 뒤에서 바치옵고, 복일랑 앞에서 바치오니…"

일 년 열두 달 풍속에 빗대어 임을 절절히 그리워하는 노래였다. 모두 잘 아는 노래라 바다 한가운데에 합창이 울려 퍼졌다.

선상 회의가 소집되었다. 아직 파도가 심하지 않아 배끼리 밧줄을 당기며 삼별초 간부들이 배중손이 탄 배로 건너왔다.

"장봉도에 닻을 내려 식사하고 배를 점검한 다음 영흥도로 간다."

배들은 장봉도 남쪽에 정박했다. 섬은 동서로 길고 경사가 완만했다. 해안가에 노송이 병풍처럼 서 있어 쉬었다 가기에 딱 좋았다.

주민들은 새까맣게 몰려온 배와 사람들에 놀랐다. 호기심과 두려움이 섞인 눈빛으로 구경하는 그들에게 달래가 사정을 얘기해주었다. 그곳 주민들은 40년 전 몽골이 침략하자 무인도였던 장봉도에 피란 와 눌러앉은 사람들이었다. 그러니 몽골을 미워할 수밖에 없었다.

"몽골 놈들과 끝까지 싸워주세요."

"그래도 고종 때까지는 잘 버텼지. 지금의 왕이 나쁜 놈이여. 저만 살려고 몽골에 달라붙었어."

"삼별초 만세!"

달래의 이야기를 들은 그들은 삼별초를 격려하고 먹을 것을 내왔다.

허기를 해결한 삼별초 일행이 출발하려는데, 섬의 촌장이 잠시만 기다리라고 했다. 얼마 후 그는 꽃을 가득 실은 수레를 여러 대 이끌고 나타났다.

촌장이 말했다.

"뱃길에 이 꽃들을 뿌리며 가십시오. 들꽃입니다. 삼별초 앞에 꽃길만 계속되기를 빕니다. 가는 곳마다 백성들의 고단한 삶이 들꽃처럼 환하고 곱게 펴졌으면 좋겠습니다."

촌장은 목이 메어 더 이상 말을 잇지 못했다.

"감사합니다. 어르신의 말씀을 명심하고 꼭 사람 사는 세상을 만들겠습니다."

배중손이 병사들을 시켜 꽃들을 용골단 전함에 싣게 했다.

용골단 전함 뱃머리에서 병사들이 양쪽으로 갈라지는 하얀 물결 위로 들꽃을 뿌렸다. 그 뒤로 삼별초 함대가 호위하는 가운데 이주하는 배들이 새 떼처럼 따랐다.

다시 풍악이 울렸다. 장구, 피리, 퉁소, 비파 등에 맞춰 흥이 많은 노영희가 먼저 춤을 추었다. 흔들리는 배 위에서 또다시 군무가 펼쳐졌다.

그들이 장봉도를 거쳐 다시 항해할 때쯤 바다에서 고기를 잡던 어부들을 통해 양광도楊廣道, 경기도·강원도 일부와 충청도 섬사람들이 삼별초의 남행을 알게 되었다. 삼별초 선단이 영종도 앞 을왕리를 지날 때 어선 수십 척이 다가왔다.

"군사와 백성들이 이곳을 지나가기 기다렸습니다. 아무리 힘들어도 포기하지 마십시오."

섬사람들은 말린 홍합, 상어, 전복, 보리, 콩, 삼베와 같은 해산물, 곡물, 옷감을 주었다. 그러고 삼별초 선단이 수평선 멀리 사라질 때까지 손을 흔들었다. 천여 척의 배에 탄 2만여 명이 왕이나 받을 환대와 전송을 받았다.

삼별초가 두 번째 정박한 곳은 수백 년 된 소사나무가 군락을 이룬 영흥도 내리였다. 그곳 사람들도 삼별초가 올 줄 알고 바닷가에 먹을 것을 잔뜩 마련해놓은 채 해가 다 저물도록 기다리고 있었다. 그뿐 아니라 멀리 수주수원에서까지 사람들이 수레와 소달구지에 솥단지, 보리, 조, 쌀 같은 농산물을 가득 싣고 왔다. 그들은 닻을 내리는 삼별초를 보고 환호성과 함께 만세를 불렀다.

"삼별초 만세, 만세, 만세!"

그들은 삼별초 일행이 저녁밥을 먹는 동안 해변에 멍석과 짚을 깔았다. 삼별초 일행의 잠자리를 준비한 것이다. 그날 밤 섬사람들은 밤하늘의 별을 세며 삼별초와 오래도록 정담을 나누었다.

다음 날 영흥도 해상으로 큰 배 한 척과 작은 배 세 척이 북상하고 있었다. 조정에 바칠 공물을 실은 조운선과 경비선이었다. 삼별초 용골단이 쏜살같이 접근해 조운선을 나포했다. 조운선에 실린 공물의 양은 어마어마했다.

삼별초 지휘부는 빼앗은 물품을 모두 나눠 주기로 했다. 수레와 달구지마다 가득 채우고 남은 것은 인근 내륙까지 돌며 나눠 주었다. 그에 감격한 젊은이들이 삼별초에 입대하기도 했다.

조운선 물품을 나눠 준 후 삼별초 지휘관들이 다시 모였을 때 노영희가 걱정했다.

"조운선 나포로 우리 위치를 개경에서 알게 될 것입니다. 한시바삐 진도로 들어가야 합니다."

배중손은 의외로 태평했다.

"맞습니다. 개경군이 곧 올 것입니다. 그래서 더욱 여길 떠나면 안 됩니다."

"무슨 말씀입니까?"

"이곳에서 개경의 관군을 기다렸다가 본때를 보여야 합니다. 여기서 우리가 이겨 그 소문이 전국에 퍼지게 하는 게 좋습니다. 그래야 오히려 남은 항해가 순조롭고, 진도에 들어간 직후 우리를 지지하는 민심이 흔들리지 않을 것입니다. 어차피 개경 수군은 우릴 당해낼 수 없습니다."

영흥도 70일과 도깨비춤

며칠 후 과연 팔미도 쪽에서 개경 정부와 몽골의 깃발을 단 배들이 나타났다. 왜 그렇게 늦었을까?

개경 정부는 삼별초의 남천을 미리 알았다. 원종의 명을 받은 궁병들이 어부로 위장해 어선을 타고 내려와 용진진 양안에 잠복했다. 다음 날 삼별초 선단을 기다렸다가 지휘부만 제거하려 했다. 그런데 며칠을 기다려도 삼별초가 나타나지 않았다. 뒤늦게 염탐꾼을 보내 알아보았더니 삼별초는 벌써 구포항을 통해 떠나고 없었다.

그 소식을 들은 원종이 탄식했다.

"삼별초가 천여 척의 배에 2만 명이나 태우고 도망쳤다니 어쩌면 좋을꼬? 우리는 군사가 별로 없는데…"

그때 김방경金方慶이 나섰다.

"이대로 가만있을 수 없습니다. 제가 추격하겠습니다."

그러나 급하게 모은 군사가 60명에 불과했다. 할 수 없이 몽골군의 도움을 받아야 했다. 김방경은 거드름 피우는 몽골 장수 송만호宋萬戶를 겨우 달래가며 연합군을 결성했다. 송만호는 몽골병 천여 명을 거느렸다. 그 후 영흥도 앞바다에서 조운선이 삼별초에게 나포되었다는 연락을 받고 급히 온 것이었다.

배중손이 용골단 병사들 앞에서 외쳤다.

"그동안 날씨를 좋게 해주신 용왕님께 드릴 제물이 오고 있다. 보아하니 급하게 쫓아 오느라 대열도 엉망이다. 피라미 잡는 데 고래 잡는 작살을 쓸 수야 있나. 단출하게 간다. 10척에 20명씩 칼과 불화살을 준비하고 올라라."

명령이 떨어지자 순식간에 10척의 배에 용골단 단원들이 올라탔다.

"중앙은 내가, 좌익은 유존혁, 우익은 김통정이 맡는다. 백여 척은 될 성싶은 배의 오랑캐 놈들은 바다를 무서워하고 있다. 가운데로 치고 나가며 갈라놓을 테니 좌우 외곽에서 불화살로 공격하라."

배중손의 명령과 거의 동시에 용골단 전함이 깃발을 펄럭이며 여몽 함대 앞으로 다가섰다.

송만호가 양손을 허리에 얹고 거만하게 김방경을 바라보며 말했다.

"삼별초 배가 겨우 10척뿐이오? 하하하, 싸움이 싱겁게 끝나겠소."

"아닙니다. 우리가 급습하니 급하게 방어하느라 그런 것 같습니다. 절대 가볍게 보면 안 됩니다."

김방경의 말에 호응이라도 하듯 서서히 다가오던 삼별초 전함이 속도를 내며 자유자재로 진형을 만들어 보였다. 십자진, 학익진, 원진, 방진, 삼각진 등 다양했다. 그뿐 아니었다. 용골단 단원들이 10척의 배를 자유로이 오갔다. 몽골 기병이 말 위에서 묘기를 부리듯 배 위에서 공중제비까지 돌았다.

호기롭게 큰소리치던 송만호의 낯빛이 갑자기 어두워졌다. 김방경이 송만호를 달랬다.

"우리를 겁주려고 시위하는 것이니 신경 쓸 필요 없습니다. 우리 전함이 열 배는 많습니다. 반달 모양의 언월진을 만들어 적들을 포위하고 사격해야 합니다."

그때 송만호의 배가 큰 파도에 출렁였다. 송만호는 뱃멀미가 난다면서 명령을 내렸다.

"이대로 멈춰라. 사지에 뛰어들 필요 없다. 적들은 수전의 귀신이니 후일을 기약하자."

김방경이 펄쩍 뛰었다.

"적은 소수입니다. 흔들리지 마십시오. 우리가 당당하면 적들이 당황할 것입니다."

그러나 송만호는 두려웠다. 송만호뿐 아니라 원래 몽골병이 물에 약했다. 장강을 건널 때 두렵다며 몸에 부적을 붙일 정도였다. 그 후 수군을 강화했지만 여전히 수전은 서툴렀다. 더구나 송만호는 수군 장수도 아니었다.

"아니다. 우리는 먼 길을 오느라 지쳐 있다."

마침 비까지 간간이 내렸다. 김방경이 만류하는데도 송만호가 손수 퇴각 깃발을 흔들었다.

"퇴각하라, 모두 퇴각하라!"

여몽 연합군이 대부도로 철수했다. 이렇게 삼별초와 연합군의 첫 싸움은 삼별초의 부전승으로 끝났다. 내리 해변에서 구경하던 주민들이 발을 구르며 기뻐했다.

그날 영흥도 전체가 승리의 기쁨으로 떠들썩했다. 주민들이 삼별초는 물론 강화에서 함께 내려온 2만여 명의 유민을 갈라 각자의 집에 들이고 숙식을 제공했다.

그런 분위기 속에 그날 밤 예상치 못한 사건이 터졌다. 강화도에서 억지로 끌려온 천여 명이 배를 타고 대부도의 연합군에게로 도망간 것이다.

송만호는 도망쳐 온 자들을 환대하기는커녕 크게 꾸짖었다.

"이놈들, 거짓으로 항복했지. 내가 속을 줄 아느냐! 여봐라, 저놈들을 당장 묶어라. 모조리 끌고 가야겠다."

그러고는 천여 명을 포로로 잡았다는 승전 보고서를 작성하고 개선장군처럼 개경으로 가려 했다.

김방경이 강경하게 반대했다.

"싸우지도 않고 승전했다고 하면 후환이 따릅니다. 한 번이라도 싸워야 합니다."

속이 켕긴 송만호가 마지못해 동의했다.

삼별초 지휘부는 연합군이 대부도에 계속 머무는 한 도망자가 또 나올 수 있다고 보았다. 연합군을 공격하기로 했다.

김통정이 삼별초 일부를 이끌고 야음을 틈타 안산의 별망산으로 건너갔다. 뒤늦게 그 사실을 안 연합군이 발칵 뒤집혔다. 앞은 영흥도, 뒤는 별망산이었다. 앞뒤로 삼별초가 포진해 진퇴양난의 형국이 된 것이다.

"내 진작 이럴 줄 알고 귀경하자고 했더니…. 김 장군, 어쩔셈이오? 수전으로는 삼별초를 당하지 못하는데, 퇴로까지 막혀버렸소."

투덜거리는 송만호를 김방경이 달랬다.

"걱정하지 마십시오. 일단 후방부터 확보해야겠습니다."

대부도와 별망산 사이에 질척거리는 갯고랑이 있었다. 이 고랑에 빠지면 헤어나기 힘들었다. 더구나 갯고랑의 해무는 유명했다. 대낮에도 안개가 피어났다 하면 고랑을 건너기는커녕 근처 바다의 배까지 조난당했다. 그래서 대부도 어선들은 항시 고랑에 훤한 노인을 한 명씩 태우고 다녔다.

김방경이 수소문한 끝에 그런 노인을 찾아냈다.

며칠 후 안개가 자욱한 밤에 연합군이 배에 올랐다. 병사들이 횃불은 들었지만 겨우 발 앞이나 비추는 정도였다. 간신히 안산 연안 갯벌에 내린 연합군은 노인을 따라 갯고랑을 지나 무사히 육지에 올라섰다.

대부도 노인이 안개 속에 새까맣게 보이는 곳을 손으로 가리키며 말했다.

"저기가 별망산이올시다."

김방경이 그 말을 받아 송만호에게 몽골어로 얘기했다.

"저 산에 삼별초 놈들이 세상모르고 자고 있을 겁니다."

"산도 별로 크지 않구먼."

"우리 군사로 포위하고도 남습니다. 이제 일망타진할 일만 남았습니다."

"으하하하. 땅에서의 싸움은 우리 몽골이 최고지. 나만 따라…."

송만호의 호언장담이 끝나기도 전에 큰 호박이 연달아 떨어지는 소리가 났다. 기겁하고 보았더니 도깨비였다.

"이히히히, 해무에 조난당해 죽은 어부의 혼령이다. 이놈들아, 용왕님이 네놈들을 잡아오라 하셨다!"

어지러운 횃불 사이로 펄럭이는 용골단의 깃발이 보였다. 삼별초였다. 새까만 복장에 도깨비 탈을 쓰고 해안에 우거진 참나무에 올라가 있었다. 그들이 나무에서 뛰어내리며 휘두르는 쌍검에 연합군 병사들이 속수무책으로 쓰러졌다.

김통정의 목소리가 어둠을 갈랐다.

"송만호 놈을 생포하라!"

얼이 쏙 빠진 송만호가 급히 개경군 사병 옷으로 갈아입고 줄행랑쳤다.

이것이 연합군과 삼별초의 두 번째 맞닥뜨림이었다. 역시 삼별초의 대승으로 끝나고, 연합군은 풀이 죽은 채 개경으로 돌아가야 했다.

그 뒤로 한동안 원종은 삼별초를 공격할 엄두를 내지 못했다. 그 바람에 삼별초가 장장 70일 동안 영흥도에 머물렀다.

삼별초는 영흥도를 빠져나와 승봉도, 난지도, 태안을 지나 가랑비 내리는 안면도 병술만에 정박했다. 그때까지도 연합군의 추격은 없었다. 쏟아지는 비를 맞으면서 섬사람들이 기다리고 있었다. 광지향廣地鄕과 안면소安眠所에 사는 천민들이었다. 그중 광대패도 있었다.

그들은 둔두리에 삼별초가 주둔할 자리까지 마련해두었다.

천여 척의 배가 모두 닻을 내린 후 왕온 황제부터 하선했다. 한 주민이 달려와 황제를 목말 태우고 돌았다. 여기저기서 함성이 터졌고, 김통정도 한 촌로를 목말 태워 따라 돌았다. 덩달아 삼별초 병사들이 아이나 노인을 목말 태우고 돌았다. 배에서 내리던 기녀들은 흥에 겨워 〈사모곡〉을 불렀다.

"호미도 날이 있지마는 낫같이 들 리가 없습니다. 아버님도 어버이이시지마는. 위 덩더둥셩. 어머님같이 사랑하실 분 없어라. 아서라, 사람들아. 어머님같이 사랑할 분 없어라."

노랫가락 따라 삼별초 풍악대가 연주를 시작했다. 모든 것이 자발적이었다. 한 기녀가 다시 그 유명한 〈청산별곡〉을 부르니 또 합창이 울려 퍼졌다. 안면도에 그야말로 난장亂場이 선 것이다.

흥겨운 난장판. 천민이 삼별초 병사를 목말 태우고, 장군이 천민을 업고 춤추었다. 춤도 각양각색이었다. 곱사등이춤, 걸뱅이춤, 광대패의 줄광대가 줄 위에서 추는 춤, 장대를 타고 추는 무간장舞竿場… 생면부지인 대부도 주민과 삼별초의 첫 만남은 춤으로 시작되었다. 가랑비가 장대비로 변해도 그들의 군무는 그칠 줄 몰랐다. 그 후로 이 지역을 삼별초가 추대한 왕을 맞이한 곳이라는 뜻으로 '유왕용왕맞이'라 불렀다.

다음 날은 화창했다. 하늘이 장마를 앞두고 숨을 고르는 모양이었다.

삼별초는 새벽부터 정오까지만 훈련했다. 김통정은 훈련이 없는 오후에 달래와 밧개해변 송림에 갔다. 그곳의 여름 노을은 정말 아름다웠다. 금빛이 구불구불한 해안선과 평평한 수평선을 감싸 장엄하기까지 했다.

그 빛에 물든 두 사람이 오롯이 하나 되어 모래사장에 앉아 있었다. 김통정이 말을 꺼냈다.

"미안해."

"왜 그런 말을…."

"모든 게 다…. 불도에 입문한 널 사랑한 것도 미안하고, 사랑하면 속세로 데리고 와 살아야 할 텐데 그리 못 해 미안하고, 삼별초 따라 험난한 길을 걷는 것도 나 때문인 것 같아 미안하고, 어느덧 저 황혼처럼 나이 들어버린 네 모습에 미안하고…."

"그런 식이면 내가 더 미안하지. 승려이면서도 네가 날 좋아하도록 놓아두었고, 교동에 물러가 있던 너에게 삼별초로 복귀하라 했던 것도 나였어.

서로 좋아했고 살아가는 방향이 맞았던 거야. 그것만이 중요해. 일몰을 봐. 그 푸르던 산도, 흉용하던 바다도 붉게 물들었잖아. 삶은 노을이야. 아침에 태양으로 떴는데 어느 덧 노을이지. 노을이 질 때도 사랑할 수 있다면, 그 사랑은 최고의 사랑 아닐까. 노을을 함께 볼 수 있는 사랑, 그런 노을 같은 사랑에 미안하다는 말은 어울리지 않아. 그러니 더 이상 미안하다는 말은 말아."

그날 김통정과 달래는 처음으로 상열相悅의 의식을 치렀다. 둘 다 처음이었다. 달래야 어려서부터 승려였으니 남녀지사와 거리가 멀었고, 김통정은 어머니가 권력자에 시달리는 것을 보며 욕정에 거부감이 컸다.

텅 빈 모래사장에서 하나가 되었던 두 사람이 정신을 차렸을

때는 이미 달빛만 교교했다. 수면 위로 튀어 오르는 갈치들이
은빛으로 번뜩였다.

"비구니와 사랑하면 어떻게 되는 줄 알아?"

"그야 화간이어도 도형徒刑,징역 1년 반이지."

"너, 도형감이야. 호호호…."

"그래서 그런 고약한 법이 있는 개경 고려를 버렸잖아."

"나도 마찬가지야. 난 혜성이 아니라 달래야, 달래. 더 이상
비구니가 아니라고."

"알았어, 달래야. 난 왕씨 고려를 버렸고, 넌 불계를 떠났
고…."

다음 날, 새벽부터 강한 비가 쏟아졌다. 본격적인 장마였다.
먹구름 속 번개가 천둥소리에 앞서 바다에 내리꽂혔다.

우르릉 콰쾅.

천둥이 그치질 않는데 희한한 광경이 벌어졌다. 주민들이 소
리를 지르며 뛰어다니는 것이었다.

안면도 사람들은 이런 날을 좋아했다. 옥황상제가 이생에 매
여 있는 신분의 굴레를 벗겨주려고 벼락을 친다며, 그 벼락을
맞고 싶어 했던 것이다. 하지만 벼락 치는 날 아무리 뛰어다녀
도 벼락 맞는 사람이 거의 없었다. 벼락 맞은 대추나무도 신줏
단지처럼 여겼다. 그 나무로 인장을 만들면 무엇이든 잘 풀린다
고 믿었다.

삼별초 지휘부는 빗줄기가 약해지면 출발하기로 하고, 비밀리에 선발대를 진도에 보냈다. 김통정이 선발대 책임을 맡아 빗속을 뚫고 배중손의 목장이 있던 동리로 가서 주민들에게 배중손의 서찰을 전했다.

'진도가 새 나라의 도읍이 됩니다. 조만간 제가 2만 명의 백성과 함께 들어갈 것입니다. 그전에 진도현을 장악하고 외부와의 왕래를 차단해주십시오.'

삼별초의 소문을 익히 알고 있던 주민들이 선발대와 함께 높은 언덕에 위치한 진도 현청을 급습했다. 현령을 제거하고 진도와 내지의 교류를 중단시켰다. 그 후 김통정은 용장산 자락에 있는 용장사에 황제의 임시 처소를 준비했다.

그해 장마철에는 유달리 폭우가 많았다. 그래도 어부들이 도다리, 주꾸미, 개불, 조개, 가자미, 게, 숭어, 전어, 멸치, 꼴뚜기, 갑오징어, 가오리 등을 관청으로 가져왔다. 그 어물을 바람이 잘 통하는 관청에서 말렸다. 머지않아 섬에 들어올 사람들을 대접하기 위해.

연합군이 삼별초에게 연패한 후 낙담에 빠졌던 원종은 두 달가까이 지나 원기를 회복했다. 그는 김방경과 몽골의 고려 주둔군 총사령관 두련가를 불렀다.

"장마가 끝나는 대로 삼별초를 다시 추격하라. 만에 하나 삼별초가 강화도로 돌아오지 못하도록 쑥대밭을 만들어놓으라."

두련가는 홍다구를 보내 강화로 보내 남은 성곽과 민가를 보이는 대로 허물어버렸다. 그날이 8월 11일이었다.

며칠 뒤 빗줄기가 가늘어지더니 하늘이 갰다. 삼별초 일행이 다시 배에 오를 때였다. 주민들이 말 수십 마리와 함께 벼락 맞은 대추나무 지팡이를 가져왔다.

"안면도에서 명마만 골라 왔습니다. 내지에 나가 싸울 때 큰 힘이 될 겁니다. 그리고 이 지팡이는 온 황제께서 어장御杖으로 사용하십시오."

배중손은 감사를 표한 뒤 배에 올라 환송하는 주민들을 향해 외쳤다.

"머지않아 꼭 돌아오겠습니다!"

진도의 조고려,
고조선과 고구려를 계승하다

삼별초의 배 천여 척이 울돌목을 지나 진도 벽파진에 닻을 내린 날은 8월 19일, 강화를 떠난 지 74일 만이었다.

평소 한적한 포구에 섬 주민들이 거의 다 나와 북적였다. 진도 임회 지역 토착민 출신인 배중손과 친숙한 사람들이 많았다. 진도현을 장악한 김통정과 특공대도 나와 있었다. 김통정이 용장사에 마련한 처소로 온 황제를 안내했다.

"폐하, 불편하시더라도 잠시 참고 지내십시오."

"그런 말씀 마오. 백성과 침식을 같이하는 것이 가장 편한 법이오."

그날부터 용장사를 궁궐과 관가로 개조해 썼다.

낙성식에서 온 황제가 선포했다.

"오늘 짐은 단군 조선과 고구려를 합쳐 조고려朝高麗란 국호로 나라가 개창되었음을 선포하노라. 진도가 조고려의 황도니라.

단군 조선을 고구려가 잇고 고구려를 고려가 이었거늘, 개경의 옛 왕 무리는 몽골 놈들에게 빌붙어 있도다. 그들은 더 이상 조선의 후예가 아니다. 조고려 만세!"

모인 사람들의 환호하는 소리가 용장산을 넘는 가운데 배중손이 나섰다.

"폐하. 이제 적극적으로 내지의 백성들을 우리 편으로 끌어들여야 합니다. 앞으로 서남해안을 적극 공략해야 할 줄로 아옵니다."

"암, 그래야 단군 조선의 영화를 되찾을 수 있을 것이오."

이어서 김통정이 아뢰었다.

"지난번 강화도에서 노비 문서를 불태웠습니다. 조고려의 세상에 신분과 차별이 없다는 것도 알려주소서."

"그렇소. 사람마다 역할이 다를 뿐 주인과 종은 더 이상 없소이다."

황제가 물러간 후 삼별초 지도부만 따로 모였다. 배중손이 진도 안착의 감회를 털어놓았다.

"삼별초가 최이의 사병으로 출발한 후 과오도 많았소. 하지만 전왕의 개경 환도 이후 모든 것을 던져 조고려를 세웠습니다. 앞으로 우리 삼별초는 누구를 위해서가 아니라 모두를 위해 싸워 나가야 할 것입니다. 서해로 내려올 때 환대해준 백성들의 염원을 잊어서는 안 됩니다. 그것이 단군 조선의 재세이화

在世理化를 실현하는 길입니다."

그들은 세 가지 원칙을 정했다.

첫째, 남해안과 서해안의 도서 지방을 적극 경략한다.

둘째, 경상도와 전라도에서 올라가는 세곡선稅穀船은 조고려 몫이다.

셋째, 조고려의 신분제 폐지를 널리 알린다.

조고려의 영토를 확보하면서 개경 정부의 재정에 타격을 주고, 동시에 민심을 사자는 것이었다.

이 소식을 들은 원종이 발끈했다.

"뭐라? 감히 조선의 명맥을 잇는다고? 이런 무엄한 놈들 같으니. 그놈들의 소굴을 오랑국五狼國이라 하라."

승화후, 배중손, 김통정, 노영희, 유존혁 다섯 이리가 반란을 일으켰다고 비하한 것이다. 이 소식을 들은 삼별초는 개경 정부를 왕랑국王狼國이라 하며 비웃었다.

"좋아. 한번 해보자. 너희 말대로 오랑국이 왕랑국에게 본때를 보여주지."

그날부터 남해와 서해의 세곡선을 보는 대로 나포하고 인근 고을을 습격했다. 개경의 원종에게 삼별초의 출몰을 알리는 고을 수령들의 공문이 쇄도하기 시작했다.

그때까지도 삼별초의 세력을 가늠치 못했던 원종은 고여림高汝霖과 양동무楊東茂에게 탐색전을 벌이게 했다. 그들이 진도 앞바다로 왔지만 애당초 삼별초의 상대가 되지 못했다. 삼별초가 괴상한 동물이 그려진 배를 타고 나타나자 지레 겁먹고 뱃머리를 돌렸다.

삼별초가 그 뒤를 쫓아 해남을 지나 장흥부까지 점령하고 개경군 20명을 죽였다. 점령 지역 관청의 양곡은 그 지역 주민들에게 나눠 주었다. 그러고 관청에 방을 써 붙였다.

'개경의 왕은 백성들의 고혈을 빠는 이리들의 왕이다. 더 이상 참지 말고 이리 떼를 몰아내자.'

그것을 본 사람마다 반응이 좋았다. 지역 민심이 심상치 않았다. 원종은 급히 사신을 보내 주민들을 다독여야만 했다. 이대로 가다가 개경 정부가 이리 떼로 낙인찍혀 성난 민심의 폭풍에 좌초될 지경이었다. 다급해진 원종이 참지정사 신사전申思佺을 토적사討賊使로 임명했다.

신사전이 나주로 내려갔다. 나주부사 박부朴琈가 걱정부터 늘어놓았다.

"나주에 온통 삼별초 소문뿐입니다. 곧 삼별초 세상이 온다고 뒤숭숭합니다."

"도대체 삼별초가 얼마나 강하길래 그럽니까?"

"말도 마십시오. 얼마나 신출귀몰한지 어제는 해남, 오늘은 목포, 내일은 무안, 이런 식으로 동에 번쩍 서에 번쩍합니다."

신사전은 잔뜩 겁을 집어먹고 이렇게 생각했다.

'내가 이미 재상 벼슬까지 지냈거늘 지금 전공을 세운다고 얼마나 더 오르겠는가'

그리고 다음 날 새벽에 관군을 버려둔 채 혼자 개경으로 도주했다.

원종이 기가 막혀 신사전을 파면하고 김방경을 추토사追討使로 임명했다. 김방경은 나주로 가는 길목의 수령들에게 파발마를 보냈다.

"토벌군 만여 명이 출정한다. 각 고을마다 군량을 확보해두라."

토벌군 규모가 만여 명이나 된다는 것은 거짓이었다. 지역 수령의 동참을 끌어내고, 삼별초에게 겁을 주며, 이반하는 민심을 누르려는 목적이었다.

보름 후 김방경과 몽골군 원수元帥 아카이阿海,아해가 1천여 군사를 이끌고 남하하기 시작했다. 당시 나주와 전주를 공격하던 삼별초는 1만여 연합군이 온다는 소식을 듣고, 그 정도 병력이라면 전주와 나주, 나주와 진도의 사이가 차단될 수 있다고 보았다. 퇴로가 끊길 상황이라 내륙에 있던 삼별초가 모두 진도로 물러갔다.

김방경은 거짓 정보를 유포한 효과로 해남까지 무사히 내려가 벽파진 건너편 삼견원에 진을 쳤다. 명량해협의 거센 물살을 사이에 두고 삼별초와 연합군이 대치했다.

다음 날 해가 중천에 떠올랐을 때 명량해협에 삼별초가 나타났다. 김통정이 앞장선 용골단이었다.

연합군이 긴장하며 지켜보는 가운데 용골단이 북과 징을 치며 악을 올렸다.

"몽골 놈들아, 왕랑국 졸개들아, 모두 덤벼라!"

아카이가 연합군에게 적의 도발에 일절 반응하지 말라는 지시를 내렸다. 연합군이 응전하지 않자 용골단이 기상천외한 기량을 선보였다.

물 위에 팔자진八字陣으로 떠 있던 함대가 일시에 흩어져 십자진十字陣을 만들더니 어느새 원진圓陣으로 바꾸었다. 그러는 사이 병사들은 이 배 저 배로 뛰어다녔고 돛대에 올라 잠수했다가 다시 배에 올랐다.

연합군의 기가 완전히 죽었다. 이러다가 싸워보지도 못하고 또 철수할 판이었다.

당황한 김방경이 해안에 궁수 부대를 배치했다. 궁병들의 엄호 사격 아래 수군을 출진시키려는데 아카이가 반대했다.

"지금 적들은 기세로 보아 화살 한 대라도 날리면 당장 상륙하려 들 것이오. 아직 적들을 자극하기에 이르오. 이곳의 물길부터 파악한 뒤 싸웁시다."

김방경도 몽골군 도움 없이 싸움을 벌이기 어려워 물러섰다.

삼별초의 반간계

삼별초에게 한 번 꺾인 연합군의 기는 며칠이 지나도 회복하지 못했다. 김방경은 머뭇거릴수록 사기가 더 떨어진다고 보고 공격을 서둘렀다. 그러나 아카이가 또다시 반대했다. 그 뒤 둘의 사이가 서먹해졌다.

이와 달리 진도의 삼별초는 잔치를 벌이고 있었다. 배중손이 잔을 들고 치하했다.

"몽골 놈들이 여러분의 무공을 보고 오금을 펴지 못하고 있소. 개경의 왕씨는 그런 놈들한테 쩔쩔매면서도 왕 노릇이나 하고 있으니 백성들이 가련할 따름이오. 여러분이 자랑스럽소."

김통정이 잔을 들고 답례사를 했다

"이 기세대로 연합군을 몰아내고 서남해안부터 장악해나갑시다."

"옳소!"

여기저기서 박수 소리가 터져 나왔다.

그 후 지휘부가 따로 모인 자리에 낯선 사람이 찾아왔다. 유존혁의 오랜 지인이었다.

"이게 누군가. 물개 아닌가. 진도의 물개…. 하하하. 자네가 어떻게 여기에…."

"이보게 오징어. 나라고 보는 눈이 없겠는가. 삼별초가 새 세상을 연다 하니 동참하러 왔네. 받아주겠나?"

"그걸 말이라고 하는가. 진심으로 환영하네. 우선 황제께 윤허부터 받세."

당시 삼별초가 되겠다고 찾아오면 황제가 입대식을 치러주었다. 어전으로 앞서간 유존혁이 황제에게 아뢰었다.

"완도에서 온 송징宋徵이라 하옵니다. 완도 갑부인데, 저에게 둘도 없는 친구입니다. 땅보다 바다가 더 익숙한 놈이라 물개라고도 부릅니다."

"오, 그렇소? 우리가 갈 길이 만만치 않은데도 찾아주니 천군만마를 얻은 것과 같습니다."

온 황제가 용상에서 벌떡 일어나 송정의 두 손을 덥석 잡았다.

"폐하, 황송하옵니다. 유 장군이야말로 바다에서는 천하무적입니다. 먹물로 상대 눈을 가리는 오징어 같습니다. 아무도 유 장군을 당해낼 수 없습니다. 그래서 유 장군의 별명이 오징어입니다."

"아, 그렇구려!"

감탄한 황제가 유존혁을 바라보며 말했다.

"오늘부로 송징을 삼별초 지유로 임명코자 하는데 어찌 생각하시오?"

"지당한 하교이옵니다."

두 사람이 다시 지휘소로 돌아왔다.

배중손이 삼별초 간부가 된 송징을 축하하며, 이제 적은 우리 손안에 있다고 힘주어 말했다. 김통정이 물었다

"무슨 비책이 있습니까?"

"연합군 수뇌부에 우리 편이 있습니다."

"누가 우리와 내통하고 있단 말입니까?"

"그렇소. 바로 김방경이오."

"뭐라고요?"

좌중이 술렁였다.

"조용히들 하시고 제 말을 잘 들으십시오. 사실 김방경은 신라 경순왕의 후예로 누구보다 구국의 의지가 강하오. 지난 40년, 몽골과의 전쟁에서도 앞장서 싸운 동지였습니다. 우리가 강화도를 출발해 영흥도, 안산 등을 지나 여기에 올 때까지 여러 차례 연합군의 공격이 있었소. 그럴 때마다 김방경이 미리 알려줘서 쉽게 물리칠 수 있었던 것이오. 하하하…."

"아하! 그랬군요."

모두 좋아하는 그때 이야기를 엿듣는 자들이 있었다.

보초병 홍찬洪賛, 홍기洪機 형제였다. 나주 출신으로, 삼별초가 나주를 공격할 때 스스로 입대한 자들이었다. 이들이 한밤에 쪽배를 타고 몽골 장수 아카이의 막사로 건너갔다. 홍찬 형제의 밀고를 들은 아카이는 김방경을 즉시 구금하고 개경의 다루가치에게도 알렸다. 그러잖아도 김방경이 못마땅했던 터였다.

그 후 아카이는 연합군을 이끌고 아예 진도에서 멀리 떨어진 합포馬山 근처로 가서 주둔했다.

쇠사슬에 묶여 압송된 김방경은 모진 고문을 받았다. 아무리 고문해도 죄상이 드러나지 않자 다루가치는 홍찬 형제를 소환해 대질 심문을 했다. 그 과정에서 홍씨 일족이 진도로 이주해 대접을 잘 받고 있으며, 삼별초의 반간계에 김방경이 당한 것으로 밝혀졌다.

결국 김방경은 결백이 인정되어 복직했다. 그러는 사이 삼별초가 서남해 도서를 잠식하고 있었다.

원종은 사방이 적에게 둘러싸여가는 느낌이었다. 삼별초의 기세로 볼 때 동남 해안까지 장악하는 것은 시간문제였다. 그러면 고려는 동·남·서 삼면의 바다를 잃게 된다. 고려가 바다 없이 지탱할 수 있을까? 상상하기조차 싫었다. 해산물은 물론 해로로 들어오는 모든 공물이 끊긴다. 교주도交州道, 강원도 영서 지방 등의 내륙으로 운송해온 온 물자로만 나라를 유지할 수 없다.

초조하기는 대신들도 마찬가지여서 이구동성으로 아뢰기만
했다.

"전하, 삼별초의 동남 해안 장악만큼은 막아야 합니다."

그래서 원종이 대책이 무엇이냐고 물으면 입을 닫았다. 고문
으로 만신창이가 된 김방경이 더듬거렸다.

"한 가지 방법밖에 없습니다. 제주도를 지켜야 합니다. 그래
야 삼별초의 동남 해안 준동을 막을 수 있습니다."

그제야 한시름 놓은 원종이 고여림 장군과 영암부사 김수金須
에게 제주도 방어 명령을 내렸다. 그들은 1천여 병사를 데리고
제주도로 갔다. 제주가 고향인 고여림이 가장 먼저 해안을 따
라 환해장성을 쌓기 시작했다. 그때가 9월로 제주나 진도나 한
여름 못지않게 무더웠다.

삼별초 지휘부도 진도만 가지고 나라 유지가 어렵다며 내륙
확보 방안을 모색하고 있었다. 하지만 지상전에 능한 연합군이
포진하고 있어 일시 공략은 가능해도 영토화하기가 어려웠다.
한 가지 방법밖에 없었다. 남해안과 동해안까지 삼면을 장악하
는 것이다. 그러면 제아무리 사나운 몽골도 반도에서 견디지 못
하고 물러날 것이라 보았다.

삼별초 지휘부는 배중손이 내놓은 3단계 목표에 동의했다.

첫 번째, 제주도를 점령한다.

두 번째, 서남해안 지역을 장악한다.

세 번째, 울릉도를 점령하고 동해안을 장악한다.

울릉도의 민심도 삼별초에 우호적이었다. 최이 때 몽골 항쟁 때문에 동해안 주민들이 대거 울릉도로 이주한 데다가, 몽골이 군선용 벌목을 시키는 바람에 울릉도 주민들이 다시 동해안으로 도주하기도 했다.

물론 세 개의 섬만으로 본토 정복은 쉽지 않다. 그 연안까지 확보해야 한다. 진도와 서해안, 제주와 남해안, 울릉도와 동해안을 장악해야 하는 것이다.

이날 배중손의 정세 분석과 방향 설정은 명쾌했다. 3단계 계획에 따라 먼저 제주 공략은 제주 애월 출신 이문경李文京에게 맡겼다. 이문경은 악천후를 감안해 그에 강한 6백여 명을 선발했다. 그 정도면 제주에 버티고 있는 1천2백 관군 정도는 이긴다고 보았다.

11월 3일, 삼별초 선발대가 30척의 배를 타고 추자도를 지날 때였다. 싸락눈이 조금씩 내리더니 제주에 다가갈수록 눈발이 굵어져 폭설로 변했다. 한 치 앞도 보이지 않았지만 관군이 방심하기에는 딱 좋았다. 삼별초 선발대는 제주도 서쪽 명월포로 향했다. 일본을 오가는 사신들이 들르는 곳으로, 이문경도 그쪽 지리에 밝았다.

늦은 밤, 폭설이 쌓이는 포구에는 개경 관군이 철수하고 없었다. 앞장서 상륙한 이문경을 따라 병사들이 무릎까지 빠지는 눈을 헤치며 동쪽으로 진군했다. 도중에 이문경이 부대를 둘로 나눈 뒤 한 부대를 동제원東濟院으로 보냈다. 관리들이 출장 다닐 때 머물던 그곳을 먼저 정복하기 위해서였다.

이문경은 남은 부대와 함께 동제원을 우회해 그 아래쪽 송담천松淡川으로 갔다. 천변에는 높이 솟은 칠엽수와 이팝나무 거목 사이에 조팝나무와 후박나무가 우거져 숲을 이루고 있었다. 이문경 일행은 그 속에 눈을 치우고 자리를 잡았다.

그 시각, 삼별초에게 점령당한 동제원의 관리가 고여림에게 달려가 사태를 알렸다. 고여림은 전군을 소집하는 한편, 김수를 먼저 동제원으로 보냈다.

"한시가 급하니 먼저 동제원을 공격하시오. 곧 뒤따라가리다."

김수는 급히 모은 3백 명의 병사와 함께 말을 타고 눈길을 달렸다.

동제원을 점령한 삼별초는 눈에 젖은 몸을 말리며 식사 중이었다. 그들은 관군의 말발굽 소리를 듣고 밖으로 나갔다. 저만치 눈먼지를 일으키며 달려오는 관군이 보였다. 그들은 짐짓 놀란 척하며 도망치기 시작했다. 그 뒤를 김수의 관군이 쫓았다.

김수가 출발한 지 얼마 되지 않아 고여림도 9백여 병사를 모아 동제원으로 향했다.

그들이 송담천을 막 지나쳤을 때였다. 매복해 있던 삼별초가 이문경이 쏜 불화살을 신호로 고여림군의 후미를 쳤다. 동제원에서 후퇴하던 삼별초도 돌아서 김수군을 역공했다. 고여림과 김수의 관군은 독 안에 든 쥐 신세로 우왕좌왕하다가 전멸하고 말았다.

제주를 접수한 진도의 삼별초는 축제 분위기였으나 제주를 빼앗긴 개경 왕실은 초상집 분위기였다.

"제주를 빼앗기다니! 앞으로 삼별초가 더 날뛸 텐데 어찌해야 하는가?"

원종의 애타는 하문에 누구도 쉽게 입을 열지 못했다. 결국 또 김방경이 머리를 짜냈다.

"전하. 앞으로 적들이 내륙 진출을 꾀할 것입니다. 진도와 제주가 두 축이 되어, 진도는 서해안, 제주는 남해안을 공격할 것입니다. 그대로 놓아두면 필시 동해안까지 장악하려 들 것입니다. 이런 정황을 시급히 몽골 황제에게 알리는 한편, 우선 진도를 집중 공격해야 합니다. 우리가 진도만 되찾아도 적들이 서해안에서 퇴각할 수밖에 없습니다."

과연 김방경은 삼별초의 의중을 정확히 간파하고 있었다.

고려 사신으로부터 제주 함락 소식을 들은 몽골의 쿠빌라이도 깊은 고뇌에 빠졌다. 당시 몽골은 국호를 원元으로 개칭하기 직전이었다. 아시아와 유럽에 걸쳐 대제국을 건설했지만 일본 정복이 최대 숙원으로 남아 있었다. 그런데 삼별초가 걸림돌이 될 줄이야…. 머지않아 원나라 황제가 될 쿠빌라이의 자존심이 구겨질 대로 구겨졌다.

몽골은 남송의 양양성襄陽城을 함락시키는 데 총력을 기울이고 있어 삼별초를 상대할 수 없었다. 남송 정벌도 고려 왕실이 더 이상의 항몽을 포기했기 때문에 집중할 수 있었다. 쿠빌라이는 원종의 간절한 원병 요청에도 묵묵부답할 수밖에 없었다.

김방경의 우려처럼 삼별초는 제주를 점령한 후 더욱 거세졌다. 자신들의 2차 목표인 서남해안 장악에 나선 것이다. 배중손이 각자 역할 분담을 해주었다.

"김통정 장군은 흑산도, 홍도, 미금도, 암자도, 장산도 등 서해의 섬들을 관리해주시오. 송징 장군은 완도를, 유존혁 장군은 남해도를 점령해야 합니다. 나는 진도와 암태도 정도에서 머물며 총괄하겠소."

사실 삼별초의 지휘부는 엄격한 상하 관계라기보다 동지적 협력 관계였다. 황제는 의례상 상징이었고, 중심을 배중손이 잡았지만 각자 소신껏 일했다. 그만큼 서로 간에 신뢰가 두터웠다.

송징이 삼별초 병사들과 함께 완도 동쪽 장좌 해변에 상륙할 때 주민들은 저항하기는커녕 쌍수를 들어 환영했다. 송징의 고향 친구들은 물속에서 3시간 이상 헤엄쳐 '고래 떼'라 불렸다. 그들 모두 삼별초에 들어와 송징의 최측근이 되었다.

유존혁도 어렵지 않게 남해에 상륙했다. 망운산에 돌로 지은 건물을 거점으로 진주, 마산, 김해, 동래까지 진출했다.

서남해안의 연해장성

송징은 완도와 그 주변에서, 유존혁은 남해와 그 연안에서 거의 왕 대접을 받았다. 왜 그렇게 환영받았을까?

당시 섬에는 양민도 거주했지만 광대, 무당 같은 천민이 많이 살았다. 진척津尺,뱃사공, 생성간生鮮干,어부, 염간鹽干,염부, 화척禾尺,도축업자 등은 천민이나 다를 바 없었다. 군현이 설치되지 않은 섬이라면 국사범이나 3경 4도호부 차원의 수배자가 흔히 숨어 살았다. 어떤 이유로든 억압받는 사람이 많은 곳이 섬이었으니, 섬사람들이 고려에 반기를 든 삼별초에 적극 호응하는 것은 당연했다.

삼별초는 서해안에 이어 남해안 일대까지 손을 뻗치더니 아예 해남, 강진, 고흥, 장흥과 경상도 해안에 성을 쌓기 시작했다. 그런데도 연합군은 서남쪽으로 접근할 엄두를 내지 못했다. 축성 총감독은 김통정, 지역별 책임자는 그 지역 출신 대목수들이었다.

그들이 축성할 곳을 정해주면 지역 주민들이 발 벗고 나서 성을 쌓았다. 남녀노소 할 것 없이 동트기 전부터 몰려와 어두울 때까지 일했다. 성 쌓는 데 필요한 인원보다 더 많이 몰려와 노약자들은 돌려보내거나 멀찌감치 떨어져 구경하라고 부탁해야 할 판이었다.

성은 순차적으로 쌓는 게 아니라 각지에서 동시에 쌓았다. 그 성이 세계 축성사상 가장 단기간에 완공된 연해장성이다. 성의 방향은 바다가 아니라 내륙의 개경 정부를 향했다.

김통정이 달래와 함께 강진의 관찰봉을 둘러볼 때였다. 주민들이 흥얼거리며 성을 쌓고 있었다.

"살어리 살어리랏다. 청산에 살어리랏다. 멀위랑 다래랑 먹고 청산에 살어리랏다…"

〈청산별곡〉을 듣는 달래는 감회가 새로웠다.

"통정아. 삼한 이래 백성이 신명 나서 성을 쌓은 적이 얼마나 있었을까?"

"거의 없었지. 부역을 좋아할 사람이 어디 있겠어?"

"그래. 삼한인은 본디 신명이 넘치는 사람들이야. 왕과 귀족이 억눌러서 문제였지."

"서로 좋자고 하는 일이라 흥에 겹지. 함께 일하는 우린 또 얼마나 행복하냐. 왕보다 낫다. 아니 고구려를 세운 주몽보다 낫

254

다. 주몽도 이런 장면은 보지 못했을 거야."

고려가 계승하려 했던 고구려의 시조 주몽을 김통정이 말하자 달래가 덧붙였다.

"주몽도 하늘에서 기뻐할 거야. 자신의 뜻을 배반한 고려를 치기 위해 삼별초가 성을 쌓는다며 기특하게 여기겠지."

"아 참…. 그리고 보니 생각났다. 달래 너, 삼별초의 주몽에게 다녀와야지."

송징은 명궁이어서 삼별초의 주몽이라 불리던 터였다.

"알았네, 이 사람아. 마침 나도 그럴 참이었네."

달래가 탄 말이 완도 방향으로 내달리는 그때 강진의 축성을 맡은 대목장이 김통정을 찾아왔다.

"김 장군, 워낙 가뭄이 심해 식량이 부족하오. 초근목피로 겨우 연명하는데 며칠 지나면 그마저도 구하기 힘들겠소. 아무리 흥이 나서 일한다지만 굶주림에는 장사가 없는 법이오."

김통정이 달래의 뒷모습을 가리켰다.

"저기 보십시오. 식량을 구하러 가고 있습니다. 걱정 마십시오."

연해장성을 쌓기 전, 삼별초가 마련한 식량 조달 방안이 바로 완도와 남해 장악이었다.

고려는 전국에 13개의 조창漕倉을 운영했다. 그곳에 각지에서 거둔 공물을 모았다가 다시 개경의 경창京倉으로 날랐다.

각 창에는 조운선이 있어 초마선哨馬船은 1천 석 이상을 싣고, 평저선平底船은 2백 석을 실었다. 그 배가 운항할 때는 앞뒤로 군선이 호위했다. 배의 선장을 초공梢工, 노잡이는 수수水手, 일꾼은 잡인雜人이라 불렀다.

개경에서 파견 나온 판관判官이 조창의 책임자였고, 그 아래 향리 신분인 색인色人이 재고 파악과 입출을 담당했다. 그 밖의 일꾼들은 군현민보다 신분이 낮은 천민이었다. 13개 조창 중 충주의 덕흥창과 원주의 흥원창을 제외한 나머지 11개가 서남해안에 있었다.

추수한 뒤 각 조창에 모인 곡식은 2월부터 경창으로 수송해야 했다. 그때부터 보통 1천여 척이 넘는 조운선이 예성강 하구까지 줄을 잇는데, 수송은 5월이나 되어야 끝났다. 젓갈, 도자기, 지방 향리들의 뇌물, 선물 등을 실은 조운선도 수시로 개경으로 향했다. 경상도 남쪽 공물은 마산항에서 선적하고, 통영과 남해, 완도를 지나 서해 뱃길로 올라갔다.

바로 그 때문에 유존혁과 송징이 남해와 완도에서 버텼던 것이다. 두 장군의 활약은 그야말로 눈이 부셨다. 조운선이 완도와 해남반도 사이를 지날 때면 삼별초의 화살 세례를 받아야 했다. 특히 송징의 사격은 정확해 과녁으로 삼은 자들을 차례차례 고꾸라뜨렸다.

견디다 못한 초공이 개머리望南里 방향으로 선회하면, 그곳에 이미 송징의 수군이 중앙의 배에 들개 떼, 양측 배에 야생마를 태워놓고 기다리고 있었다. 그들이 삼면에서 조운선을 공격하면 개가 미친 듯이 짖고 말이 날뛰었다. 조운선 뱃사람들은 그 소리에 기겁하고 바다에 뛰어내렸다. 어떤 개와 말은 조운선에까지 뛰어들었다.

송징은 조운선의 물품을 손에 넣어 주민들에게 나누어 주고 연해장성을 쌓는 곳에도 필요한 만큼 보냈다. 평생 관리와 토호들에게 착취만 당했던 주민들은 처음으로 그런 대우를 받자 송징을 미적추米賊酋,쌀 도둑 두목라 부르며 칭송했다.

남해도의 유존혁도 마찬가지였다. 그가 주둔한 서호리 염전은 해풍이 강했다. 수시로 돌풍까지 불어 조운선이 곤욕을 치러야 했는데, 그럴 때면 유존혁이 바람을 뚫고 조운선을 나포해 갔다.

유존혁의 활약은 남해도에 그치지 않았다. 통영과 거제, 그 주변 도서까지 그의 독무대가 되었다. 그렇게 모은 곡물로 주민들을 구휼했고, 그 나머지는 조운선과 함께 진도로 보냈다. 진도의 병참은 유존혁이, 축성 현장의 병참은 송징이 담당했다.

그래서 달래가 식량을 구하러 완도로 간 것이었다.

삼별초의 연해장성 축성으로 지역 민심은 더욱 요동쳤다. 축성된 지역 아이들은 여몽 연합군과 삼별초군으로 편을 나누어 전쟁놀이를 하고 놀았다.

원종은 김방경에게 당장 내려가 진도를 공격하라고 재촉했다. 그래야 삼별초가 진도를 지키기 위해 서남해안 공략을 멈춘다는 것이었다.

김방경이 해남 삼견원에서 멀찍이 물러나 있던 몽골군 원수 아카이를 찾아갔다. 아카이는 김방경을 만나 미안해했다. 자신이 삼별초의 반간계에 속아 김방경이 경치게 만들었기 때문이다.

김방경이 아카이에게 단도직입적으로 말했다.

"쇠뿔도 단김에 빼야 합니다. 곧바로 진도를 공격합시다."

아카이가 동의해 삼견원으로 몽골군을 이동시켰다. 이 정보를 입수한 배중손은 남해안에 활동하고 있던 삼별초를 필수 인원만 남겨놓고 진도로 집결시켰다.

진도 앞바다에 연합군 군선과 삼별초 전함이 줄을 지어 서로 마주 보았다. 삼별초를 응원하려는 진도 사람들은 북과 징을 들고 성 위에 올랐다.

배중손이 중군, 좌우는 김통정과 유존혁, 그리고 궁수들로 이루어진 사격조는 송징이 맡았다. 배중손이 중군은 세워둔 채 좌·우군에 진격 명령을 내렸다. 좌우의 배들이 서서히 진격하기 시작했다.

"쏘아라!"

그때 사격조의 작은 배들이 쏜살같이 좌·우군을 앞서 나가며 연합군의 대장선에 집중 사격을 가했다.

송징의 화살에 아카이의 투구 끈이 툭 떨어졌다. 아카이가 겁을 집어먹고 뱃머리를 나주 쪽으로 급히 돌렸다. 몽골 군선도 대장선의 뒤를 따라 퇴각하기 시작했다. 김방경이 발을 구르며 만류했지만 이미 되돌릴 수 없었다.

김방경은 할 수 없이 개경 수군을 독려해 항전했다. 하지만 곧 삼별초 수군에 밀려 진도 쪽으로 물러나며 삼별초 사격조의 화살 세례를 받았다.

포로가 될 바에 물고기 밥이 되겠다며 김방경이 바다에 뛰어들려고 했다. 그때 갑판에 쓰러져 있던 위사衛士 허만지許萬之와 허송연許松延이 그의 다리를 붙들어 말렸다.

그 순간, 삼별초 수병이 김방경을 낚아챘다. 개경군 양동무楊東茂 장군이 아니었으면 김방경이 사로잡힐 뻔했다. 양동무는 몽충蒙衝.폭이 좁은 철갑선을 타고 와 수병을 죽이고 김방경을 빼앗아 재빨리 달아났다.

삼별초의 대승이었다. 김방경은 또 한 번 패배의 분루를 삼켰다. 그는 아카이가 고려 주둔 몽골군 원수로 있는 한 삼별초 공략은 어렵다고 보았다. 원종에게 아카이가 도주한 사실을 보고하며 원나라 세조쿠빌라이에게 반드시 알려줄 것을 당부했다.

결국 아카이는 파직당했고, 몽골에서 힌두忻都.흔도가 와 새 원수가 되었다.

삼별초를 찾아온 원나라 사신

원 세조가 삼별초 진압에 미온적인 아카이 대신 힌두를 고려에 보내기는 했다. 그러나 급선무는 남송 정벌 마무리였고, 일본 정벌이라는 숙원도 남아 있었다. 가능하면 삼별초를 고려국 내부의 분쟁으로 묶어둘 필요가 있었다.

그동안 원종을 도와 삼별초 공략을 시도했지만 번번이 패배했다. 더구나 서해 도서민의 성원을 받는 삼별초를 강경책만으로 상대하기 어려웠다. 설령 원나라가 전면전에 나선다 해도 삼별초를 쉽게 이긴다는 보장은 없었다. 가능하면 삼별초를 잘 구슬려 마무리해야 했다.

그런 이유에서 원 세조는 고려의 강경 진압 요구를 거절하고 회유책으로 전환했다.

1271년 1월, 원나라 사신 두원외杜員外와 개경의 박천주朴天澍가 원 세조의 친서를 들고 진도로 찾아갔다.

두원외가 김방경을 만나 다짜고짜 지시했다.

"지금 당장 진도에 원 제국의 사신이 내일 아침에 간다고 연락하고, 삼별초가 자극받지 않도록 수군을 벽파정으로부터 멀리 이동하시오. 우리는 내일 해지기 전에 돌아올 것이오."

다음 날 아침, 두 사신이 개경 수군의 배를 타고 벽파정으로 갔다. 진도 측에서도 모래사장에 연회장을 마련해두었다.

두원외가 벽파정에 내리면서 개경 수병들에게 멀찍이 물러가 있다가 해질 때쯤 오라고 일렀다.

풍악 소리와 함께 온 황제가 배중손과 김통정을 좌우에 거느리고 나타났다. 온 황제는 두원외만 상대했다.

"먼 길 오느라 수고 많았소."

"몽골 제국은 올해부터 원나라로 개칭했소이다. 쿠빌라이 칸께서도 새로운 황제가 되셨으니 북쪽을 향해 예를 표하기 바라오."

거들먹거리는 두원외에게 배중손이 삿대질하며 호통쳤다.

"이놈, 무엄하기 그지없구나. 같은 황제끼리 누구더러 예를 갖추라는 거냐? 어서 무릎을 꿇지 못할까!"

화들짝 놀란 두원외가 온 황제 앞에 무릎을 꿇었고, 박천주도 따라야 했다.

온 황제가 배중손을 만류하고 두원외를 바라보았다.

"웬일로 여기까지 오셨소?"

"원나라 폐하의 뜻을 전하러 왔습니다."

두원외가 품속에서 조서를 꺼내 황제에게 바쳤다.

그동안 몽골이 고려에 진주한 것은 권신 임연 무리를 문책하기 위함이었다. 삼별초를 해할 의도는 없으니 설령 노비라 하더라도 본래 주인에게 보내지 않을 것이다. 자유롭게 살 수 있도록 해주겠노라.

내용이 의외였다. 악명 높은 몽골 제국답지 않았다. 그들은 열 손가락에 상처 내는 것보다 손가락 하나라도 확실히 잘라야 한다며 어느 세력이든 항거했다 하면 가차 없이 학살하고 피바다를 만들어놓았다. 그런 몽골이 삼별초에게 부드럽게 손을 내밀고 있었다.

안심하고 귀환하라. 어떤 책임도 추궁당하지 않고 살게 해주겠다는 것이다. 그뿐이 아니다. 노비는 자유인으로 해방시켜준다는 특전까지 약속하고 있었다.

온 황제가 원 세조의 조서를 찬찬히 본 뒤 배중손을 비롯한 여러 장군에게 회람시켰다.

"어찌들 생각하시오?"

"아뢰오. 오늘은 사신이 흙먼지를 마시고 달려왔으니, 목이나 적시게 하시고 내일 의논하는 것이 좋을 듯하옵니다."

"짐의 생각도 그렇소. 나라 간의 일일랑 내일로 미루고, 자, 오늘은 먹고 마시고 즐겨봅시다."

황제가 잔을 드니 기녀들이 나와 〈진도 아리랑〉을 부르며 춤을 추기 시작했다.

"아리 아리랑, 쓰리 쓰리랑, 아라리가 났네…."

이미 기가 죽을 대로 죽은 두원외와 박천주였다. 황제는 황실로 올라갔고 배중손, 김통정 등 여러 장군이 남아 두 사신에게 쉬지 않고 술을 권했다. 춤추던 기녀들까지 술잔을 불쑥불쑥 내미는 바람에 안주 한 점 먹을 틈도 없었다. 술이 약한 두원외가 먼저 쓰러졌다.

그러나 박천주는 버텼다.

"이것 봐라, 보통이 아니네?"

배중손이 병사에게 진도 홍주를 내오라고 시켰다. 홍주를 큰 사발에 몇 잔 따라 주니 천하의 두주불사 박천주도 의식이 가물거렸다.

"제기랄. 배 장군, 김 장군, 뭐 그리 인생을 힘들게 살아? 그냥 원나라 뜻대로 따라 주고 편히 살아…."

박천주는 중얼거리다가 그대로 고꾸라져 코까지 골았다.

배중손이 벌떡 일어섰다.

"됐소! 이 두 놈을 호위하고 온 개경 수군을 제거합시다."

삼별초 병사들이 두 사신을 둘러메고 객관에 뉘었다.

하루해가 지고 있는데도 두 사신이 돌아오지 않아 개경 수군이 벽파진 쪽으로 이동하기 시작했다. 그들의 후방을 삼별초가 기습하며 양측 배들끼리 부딪쳤다. 김통정이 앞서 개경 수군의 배에 뛰어오르며 외쳤다.

"모조리 죽이고 한 놈만 생포하라!"

개경 수군 배 위에서 백병전이 벌어졌다. 개경 수군은 90여 명이 죽고, 배 한 척에 병사 한 명만 살아남았다. 김통정이 따라왔던 달래에게 외쳤다.

"저 배와 병사를 벽파정에 옮겨놓아라. 나는 내친김에 김방경의 혼쭐을 빼놓겠다."

김통정의 배가 조용히 삼견원을 향해 떠났다.

그 사실을 알 리 없는 김방경은 벽파진에서 풍악도 울렸으니 교섭이 잘 마무리되리라 보았다. 느긋하게 쉬며 두 사신이 돌아오기만 기다리는데, 느닷없이 쉭쉭 하고 화살 날아오는 소리가 연달아 들렸다.

김방경이 막사에서 뛰쳐나갔다.

"으악!"

"삼별초다!"

병사들이 외마디 비명을 지르며 픽픽 쓰러졌다. 그사이 화살 하나가 김방경의 막사 기둥에 깊숙이 박혔다. 김방경이 뽑아서 횃불 아래 비쳐 보니 김통정이 보낸 편지였다.

김방경, 이 어리석은 놈아. 몽골의 개로 살다가 죽을 것이냐? 우리가 고려를 무시한다고 기분 나빠하지 마라. 너희 황제가 스스로 왕으로 격하했느니라. 그러니 너희는 우리와 격이 맞지 않다. 진도 정부는 너희 왕이 아니라 쿠빌라이를 상대할 것이다. 이 미천한 놈아.

"네 이놈, 김통정. 천하에 미천한 놈이 전하를 능멸하고 나를 능멸하다니!"

분노에 찬 김방경이 칼을 뽑아 들고 호령했다.

"김통정을 잡아라!"

김방경과 개경군이 막사 주위를 샅샅이 뒤졌으나 김통정 일행은 이미 밤바다로 사라지고 없었다.

다음 날 아침, 진도에서 노영희가 잠자고 있던 박천주를 깨웠다. 그는 아무리 흔들어도 깨어나지 못했다. 두 병사가 양 겨드랑이를 끼고 일으켜 세우니 그제야 정신이 든 박천주가 물었다.

"지금 뭐 하는 것이냐? 어디 가는 거야, 야…!"

두 병사는 대꾸 없이 박천주를 벽파정으로 끌고 가서 어젯밤 나포한 개경 수군의 배에 던져버렸다.

박천주가 술이 덜 깬 채 김방경의 막사에 도착했다.

"제기랄. 진도 놈들이 나를 사신 취급도 안 하더구먼. 전하의 하수인이라면서 오직 원나라 사신만 상대했어. 뭐라더라…. 나보고 하수인 종노릇하며 비루하게 살고 싶냐고 하더라고…. 나

참 인생 더러워서 못 살겠네."

"이런 고얀 놈들. 자기네가 황제국인 양 행세하는구나."

김방경도 모멸감에 치를 떨었지만 자신이 할 수 있는 일이 없었다.

원나라 사신이 삼별초에 잡혀 있기도 했고, 무엇보다 원나라의 삼별초 회유 정책을 거부하기 어려웠던 것이다.

김통정과 아! 달래

개경으로 올라간 박천주는 1월 22일에 원종을 만났다.

"전하, 삼별초가 원나라 사신 앞에서 우리와 상대할 수 없다 하여 창피만 톡톡히 당하고 왔습니다. 전하를 원나라 황제의 하수인이라며 비웃었습니다. 자신들이 단군의 조선과 고구려를 이은 조고려라며 동방의 천자국인 양 행세했습니다. 천자국과 천자국이 만나는 일에 왜 일개 속국이 끼어드느냐고 타박했나 이다."

원종의 얼굴이 수치심으로 붉어졌다. 그런 원종을 달랠 겸 박천주가 삼별초 내부 이야기를 했다.

"삼별초의 오랑五狼이라면 승화후, 배중손, 김통정, 유존혁, 노영희인데, 가서 보니 승화후는 말만 황제지 허수아비였습니다. 중심은 배중손과 김통정이고, 유존혁과 노영희에 송징을 합쳐 이들이야말로 신오랑이라 하겠습니다.

그중 배중손은 안목이 있고 외교술과 조종력이 뛰어나 삼별초 전체를 아우를 만합니다. 게다가 냉철하고 무공이 탁월한 김통정과 호흡이 잘 맞습니다. 유존혁은 남해도, 송징은 완도와 그 주변을 지키느라 바쁘고, 노영희는 물길과 물살 파악에 능하지만 너무 신중해 순발력이 떨어진다 합니다.

　따라서 김통정과 배중손 중 하나만 제거해도 삼별초는 크게 흔들릴 것입니다."

　"방안은 있느냐?"

　"배중손은 노상 진도에 머물러 방도가 별로 없고, 김통정은 달래라 하는 병사만 대동하고 서해 도서 지역을 시찰 다닌다고 하는데, 달래가 남장한 여승이라는 풍문도 있사옵니다."

　"오호, 참 묘한 일이로고…."

　"김통정을 제거하면 서해 도서를 쉽게 회복하고 진도까지 궁지에 몰아넣을 수 있습니다."

　그로부터 개경에서는 김통정을 제거하기 위한 묘수 찾기에 골몰했다. 김통정의 동선을 파악해보니 과연 박찬주의 말 그대로였다.

　진도의 삼별초는 원나라의 유화책으로 한결 여유로워졌지만, 김통정은 전과 마찬가지로 혼신을 다해 서해 도서를 돌아보았다. 섬사람들은 삼별초가 남하할 때부터 알게 된 김통정을 반가워했다. 김통정은 굳이 다른 병사들을 대동할 필요가 없다고 여겨 주로 달래와 단둘이 다녔다.

두 사람은 특히 한반도 물자 유통의 핵심 경로에 있는 압해도를 중시했다. 이 지역 사람들은 누구보다 용감히 몽골군과 싸웠고 삼별초를 열렬히 지지했다.

몽골의 6차 침입 때였다. 자랄타이가 군사를 이끌고 무안반도 성내리 방면에서 압해도로 접근해 복룡리 앞바다에 이르렀을 때 섬사람들이 돌대포를 쏘았다.

자랄타이가 대경실색했다.

"저 돌에 맞으면 배가 가루가 되고 말 것이다. 달리 상륙한 곳을 찾으라."

그리고 섬 주변을 돌았지만 곳곳에 설치된 돌대포의 공세를 못 견디고 무등산으로 물러나야 했다.

고려가 개경으로 환도하고 삼별초가 진도로 간 뒤부터 도서 지방에서 전개된 전투의 대상이 몽골에서 개경 정부로 바뀌고 있었다.

김통정은 압해도 해안에 돌대포뿐만 아니라 불화살 사격대도 설치했다. 그 후 달래와 함께 암태도를 거쳐 임자도로 갔다. 임자도에 내릴 때 갯바람에 날리는 모래가 두 사람의 얼굴을 스쳤다. 그 섬도 삼별초를 적극 지지하며 진도에 물자까지 보내고 있었다.

임자도에서 항몽을 주도하는 봉씨奉氏와 더불어 사흘 동안 섬

내에 설치된 포대를 둘러보았다. 대광리에서는 건너편 육타리섬에도 포대를 설치하도록 했다.

그날 숙소로 가는데 봉씨가 웃으며 주머니 하나를 건넸다.

"무엇입니까?"

"냄새를 맡아보구려."

사향노루의 배꼽에서 채취한 사향이었다. 임자도에는 들깨도 많았지만 노루가 특히 많아 지난 사흘 동안 물고기보다 노루 고기를 주로 먹었다.

봉씨는 어떻게 알았을까, 남장한 달래가 여인이라는 것을….

임자도의 사향은 개경 귀족들이 주요 고객이었다. 아무래도 섬이 호젓하다 보니 고려 토호 자제들의 신혼여행지이기도 했거니와 바람난 귀족들이 몰래 찾아올 때도 많았다. 그 같은 사람들을 오래 보아온 봉씨는 남녀 사이의 분위기를 금세 알아챘다.

봉씨는 김통정과 달래 두 사람이 안타까우면서도 고마웠다. 척 보니, 사랑하는 사이였다. 부부의 연을 맺어도 될 텐데 포기한 채 삼별초의 동지로 살아가고 있었다.

"내일 가시는 거죠? 우리 섬에서는 정말 귀한 손님에게만 이 향주머니를 선물한답니다."

두 사람은 어부의 집에서 하룻밤 묵었다. 사향 냄새에 취해 잠들었다가 눈을 떠 보니 늦은 아침이었다. 어부와 아내는 바다에 나가고 없는데, 방 한쪽에 차려놓은 조반상 숭어찜에서 아직 김이 나고 있었다.

"우리 고인돌로 가자."

아침을 먹고 난 뒤 김통정이 달래에게 말했다.

"그래, 너는 어느 곳보다 고인돌을 좋아하지. 어딜 가나 고인돌을 찾던데, 무슨 사연이 있어?"

"응, 어머니가 날 고인돌 아래에서 낳으셨어. 어머니의 어머니도, 그 어머니의 어머니도 고인돌에서 태어나셨대."

"아…. 대대로 양수척이었으니 그랬겠다."

고인돌을 찾아 그 앞에 선 김통정이 어머니가 자주 불렀던 노래라며 〈이상곡履霜曲〉을 불렀다.

"비 오다가 개어 아 눈이 많이 나리던 그날에

우거진 숲 사이 좁고 구불구불한 길에

다롱디우셔 마득사리 마두너즈세 너우지…"

달래도 감상에 젖어 후렴구인 '다롱디우셔 마득사리 마두너즈세 너우지'를 따라 불렀다.

"이 고인돌은 얼마나 오래되었을까?"

김통정이 고인돌을 만지며 자문자답했다.

"고려와 고구려가 생기기 전, 단군 조선 때 만들었으니 천 년이 넘었다. 그 세월의 무게를 누가 견뎌낸단 말인가."

"통정아, 궁궐은 사라져도 네가 태어난 고인돌은 앞으로 영원히 남아 있을 거야."

그다음, 두 사람은 더 멀리 있는 흑산도로 갔다. 거기에서도 항몽을 주도하던 촌장들이 마중 나왔다. 그들을 따라 상라산의 산성과 봉수대를 점검했다.

그 후 정상에 서서 여러 섬을 내려다보며 수전 대비책 의견을 나누는 중간에 한 촌장이 작은 섬을 가리켰다.

"영산도입니다. 삼별초가 진도로 들어가자 개경군이 저 섬에 들어가 주민들을 모두 육지로 이주시켰습니다. 다음이 흑산도 차례였는데, 원나라 사신이 진도를 다녀가면서부터 중단되고 있습니다."

흑산도에서도 김통정과 달래는 틈을 내어 고인돌을 찾았다.

김통정이 널려 있는 고인돌을 살피는 동안 달래는 물을 길으러 갔다. 달래가 우물에서 바가지로 물을 뜨는 그때 비명이 났다. 한 괴한이 거목 뒤에 숨어 있다가 김통정을 습격한 것이다. 원종이 보낸 자객이었다. 김통정이 섬을 시찰할 때면 고인돌을 찾는다는 것을 알고 있었다.

김통정이 습격을 피하긴 했지만, 오른쪽 어깨에 부상을 입었다. 달래가 달려가 보니, 김통정이 다친 몸으로 자객의 공격을 막아내기 벅차 보였다. 달래는 재빨리 품속에서 손도끼를 꺼내 던졌다. 손도끼는 회전하며 날아가 자객의 이마에 깊이 박혔다. 달래는 도끼를 뽑아 쓰러진 자객의 목을 내리쳤다.

"괜찮아? 어디 봐. 어깨가 많이 다쳤네."

달래가 옷을 찢어 김통정의 어깨에 흐르는 피를 지혈했다.

"야, 대단한걸. 언제 그런 무술을 익혔어?"

"불가에 항마군 전통이 있잖아. 거기서 익혔지."

두 사람의 숙소인 촌장의 집에 마을 사람들이 몰려왔다. 그들은 다친 곳이 빨리 낫는다며 벌집을 뭉개어 김통정의 오른쪽 어깨에 붙여주었다. 섬 청년들은 김통정과 달래를 지키려고 숙소 밖에서 보초를 섰다.

저녁상에는 막걸리와 묵은김치에 홍어가 올랐다. 홍어찜, 삭힌 홍어, 홍어채, 말린 홍어…, 홍어 일색이었다. 아플 때는 홍어가 최고라는 것이었다.

통증이 심한데도 김통정이 왕성한 식욕을 과시했다.

"그대는 살생하고 있느니라."

달래가 놀리자 통정이 더 놀렸다.

"너는 방금 살인했느니라."

"통정아, 잘 배우거라. 불살계는 소극적으로 살생을 금하지만 적극적으로 반생명 풍조를 분쇄하는 것이니라. 그래서 원광법 사도 살생유택殺生有擇이라 했다. 이 어리석은 중생아. 뭘 좀 알고 떠들어라, 흐흐흐… 홍어회를 먹는 너야말로 살생자가 아니더냐. 그 벌을 어찌 받을래?"

"야, 달래야. 한때 비구니였던 네가 치료를 위해 고기를 먹을 수 있다는 부처님의 말씀도 모르느냐. 너야말로 돌중이었구나."

"그래, 나 돌중 출신이다. 그래서 뭐 어쩔래? 그만 따지고 열심히나 먹어라. 그래야 낫느니라. 자, 아가리 벌려라."

달래가 싱싱한 홍어회 한 점을 묵은지에 싸서 김통정의 입에 넣어주었다.

"야, 찰지다. 톡톡 씹히는 게 바로 달래, 너네?"

두 사람은 언제 끝날지 모를 여몽 연합군과의 싸움에서 쌓인 긴장을 풀 듯 실없는 농담을 주고받았다.

다음 날, 두 사람은 근처 홍도로 갔다. 김통정은 홍도 10경 중 하나인 선계와 같은 바위섬을 둘러보니 통증이 사라지는 것 같았다. 김통정이 진도로 들어가려고 하자 달래가 하루만 더 머물자고 했다.

"통정아. 어쩌면 단둘이 보내는 마지막 날이 될지 몰라."

그 한마디에 김통정이 멈칫했다. 달래가 통정을 부축해 몽돌 해안으로 갔다.

갯바위에 황로 여러 마리가 한가로웠다. 해안가 돌은 오랜 풍파에 모난 곳이 사라져 매끌매끌했다.

일몰이면 섬 전체가 빨갛다고 홍도였다. 과연 그랬다. 수평선도, 바위도, 고깃배들도, 황로도, 달래도, 그 어깨에 기댄 김통정도 붉었다.

그들에게 내일이란 무엇일까? 사랑이란 어떤 것일까? 아니 삶과 죽음의 차이는 무엇일까?

둘은 울었다. 소리 없이 각자 울었다. 서로 우는 것을 못 본
체하며 하염없이 눈물을 흘렸다. 이대로라도 계속 살 수는 없
는가.

"나도 노래 하나 불러볼래."

　그동안 염불만 하고 노래는 좀처럼 부르지 않던 달래였다.

얼음 위에 대나무 잎으로 자리를 펴고

임과 내가 얼어 죽더라도

얼음 위에 대나무 잎으로 자리를 펴고

임과 내가 얼어 죽더라도

정겨운 오늘 밤만큼은 더디게 가거라,

더디게 가거라.

잠자리가 수심에 싸여 어찌 잠인들 자겠소.

서창을 여니 복사꽃이 피어 있네.

복사꽃은 시름 없어 춘풍에 웃고 있네.

넋이라도 임과 함께하기를

넋이라도 임과 함께하기를

우기던 이가 누구입니까, 누구입니까.

임아, 사랑하는 임아.

이제 와 날 두고 어딜 가려는가.

임아, 사랑하는 임아.

남산에 보금자리 만들어

금이불 속 옥베개 베고 누워

우리 사향 밴 가슴을 맞춥시다, 맞춥시다.

아아, 임아.

오래토록, 우리 일생 다하도록,

이별 없이 살 수는 없을까.

아아, 임아.

평생 영원히 헤어질 줄 모릅시다.

〈만전춘별사滿殿春別詞〉였다. 달래가 노래를 부를 때 김통정은 속으로 눈물을 삼키느라 따라 부를 수 없었다. 그들의 신혼 아닌 신혼 같은 시간은 장엄한 일몰 속에 묻히고 있었다.

원나라와 삼별초의 담판

달래와 함께 진도로 돌아온 김통정을 보고 배중손과 온 황제가 깜짝 놀랐다.

"어깨는 왜 다쳤습니까? 혹 적의 습격을 받았습니까?"

달래로부터 자초지종을 들은 온 황제가 명을 내렸다.

"김 장군. 이제부터 꼭 호위 무사를 데리고 다니도록 하시오."

배중손이 무술의 고수 다섯 명으로 하여금 김통정을 경호하게 했다. 김통정이 지금까지 서해의 섬 중심으로 순시했지만 앞으로는 연안 지역도 점검해야 했다.

김통정과 달래는 호위 무사들과 함께 진도를 출발해 임자도, 낙월도, 송이도를 거쳐 칠산도로 갔다. 그 네 섬의 주민들 또한 삼별초를 지지하고 있었다.

이번 북상은 변산반도가 목적이었다. 그곳 목재가 국지재부國之材府라 할 만큼 질이 좋아 삼별초의 배를 만드는 데 쓰기 위해서였다.

칠산도에서 변산까지 서두르면 반나절이면 간다. 변산으로 향하는 김통정의 배에 칠산도 어부들이 염장된 조기 여섯 가마니를 실어 주었다. 이자겸이 인종에게 진상했던 그 굴비였다. 칠산도와 법성포 사이에는 물 반 고기 반이라 할 수 있을 만큼 조기가 많았다.

"조고려 만세!"

김통정 일행은 함께 만세를 외친 뒤 어부들과 작별했다. 그날 변산반도를 거쳐 옥구반도까지 둘러볼 요량이었다.

김통정의 배가 북상하며 생긴 물살이 무수한 타원이 되어 조기를 잡는 어선들을 감쌌다. 그날따라 어부들의 노래가 더 명랑했다.

"엽전 낚세, 엽전 낚아. 그물만 던지면 올라오는 엽전 낚세. 첫 그물일랑 부모 자식 주고, 두 번째 그물일랑 삼별초에게 주세."

남해의 유존혁도 거제도, 욕지도 등을 순회하며 연안까지 영역을 넓혀갔다. 삼별초가 9월부터 본격화한 서남해안 장악이 순조롭게 진행되면서 삼별초 해상왕국이 건설되고 있었다.

그즈음 남부 지역에 원나라 세조가 조고려를 황제국으로 인정했다는 헛소문까지 돌았다. 그 증거로 원나라 사신 두원외가 진도에 머물고 있다는 것이었다. 개경의 원종이 남부 지역 수령들에게 소문을 진정시키라고 명했지만 쉽지 않았다.

이런 분위기를 타고 1월 말 경상도 남부 밀성밀양에서 토착 세력이 봉기를 일으켰다. 주모자만 방보方甫, 계년桂年, 박공朴公, 박경순朴慶純, 박경기朴慶祺 등 백여 명에 달했다. 그만큼 진도의 삼별초가 시대의 대세로 받아들여지고 있었다.

밀성의 주모자들은 농민군 수천 명을 모아 밀성부사 이신李頤을 죽이고 근처 군현에 선동 격문을 보냈다. 이후 청도까지 장악한 후 진도에 투항할 계획을 세웠다. 그러나 청도군민들에게 속아 실패로 끝나고 말았다. 거짓으로 봉기군에게 항복한 청도 군민들이 주모자들에게 술에 권해 취하게 했다. 그러고는 주모자들을 살해해버렸다. 비록 밀성 봉기가 실패했어도 그 여파는 컸다.

지방 주민들은 물론 여러 주군의 관료들까지 배중손을 만나러 진도를 왕래하는 일이 급증했던 것이다. 심지어 개경의 관노들이 다루가치와 귀족들을 제거하고 삼별초에 합류하려고 시도하던 중 발각되기도 했다.

고려 정부의 당혹함은 이루 말할 수 없었다. 속이 탄 원종이 서둘러 1월 25일 박천주를 원 세조 쿠빌라이에게 보냈다.

"이제 그만 삼별초 회유책을 포기하고 징벌해주십시오."

그러나 쿠빌라이는 여전히 삼별초와 직접 대결하기를 꺼려했다. 그는 원종의 요청을 무시하고 2월 10일에 홀도답아忽都答兒를 진도로 보냈다. 배중손을 만나 담판을 보라는 것이었다. 진도에서도 그것을 좋게 여겼다.

배중손과 홀도답아가 단둘이 마주한 곳은 첨찰산 쌍계사 주승의 방. 군불로 데워놓은 방바닥은 따끈따끈했고, 방 밖의 마당에서는 밤사이 쌓인 눈을 동자가 대비로 쓸고 있었다.

화통한 성격의 홀도답아가 본론부터 꺼냈다.

"황제께서는 삼별초의 사신이 원나라에 직접 내부內附하길 바라오. 이야말로 특별 대우입니다. 그리되면 개경도 더 이상 당신들을 어쩌지 못할 것입니다."

파격이었다. 그간 임연의 잔당 정도로 취급했던 조고려를 원나라가 개경 고려와 대등한 나라로 상대하겠다는 것이었다.

원나라는 최대 숙원인 일본 정벌에 수전의 귀재 삼별초를 활용한 후 토사구팽兎死狗烹할 심산이었다. 그런 의중을 간파한 배중손이 배수진을 치는 역제안을 했다.

"귀국의 뜻을 따르기 전에 한 가지 조건이 있소."

"무엇이오?"

"우리가 전라도까지 통치하겠소."

예상 밖의 조건에 홀도답아가 당황하는 기색이었다.

"그 일은 제 권한 밖입니다. 귀국해서 의논해보겠소."

"현명한 답을 기다리고 있겠습니다."

삼별초가 독립 정부를 유지하려면 진도와 제주, 그 주변 도서로만은 부족했다. 전라도 정도는 확보해야 그나마 개경 정부와 대등한 세력을 유지할 수 있었다. 그러지 않고 원나라에 끌려가다 보면 자멸하기 십상이었다.

배중손의 역제안을 들은 홀도답아는 개경에 들르지도 않고 수도인 대도大都로 바로 가는 뱃길에 올랐다. 그런 차에 배중손은 두원외를 방면하는 호의를 베풀었다.

두 사람이 배에 오를 때였다. 배중손이 동백꽃을 한 묶음 건넸다.

"두 분이 보셨듯 진도는 동백이 아름답습니다. 엄동설한에 피는 꽃은 이 붉은 동백꽃뿐입니다. 이 꽃이 지면 뒤이어 매화가 핍니다. 진도인에게 동백은 애정을, 매화는 지조를 뜻합니다."

홀도답아가 대도로 직행하니 원종은 원나라와 삼별초 간에 모종의 거래를 의심하며 불안해했다.

조고려는 원나라 군대의 신임 원수 힌두에게까지 손을 뻗쳤다. 힌두는 본국 유화책에 맞춰 삼별초와 비밀리에 만나며 진도 초대까지 받았으나 응하지는 않았다. 그것만으로 개경 정부가 크게 위축되었다.

나라 안에 개경 왕은 허수아비이고 진도 황제가 진짜라는 소문이 파다했다. 원종은 백성들의 심기를 살피지 않을 수 없어 전국의 수령들에게 가렴주구苛斂誅求를 금했다. 탐관오리는 일벌백계로 다스린다고 엄포를 놓았다.

그만큼 진도 정부의 외교가 위력을 발하고 있었다.

분리냐 제거냐

  원나라와 삼별초의 유화 국면이 지속되니 개경 정부는 좌불 안석이었다. 독자적으로 공격할 군사력이 없어 오직 배중손과 김통정의 분리 공작에만 불을 지폈다.

  먼저 김통정을 통한 내부 와해를 노렸다. 비밀리에 김통정을 회유했다. 무엇을 원하든 다 들어주겠다고 했다. 하지만 단호하게 거절당하고부터 김통정을 도려내려고 궁리하기 시작했다.

  김통정은 변함없이 서해 도서와 연안을 돌며 민심을 다져나 갔다.

  3월 초, 원종은 김통정이 영흥도까지 온다는 첩보를 받았다. 달래와 둘이 다니다가 흑산도에서 피격된 뒤로 다섯 명의 무사가 호위하고 다닌다고 했다.

  "아, 흑산도에서 죽였어야 했는데…"

  원종이 한탄하면서 김방경에게 강조했다.

"이번에는 실수하지 말라."

"걱정 마십시오. 이번에는 김통정이 제 발로 무덤에 들어가게 하겠습니다."

김통정 일행은 안면도, 영흥도까지 올라왔다. 그들은 남천 과정에서 70일간 머물던 곳이라 고향에 온 기분이었다.

낯익은 주민들이 갈대를 헤치고 나와 있었다. 그중 양수척 출신 만심滿心은 김통정이 형님이라 부를 만큼 가까운 사이였다.

압록강 변에 살 때 만심은 소를 노리던 호랑이를 잡았다. 그 가죽을 고을 수령이 강탈하려 하자 두들겨 패고 영종도로 도 망쳐 왔다. 거기서도 뛰어난 사냥 실력으로 많은 재산을 일구 었다.

하지만 도망자 신세였다. 숨죽이고 살다가 삼별초가 주둔할 때 김통정에게 정체를 밝히며 자운선에 대해서도 알려주었다. 양수척 중 최고의 유랑 우인優人.연예인이었으며 얼마나 날렵한지 물 찬 제비라고도 불렸다는 것이었다.

삼별초가 떠날 때 김통정이 같이 가자고 했지만, 그는 뒤에 남아 정세를 살펴보겠다고 했다. 그 후 만심이 수시로 영종도와 인근 인천, 부천 지역 정보를 수집해 어부를 통해 김통정에게 제공했다.

"형님, 잘 지내셨습니까?"

"그래, 반갑네. 삼별초가 해상왕국을 이루다니, 장하네. 이제 나도 진도로 가려고 재산을 정리 중이네."

"잘하셨습니다. 지금 원나라도 고려와 삼별초를 두고 저울질
하고 있는 것 같습니다. 이 기회에 무리해서라도 마니산 참성단
에 가보려 합니다. 만일 강화도 민심이 술렁거리면 그곳을 다시
확보할 것입니다."

기대에 차 달뜬 김통정과 달리 만심은 한숨만 내쉬었다.

"무슨 걱정이 있습니까?"

"그렇다네. 자네 모친 일이네."

"제 어머니요? 40여 년 전 어머니는 아무도 모르는 곳으로 가
겠다고 하셨습니다. 지금은 연세가 여든이 넘었을 텐데…."

김통정이 울컥하며 어깨를 움츠렸다.

"자네 모친이 나타나셨다네."

"정말입니까? 어디 계십니까? 어디 아픈 데는 없답니까?"

"이거 참…."

"얼른 말씀해주세요."

"참고 들으시게나. 개경에 잡혀 있다네."

만심이 안타까워하며 눈을 질근 감았다.

"한 달 전, 2월이었네. 몽골병이 대부도를 약탈한다기에 여
럿이 달려갔네. 몽골병 여섯 놈을 때려 죽이고 나머지는 쫓아
냈지.

자네도 잘 아는 안산의 홍택洪澤, 홍균비洪均庇도 같이 갔어. 그

때 수주부사 안열安悅이 군졸을 데리고 오는 바람에 우리는 사로잡혔네. 나와 홍택, 홍균비가 곤장을 맞고 옥에 갔혔지. 홍택은 반란의 주동자라며 참수당했고, 홍균비는 역리驛吏 노릇을 해야 했지. 불행 중 다행으로 안열은 나와 아는 사이였네. 나에게 호랑이, 여우, 수달 가죽을 많이 사 갔거든. 나를 은밀히 방면하면서 귀띔해주었네.

개경에서 배중손과 자네의 직계를 색출해 진도 공격 시 방패로 세우려 했지만, 배중손 가족은 모조리 진도에 있으니 바로 자네 모친을 찾으려고 압록강과 두만강 일대를 이 잡듯 뒤졌다는 거야."

"그래서요?"

"기어이 모친이 압록강 변 어느 고인돌 아래 자고 있는 것을 찾아냈지."

"아, 어머니가…"

달래는 무슨 말로 김통정을 위로해야 할지 몰랐다. 만심이 떠난 지 한참이 되어도 김통정은 넋 나간 채 앉아 있었다.

"죽을 만큼 힘들지? 날이 저물었어. 이제 그만 자고 내일 대책을 세워보자."

달래는 밤새 뒤척이는 김통정을 걱정하다가 자신도 모르게 잠이 들었다. 다음 날 눈을 떠 보니 김통정은 보이지 않고 편지한 통이 머리맡에 놓여 있었다.

달래야. 저놈들이 어머니를 인질로 삼고 날 유인하는 줄 알아. 그렇다고 고초를 당하는 어머니를 그냥 둘 수 없어. 내가 가만있어도 저들이 어머니를 방패로 삼아 공격하면 제대로 싸우기 힘들어. 어떤 어려움이 있더라도 어머니를 구해야 돼. 너까지 위험에 빠뜨릴 수 없어 미리 알리지 않았어. 늦어도 열흘 안에 돌아올게. 그때까지 오지 않거든 먼저 진도에 가 있어. 늘 미안해. 그리고 사랑해.

정신이 번쩍 든 달래가 호위 무사들이 머물던 옆방에 가 보니 비어 있었다. 떨리는 가슴을 억누르며 약속한 열흘 동안 기다릴 수밖에 없었다.

한편, 새벽 미명에 영흥도를 출발한 김통정 일행은 머지않아 안산에 내려 배를 숨겨두고 경비 부대를 기습했다. 김통정 일행이 경비병 30명 중 태반을 죽였다. 김통정은 도망치는 경비병들을 쫓는 척하면서 호위 무사들에게 말했다.

"저놈들을 쫓을 여유가 없다. 한시바삐 개경에 가 어머니를 구해야 한다."

김통정 일행은 경비병들의 말을 타고 개경 방향으로 달렸다. 그렇게 고개를 넘은 뒤 곧장 배를 숨겨둔 곳으로 갔다. 미리 준비한 어부 옷으로 갈아입은 일행은 배를 타고 전속력으로 북상했다.

석모도를 지나 교동과 강화 사이를 지날 때 개경 순시선이 붉은 깃발을 흔들며 정지 신호를 보냈다. 김통정은 못 본 척하고 바다에 그물을 던졌다. 순시선이 빠르게 다가왔다.

"이봐. 서라는 신호 안 보여?"

김통정이 되물었다.

"그물 치기도 바쁩니다. 물고기를 또 빼앗으려 그러십니까?"

그 말에 화들짝 놀란 순시선이 돌아갔다. 민심이 자꾸만 삼별초로 기울자 개경 정부가 수군이 물고기 한 마리만 받아도 엄벌한다고 했기 때문이다.

김통정 일행이 상륙한 곳은 예성강 하구의 창릉.

왕건의 아버지 세조의 묘가 있어 인적이 드물었다. 으슥한 곳에 배를 숨겨둔 일행이 벽란도로 올라갔다. 벽란도는 세계 무역항답게 인산인해로 발 디딜 틈이 없고, 저자에는 없는 물건이 없었다.

일행은 저자에서 말과 관복을 사 파발마를 탄 관리로 위장하고 개경으로 질주했다.

형부 맞은편의 담장 안에 동그란 건물이 감옥이었다. 가벼운 죄는 형부에서 벌금을 물리거나 곤장을 치고 끝냈다. 그러나 불효죄, 대역죄 등 중죄인은 오랏줄로 묶어 감옥에 가두었다. 김통정은 아들의 대역죄에 연루된 어머니도 그 감옥에 갇혀 있을 것이라 여겼다. 특히 대역죄에 연루된 사람은 동떨어진 독방에 가두고 왕의 친위대인 금군禁軍이 지켰다.

김통정이 동정을 살펴보니 경비가 의외로 허술했다. 두 군졸이 한가로이 오갈 뿐이었다. 담장도 그리 높지 않아 쉽게 뛰어넘었다.

독방 앞 금군은 김통정 일행의 상대가 되지 못했다. 김통정이 옥문 앞에서 자운선이 오라에 묶여 앉아 있는 것을 보았다.

"아, 어머니!"

김통정이 와락 옥문을 열고 달려가 자운선을 껴안으려는데 발밑이 푹 꺼졌다. 함정이었다. 인형을 만들어 자운선인 것처럼 꾸민 다음 그 앞 함정을 짚으로 덮어두었던 것이다.

"어머니? 으하하하."

김방경이었다. 그는 금군을 숨겨두고 일부러 경계를 느슨하게 했다. 금군 병사들이 몰려와 김통정과 함께 간 다섯 명의 호위무사를 찌르고 벴다. 김통정은 꼼짝없이 독방에 갇혀야 했다.

원종은 크게 기뻐하며 김방경을 치하하고, 만심에게도 벼슬과 상금을 내렸다. 그러고는 직접 감옥을 찾았다.

"김 장군, 참으로 오랜만이네."

"웬 수작인가? 네 눈에 내가 반역자일 텐데. 나도 너를 임금으로 인정하지 않는다. 하루빨리 죽여달라."

"김 장군, 왜 고려를 배반하는가? 백성이 나라를 위해야지."

"말을 똑바로 해라. 누가 배반했다 하는가. 원래 고려는 조야가 일치해 항몽했다. 그런데 선왕 말기부터 왕실이 친몽을 저울질하더니 네가 왕이 되고 나서는 몽골에 겨누던 칼을 아예 우리 삼별초에게 돌렸다. 게다가 몽골이 원하는 대로 백성들의 고혈을 짜 공물을 거둬들였다. 그러고도 누가 누구를 배반했다고 하느냐? 바로 네가 고려 백성과 삼별초를 배반했느니라. 삼별초는 시종일관 변하지 않고 그대로다."

"김 장군, 현실을 똑바로 보시게. 천하가 고개 숙인 원나라 아닌가. 고려 홀로 어찌 대적한단 말인가? 원나라와 싸우자는 것은 백성이 다 죽자는 말과 다를 바 없네. 일시 속국이 되더라도 백성은 지켜야 하지 않겠는가. 이제라도 과인과 함께한다면 어떤 죄도 묻지 않겠네."

김통정은 되받아쳤다.

"백성을 팔지 마라. 누가 몽골과 가장 강경하게 싸웠더냐. 백성이었다. 자기 한 몸 편하자고 너희가 나라를 판 것 아니더냐?"

그러면서 조선의 단군과 고구려의 광개토대왕, 백제의 근초고왕 사례를 들며 삼별초와 함께 웅대했던 역사를 다시 세워나가자고 했다.

원종은 설득하는 자신을 도리어 설득하려 드는 김통정을 보고 혀를 차며 돌아갔다.

영흥도에서 홀로 김통정을 기다리던 달래는 아무래도 자운선이 개경에 잡혀 있다는 것이 이상했다. 걸망에 승복 한 벌을 넣어 홍균비를 찾아 안산역에 갔다. 그는 그곳에 없었다.

집으로 찾아가 보니 홍균비가 곤장을 맞아 덧난 상처에 고약을 붙이고 있었다. 달래는 그에게서 엄청난 비밀을 들었다.

"만심이 양수척 출신에 자운선을 알고 사냥으로 돈을 번 것은 사실입니다. 그러나 안열에게 짐승 가죽을 팔았다는 것은 거짓입니다. 수주에도 뛰어난 포수가 많습니다. 맨손으로 범을 때려잡은 최루백崔婁伯을 배출한 곳입니다. 날고뛰는 포수가 많은데 그 고을 수령이 굳이 만심을 찾을 리 없습니다."

"그럼 그자가 어떻게 풀려났습니까?"

"안열이 만심을 회유했습니다."

"어떻게…?"

"자운선이 개경에 구금되어 있다는 거짓 정보를 김통정에게 넘겨주라 했습니다. 그러면 만심을 방면하고 벼슬도 준다고 약조했습니다. 그런 뒤부터 만심은 김통정만 잡히면 벼슬한다면서 안산 관아에 들락거리거나 가끔 저를 찾아와 거들먹거립니다."

"어쩐지 영흥도에서 안 보인다 했더니…. 이런 개 같은 자식!"

달래의 이마에 핏줄이 솟아올랐다.

"나 좀 도와주십시오. 개경으로 가야겠습니다."

"그러지 말고 진도에 가서 도움을 청하세요."

"삼별초 전부가 개경으로 진격해도 해결될 일이 아닙니다. 그보다는 단신으로 적의 허점을 노리는 편이 낫습니다."

"그렇긴 합니다만, 워낙 위험해서…."

"어차피 당신도 개경 정부 아래 허리 펴고 살기 어렵습니다. 반역자로 낙인찍혀 평생 말똥이나 치우고 사느니 차라리 진도로 가십시오."

"저도 그리 생각하고 있었습니다."

"한 가지 부탁이 있습니다. 말 한 필과 통행증을 마련해주십시오."

"알겠습니다. 여기 잠시만 기다리십시오."

홍균비가 말과 통행증을 마련하러 역참으로 간 뒤 밖에서 소리가 났다.

"이보게, 홍균비. 안에 있나?"

달래가 문틈으로 보니 만심이었다. 뒷짐을 지고 혼자 서 있었다. 피가 거꾸로 솟은 달래가 방문을 벌컥 열고 몸을 날려 만심의 목을 걷어찼다.

"더러운 놈, 너는 칼을 쓰기도 아깝다!"

달래는 쓰러진 만심의 코를 짓밟아 숨을 끊은 뒤 개울에 던져버렸다.

승복으로 갈아입은 달래는 혹시나 하는 마음에 동산에 숨어 홍균비를 기다렸다. 한참 뒤 홍균비가 나타나 달래에게 흑마와 통행증을 건넸다.

그러자 달래는 곧장 말에 올라 개경으로 내달리고, 홍균비는 홍균비대로 진도로 향했다.

원나라의 강공책과 김통정 구출

김통정이 개경에 갇힌 줄 알 리 없는 진도의 배중손은 원나라가 회유책을 쓸 때 새로운 대안을 마련해두어야 한다며 '신남방동맹 구축'에 전력을 기울였다.

신남방동맹 구축이란 원나라의 압박을 받는 남송과 일본과 삼별초가 연대하는 것이었다. 먼저 일본을 설득한 다음 달래가 오면 남송과 협상하고자 했다.

배중손은 남해 도서를 관리하던 유존혁을 불러 온 황제의 친서를 주고 일본으로 보냈다.

고려 황조가 몽골의 침략에 맞서 진도에 천도했습니다. 비록 몽골이 중원의 패자라 하나 본디 오랑캐라 풍속이 짐승과 같아 도무지 받아들일 수 없습니다. 그런 오랑캐가 귀국까지 침략하려 하고 있습니다. 고려 황조는 일찍이 삼한 통합 후 중원을 도모하던 나라입니다. 앞으로 양국 사직의 안녕을 위해 함께합시다.

삼별초가 고려 황조로 자처하며 일본은 물론 남송과도 동맹을 시도한다는 소식을 접한 원종이 즉시 원 세조에게 알렸다. 그때 세조는 진도에서 돌아온 홀도답아에게 배중손이 제시한 내부內附 조건을 듣고 있었다.

"이것 봐라? 삼별초가 일본, 남송과 내통하려 하면서 전라도를 달라고 하다니…. 우리가 지연술책에 속고 있다. 삼별초 대응 전략을 다시 세우라."

그동안 삼별초에 강공책과 회유책을 모두 써보았지만 실패했다. 다시 강공책으로 전환하더라도 정밀한 계책이 필요했던 것이다. 세조가 책사들을 불러 삼별초 대응 전략에 골몰하는 가운데 홍다구와 조이가 기상천외한 건의를 했다.

"폐하. 지금 원나라는 화북 지방을 점령하고 남송 공략 중입니다. 그처럼 고려를 합병하고 삼별초를 공략하십시오."

세조도 여러 차례 그 생각을 해왔다. 고려를 일개 성省으로 만들고 원종을 고려 성주省主로 임명하면 그만이다. 세조는 고려를 직할 통치하며 삼별초를 공략하는 방안도 함께 찾으라고 명령했다.

이 소식을 전해 들은 원종은 사색이 되어 중신 회의를 열었다.

"원나라 황제가 고려를 병탄할 뜻이 있다 하니 어쩌면 좋겠는가?"

"전하, 속히 이장용 대감을 원나라 황제에게 보내십시오. 이 일을 해결한 사람은 이장용 대감뿐입니다."

이장용은 임연이 원종을 폐위하려 할 때 막지 못했다는 이유로 파직된 상태였다. 그럼에도 원종이 명하니 노쇠한 몸을 추슬러 대도로 갔다.

세조가 이장용을 보고 반가워했다.

"아만메르겐이 왔구나. 그러나 고려 합병을 거스를 생각은 말거라."

"폐하, 고려가 아니라 원나라에 무엇이 도움 되는지 말씀드리려 합니다."

세조의 얼굴이 굳어졌다.

"말해보거라. 말장난하지는 말고."

"원나라가 일본만 수중에 넣으면 서방에 동방까지 모두 지배하는 것입니다. 일본과 원나라 사이에 낀 고려는 자연히 폐하의 수족이 될 수밖에 없습니다."

"그래서 고려를 놓아두라는 말이냐?"

"그 뜻이 아닙니다. 지금 일본 정벌에 가장 방해가 되는 삼별초만 시급히 제거하면 된다고 아뢰는 것입니다."

"내가 직접 고려를 통치하며 삼별초를 징벌하면 훨씬 더 수월할 게 아니냐."

"폐하께서도 고려고구려는 당나라 태종도 친정했으나 이기지 못한 나라라고 말씀하시고, 그런 고려가 스스로 귀순해 오니 하늘의 뜻이라고 하셨습니다."

"그래. 고려 왕이 태자 시절 나를 만나러 왔을 때 그리 말했지."

"그렇습니다. 폐하의 그때 그 말씀이 지당하옵니다. 고려인들은 누르면 튀어 오르는 기질이 있습니다. 만일 원나라가 고려를 합병하려 한다면 고려의 민심이 삼별초로 완전히 기울게 됩니다. 고려인들은 지난 40년 동안 원나라 군대가 그토록 고려 산하를 짓밟았어도 항복하지 않은 사람들입니다. 그래도 고려 왕조가 버텨주어야 삼별초를 제압할 수 있습니다."

듣고 보니 맞는 말이었다. 세조가 한결 부드러워졌다.

"내가 고려를 한 나라로 인정해주면 고려는 나에게 어떻게 신뢰를 보여줄 것인가?"

"고려가 원나라의 부마국이 되면 됩니다. 힘없는 사위가 힘 있는 장인을 배반하는 경우는 없습니다. 고려의 세자가 대도에 와서 원나라식 교육을 받고 원나라 공주와 결혼하면 그다음 세자는 원나라 황실의 피를 받게 됩니다."

"으하하하, 과연 아만메르겐이로다. 좋다. 그렇게 하자."

이리하여 고려는 원나라에 합병되는 것을 피하는 대신 부마국이 되어야 했다. 기분이 좋아진 원 세조가 부마국 고려를 위해 삼별초 정벌을 결정하고 홍다구에게 특명을 내렸다.

"무더위와 장마가 시작되기 전에 삼별초를 평정하라."

또한 개경의 원나라 군대 원수 힌두에게도 홍다구가 내려가면 함께 진도를 공략하라는 조서를 보냈다.

홍다구가 원나라의 대군을 이끌고 개경으로 향할 때 개경에서도 대규모로 군사를 징발했다. 드디어 4월 중순, 원군과 고려군의 연합군이 편성되었다.

그런 정세 변화를 알 리 없는 달래는 개경과 남부를 잇는 인천 검암 구슬역瑞瑟驛에서 하룻밤 묵으며 스스로 삭발했다.

다음 날 개경으로 말달려 가던 달래는 멀리 흙먼지를 일으키며 다가오는 군사들을 보았다. 힌두와 김방경, 홍다구, 그리고 여몽 연합군 선발대 5백 명이 먼저 삼견원으로 내려가는 중이었다.

달래가 피할 겨를도 없이 선발대는 순식간에 스쳐 지나갔다.

'올 것이 왔구나. 한시바삐 김통정을 구해 진도로 가야 한다.'

달래는 조바심을 내며 개경에 들어갔다. 시내는 한산하기 그지없었다. 병사들이 속속 진도 앞 해남으로 내려가고 있었기 때문이다.

타지의 승려가 개경에 오면 객사가 많은 흥국사에 머문다. 달래도 흥국사 입구에 말을 매어놓고 대웅전 오른편에 있는 강감찬 장군 기념탑으로 갔다.

'요나라 성종이 송나라를 굴복시켰습니다. 그런 요나라의 10만 대군을 1018년 겨울에 장군께서 물리치셨습니다. 그 덕에 거란과 26년 전쟁이 끝났습니다. 하지만 고려는 지금 어떻습니까. 원나라와 싸우지는 않고 도리어 원나라와 싸우려는 삼별초를 공격하고 있습니다. 고려가 못 하고 있는 일을 조고려가 해내겠습니다.'

합장하며 발원하는 달래의 어깨를 누가 툭 쳤다. 달래가 본능적으로 몇 걸음 물러서 경계 태세를 취했다.

"이게 누군가. 혜성 스님 맞지?"

무진이었다. 달래가 다섯 살 때 청룡사로 출가할 무렵, 무진도 흥국사의 동자승이었다. 그들은 팔관회나 연등회 행사 때면 개경에서 만났고, 혜성이 강화도로 떠나기 전 함께 승군僧軍 훈련을 받으며 오누이처럼 지냈다.

흥국사 주승이 열반에 든 뒤 무진이 그 뒤를 잇고 있었다.

무진이 물었다.

"이게 얼마 만이냐. 세월이 참 많이 흘렀다. 자네가 청룡사 승려들과 함께 강화로 가기 전에 보고 처음이지?"

"쉿, 조용한 데 가서 얘기하자."

무진이 달래를 데리고 아무도 없는 으슥한 곳으로 갔다.

"놀라지 마. 난 진도에서 왔어. 승복을 입었지만 속인이야. 환속해서 달래라는 속명까지 가졌어."

"삼별초를 따라갔구나. 원나라와 고려의 연합군이 모조리 진도 쪽으로 내려갔는데, 자네는 어쩌자고 올라왔어?"

달래가 깊은 한숨을 내쉬며 주먹을 쥐었다.

"김통정 장군이 금군에게 붙잡힌 게 분명해. 개경에 가서 옥에 갇힌 어머니를 구해 열흘 안에 온다고 했는데, 오지 않았거든."

"그렇구나. 김통정이 어머니를 구하러 왔다가 붙잡혔다는 풍문이 파다해. 그건 사실이기도 하고. 개경에도 김통정을 존경하는 사람이 많아. 그러니 개경 조정에서 더 감추는 거야. 내색은 하지 않지만 많은 사람이 삼별초의 승리를 바라고 있지. 나도 그중 한 사람이야."

"그럴 줄 알았어. 우리 승군 훈련 때 많은 얘기를 나눴지. 불도만 닦지 말고 함께 싸우자. 그래야 세상을 어지럽히는 침략군을 물리칠 수 있어."

"그 때문에 자네한테 늘 미안해. 모든 것을 걸고 원나라와 싸우고 있는데, 나는 주지랍시고 이러고 있으니. 하루에도 몇 번씩 진도로 가고 싶지만, 꾹 참고 있어."

"그런 말 말아. 싸우는 방식에는 여러 가지가 있지. 적과 직접 부딪치는 것만이 다는 아니야. 누군가 안에서 밖의 동지를 도와주는 것도 필요해."

"그리 말해주니 고마워. 어떻게 도와줄까?"

"김통정 장군을 구출하려고 해. 무슨 좋은 수가 없을까?"

"지금 대역죄인을 가두는 감옥 앞에 금군이 철통같이 지키고 있어. 왕명이 아니면 누구도 금군을 움직일 수 없는데, 어떻게 해야 하나…."

"……."

"아 참, 자네 독경이 일품이었지. 발음이 분명하고 청아해 지금도 자네 독경을 그리워하는 사람이 많아."

"언제 적 일인데…. 그때야 새파랗게 젊은 나이였으니 그랬겠지."

"그게 어디 가나? 지금은 더 노련해졌을 것 아닌가. 마침 이틀 후 왕이 이 절에 행차하네. 그때 자네가 독경해보게나."

무슨 말인지 달래가 알아들었다.

다음 날, 달래는 김통정이 갇힌 감옥 주변을 살필 겸 가구경 行街衢經行에 나섰다. 오랜만이었다. 동자승 시절 스승을 따라 개경 거리를 돌며 백성의 발복을 빌고 다닌 적이 있었다. 어린애가 경을 낭랑하게 잘 외운다고 개경 상인들에게 인기가 많았다.

"나무아미타불, 관세음보살…."

여전히 달래의 독경은 낭랑했다. 개경 거리마다 장이 서기는 했지만, 오랜 전란의 여파가 곳곳에 그대로 남아 있었다. 사람들의 행색도 하나같이 초라했다. 비구니가 발복을 빌며 걸어가자 그들이 모여들었다. 고달픈 설움에 눈물을 흘리며 향을 피우는 사람까지 있었다.

그렇게 광화문 밖과 십자가 일대를 돌며 감옥을 둘러보았다. 금군들도 달래를 보고 합장했다. 달래는 금군들의 얼굴을 익혀 두었다.

그날 밤 흥국사 객실에서 달래 혼자 좌선坐禪에 들었다.

"방하착放下着. 다 내려놓으라. 다 내려놓으라…."

청룡사의 왕실 출신 비구니들이 화두로 삼던 방하착, 그 방하착을 달래가 그 밤에 또 화두로 삼았다.

다섯 살 때 출가해 멋모르고 방하착을 따라 하다가 열 살 무렵부터 어머니와 아버지가 누군지 궁금했다. 주승에게 물어보았다가 죽비만 맞았다.

"이년아, 공부를 덜 했구나. 세속의 인연에 연연하면 중 자격이 없느니라. 방하착을 외우며 백팔배하거라."

아무리 세속의 인연을 끊어야 해탈의 길로 간다고 하지만, 그래도 세상에 나를 있게 해준 그분들이 궁금했다. 오죽하면 어린 딸을 출가시켰을까?

바람결에 여러 소문을 들었다. 어머니가 궁녀이고 아버지가 귀족이라거나, 아버지가 왕족이고 어머니가 귀족 부인이라는 둥. 그분들 또한 많이 힘들었겠다는 생각도 했다.

그런 번민을 시작하던 열 살 무렵 김통정을 처음 만났다. 거기까지 생각이 미친 달래의 입가에 미소가 번졌다.

'네가 좋았어. 너랑 함께 있고 싶었어. 한평생 같이 보내고도 싶었어. 그런데 세상이 용납을 안 하더구나. 우리 잘못도 아닌데. 통정아, 이 무슨 인연의 장난이란 말이냐. 우리 만난 지도 벌써 50년이 훌쩍 넘었구나.'

방하착하려 했던 달래가 상념에 잠겨 있는 그때 누군가 방문을 확 열었다. 화들짝 상념에서 깨어나 보니 김통정이었다.

"어머, 통정이 네가 어떻게…"

"내가 누구니? 그깟 감옥이 어떻게 나를 가둬."

"그래, 누구도 널 가두지 못하지. 이제 내 곁을 떠나지 마. 어머니는 어떻게 되셨어?"

"어머니는 미리 가셨어."

"어디로?"

"나를 따라와 보면 알아."

김통정이 그러더니 휙 돌아서서 황룡이 되는 게 아닌가.

"뭐야…? 네가 어떻게 황룡이 되니?"

달래가 놀라 눈을 떠 보니 꿈이었다. 좌선하다가 그대로 잠이 들었던 것이다. 꿈이 얼마나 생생한지 마치 방금 김통정이 옆에 있었던 것 같았다.

그로부터 얼마 뒤에 동자승이 달려와 곧 왕이 온다고 달래에게 알려주었다.

왕의 의전 담당인 각문부사 금훈琴熏이 따라왔다. 노란 용포를 입은 원종 앞에서 달래의 독경이 시작되었다.

유달리 독경 소리를 좋아하는 원종은 수시로 고승들을 청해 독경을 들었다. 시국이 수상하니 더 그랬다. 여몽 연합군이 매일같이 진도 앞 해남으로 내려갔다. 원종은 그들의 무운도 빌 겸 독경을 듣고자 했다.

머릿속에 용이 된 김통정의 모습이 생생해 독경하는 달래의 표정이 시종 애절했다. 그런 달래가 원종에게 인상 깊었다.

원종은 절을 떠나면서 달래에게 내일 궁궐에서 발복해달라고 부탁했다.

왕은 반야심경을 특히 좋아했다. 평소에도 혼자 암송하거나 침실에 고승을 불러 독경을 들으며 잠들곤 했다. 그는 그만큼 번뇌가 많았다.

달래가 환관을 따라 원종의 편전에 들었다.

"마하반야바라밀다심경 관자재보살 행심반야바라밀다시 조견오온개공 도일체고액…"

원종은 반야심경을 언제 들어도 좋았다. 얼마나 들었던지 따로 외우지 않았는데도 저절로 따라 읊조릴 정도였다.

"인간은 오온五蘊이로다. 색色은 육신이고, 수상행식受想行識은 정신 작용이로다. 사실 이 오온은 텅 비었느니라. 어디 오온뿐이랴. 모든 존재가 공空하도다. 이것이 적멸을 통해 열반에 이르는 지혜로다."

달래는 독경을 끝내고 원 세조의 조부 칭기즈 칸의 예를 들어 설법했다.

"칭기즈 칸이 가자니국加茲尼國.아프가니스탄 가즈니왕조 원정 중일 때 전진교의 구처기丘處機를 불렀답니다. 구처기는 나이 일흔이었지만 제자 이지상을 데리고 먼 서역까지 찾아갔습니다.

칸이 불로장수의 비결을 물었습니다. 예순 살이 된 칸도 인생 무상을 느낀 것이지요. 구처기는 무위자연의 삶을 권했습니다. 육식을 버리고 백성을 사랑하며 살인을 멀리하는 무욕의 정치를 하라는 뜻이었습니다.

칭기즈 칸은 비록 그대로 행하지 못했지만, 구처기의 맑은 풍모는 흠모했습니다. 천하를 얻었어도 정신은 공허했던 것입니다. 이것이 바로 무엇을 쥐고자 하면 잃고, 무엇을 놓고자 하면 얻는 이치입니다."

"그러하오? 그래도 칭기즈 칸에게는 구처기라는 도인이 있었구려. 과인에게는 그런 사람이 없소. 사실 김통정을 얻고 싶었는데…. 전진교는 도교의 일파 아니오. 김통정도 도덕경을 즐겨 읽는 것 같더이다."

달래가 물러나려 하는데 원종이 한마디 덧붙였다.

"내일 김통정의 목이 잘려 진도 앞바다로 내려가오. 그러면 진도 공격을 앞둔 연합군의 사기가 하늘을 찌를 것이오. 아직도 내 말을 듣지 않는 김통정이 안타깝소. 하니 밤 깊어 수고스

럽겠지만 김통정을 찾아가 마지막으로 설득해보시오. 정 말을
안 듣거든 극락왕생이라도 빌어주구려."

달래가 두근거리는 가슴을 누르고 무심한 듯 아뢰었다.

"김통정이 저 같은 소승의 말에 움직이겠습니까?"

"아니오. 스님의 설법에는 어떤 집착도 버리게 하는 힘이 있
소. 몽골을 이겨야만 한다는 김통정의 집착도 아스라이 눈 녹
듯 사라질 것이오."

원종이 대꾸하더니 환관 균태를 불렀다.

"당장 스님을 모시고 김통정에게 가거라. 수고하는 경비병들
에게는 술과 음식을 내려 위로하고, 스님이 죄인을 교화하도록
모두 자리를 비켜주어라."

감옥 경비의 책임자는 금군의 대정隊正 허정許鼎이었다. 그는
무술이 뛰어날뿐더러 특히 올가미를 던져 도주하는 자를 생포
하는 데에 능했다.

김통정이 구금된 후 경계가 한껏 강화된 감옥을 금군 50여
명이 교대로 지키고 있었다. 옥사 마당은 횃불로 환했다. 균태
가 어명을 전하자 허정이 경비병과 함께 물러갔다.

오랏줄로 묶인 김통정은 인기척에도 아랑곳없이 벽에 기대어
눈을 감은 채 앉아 있었다. 달래는 균태에게 잠시 자리를 비켜
달라고 했다.

"스님. 괜찮겠습니까?"

"염려 마십시오. 불자에게는 생사가 한가지입니다. 무엇이 두렵겠습니까? 이런 흉악범이 회심悔心을 갖게 하려면 독대해야 합니다."

그래도 걱정된다는 듯 균태가 자꾸 뒤돌아보며 물러갔다. 두 사람의 말소리에 김통정이 비로소 눈을 떴다. 그는 달래를 보고 깜짝 놀랐다.

달래가 뛰어오려 하자 김통정이 다급하게 손을 내저었다.

"안돼, 내 앞에 함정이 있어. 짚으로 덮어 안 보이지만, 한번 빠지면 혼자서는 절대 못 나와."

"알았어."

함정을 훌쩍 건너뛰어 김통정에게 간 달래가 일부러 큰 소리로 독경하며 오랏줄을 풀었다. 감옥 밖 큰 나무 아래 널따란 평상에서 환관이 허정과 금군에게 임금이 하사한 음식과 술을 나눠 주고 있었다.

"보름달이 환하니 놀기에 딱 좋구먼. 전하께서 오늘은 마음껏 마시라고 하셨네. 자, 어서들 들게나."

그동안 김통정을 지킨다고 금주했던 터라 술 항아리가 금세 비었다. 허정과 금군들이 혀 꼬부라진 소리를 내기 시작했다. 어찌 된 일인지 환관은 술을 일절 입에 대지 않고 호기만 부렸다.

"혜성 스님 말이야, 방금 감옥으로 들어간 비구니. 그 스님이 혜성인데, 독경 하나는 끝내주더라고. 전하께서도 얼마나 좋아하시던지. 이번에 김통정이 전향된다면 혜성 스님이 비구니래도 국사가 될 수 있을 거야. 그리된다면 자네들도 내가 전하께 잘 말씀드려 모두 승진하게 해줌세."

경비병들이 박수를 치며 좋아했다. 허정도 환관의 손을 잡고 부탁했다.

"감사합니다. 꼭 그리해주십시오. 우리 연합군이 진도 앞바다로 가자 서해에 출몰하던 삼별초 놈들도 모조리 진도로 돌아갔답니다. 우리는 김통정 한 놈 지킨다고 이러고 있으니 답답합니다. 빨리 전하를 호종하고 싶습니다."

환관이 또 장담했다.

"그 다 이를 말인가. 내일이면 그리될 걸세."

이미 술에 만취한 경비병들이 하나둘 비틀거리며 숙소로 가고 있었다. 그 틈에 김통정과 달래가 담장을 넘었다. 흥국사로 달려간 그들은 절 앞에 묶어둔 말을 타고 예성강으로 향했다.

여몽 연합군과 김통정과 달래,
진도를 향한 경주를 벌이다

김통정과 달래가 개경의 자시오후 11시-오전 1시를 뒤로 밀어내며 말달리기 시작했다. 송악산 줄기에서 내려오는 밤바람이 거셌다. 한참 달리는데, 뒤에서 말발굽 소리가 몰려왔다. 여러 말이었다.

감옥을 지키던 금군이 틀림없었다. 두 사람은 급히 말에서 내려 풀숲에 숨었다. 달이 밝아 그마저 추격자들에게 들켰다. 어느새 그들이 다가왔다. 여섯 금군이 몸을 숨긴 김통정과 달래를 둘러싸더니 한 사람이 말에서 내렸다.

김통정과 달래는 빈손이었지만 등을 맞대고 전투 자세를 취했다.

'이렇게 끝날 줄이야…. 아쉽구나. 사랑하는 이와 함께 싸우다가 죽는 것이 다행이라면 다행이다.'

그런 생각이 김통정의 뇌리를 스쳤다. 달래는 재빨리 돌을 주워 손에 쥐었다.

그때 어둠 속에서 귀에 익은 목소리가 들렸다.

"혜성 스님, 날세!"

무진이었다. 무진 외에 다섯 명이 따라왔는데 네 명은 승려였고 한 명은 입은 옷으로 보아 환관이었다. 모두 말에서 내려 김통정 앞으로 다가왔다. 달빛에 드러난 환관은 균태였다.

"아니, 그대가 어떻게 여기에…."

균태와 김통정이 서로 잘 아는 사이여서 달래가 놀랐다.

"나를 감옥으로 안내한 환관인데, 대체 어찌 된 영문이야?"

균태가 자초지종을 간략히 얘기했다.

균태는 김통정 덕에 강화도에서 목숨을 잃지 않고 어렵사리 배를 구해 개경으로 갔다. 그런 그를 원종이 총애했다. 균태는 김통정이 투옥된 것을 알고 절친한 무진과 구출 방도를 찾았다. 바로 그즈음에 달래가 나타난 것이었다.

달래가 안도의 숨을 내쉬며 무진을 바라보았다.

"너는 어찌 된 일이야?"

"이 사람아, 나도 고려인이야. 단군의 후예 고려인. 다행히 둘이 도주한다는 말을 듣고 평소 삼별초를 동경하던 스님들과 함께 이리 달려왔네."

그들은 진도로 떠날 준비가 되어 있었다. 장기 이동에 밥을 지어 끼니를 해결할 수 있는 곡식과 반찬에 칼, 활 등 무기까지 챙겨 왔다.

"김 장군, 부디 우리를 받아주십시오."

"그러고말고요. 자, 우리 모두 조고려의 도읍 진도를 향해 출발합시다."

여덟 명이 말에 올랐으나 김통정과 달래는 홍균비가 구해준 튼튼한 흑마 하나에 탔다. 말 뒤에 앉은 달래가 김통정의 허리를 껴안으며 걱정했다.

"벽란도에 고려 수군은 있어도 우리가 탈 배는 없어. 어떡하지?"

"걱정하지 마. 내가 개경에 올 때 타고 온 배를 창릉에 잘 숨겨두었어."

"역시 넌 멀리 보면서도 치밀한 데가 있어. 든든해."

일행이 배에 타고 출발하려는데 김통정이 잠깐 볼일이 있다며 기다리라고 했다. 잠시 후 김통정이 상기된 표정으로 돌아왔다.

"야심한데 어디 다녀왔어?"

달래가 궁금해했다.

"나와 함께 어머니를 구하러 온 다섯 무사 잘 알지?"

"알고말고. 삼별초 중 그만큼 용맹한 사람은 찾아보기 힘들 거야."

"모두 전사했어. 나 때문에…. 그들의 위패를 만들어 왕건 사당에 모셔두고 왔어. 내겐 왕건보다 그들이 더 위대해."

벽란도에서 항파缸破해협을 지나는 뱃길쯤은 눈 감고 다닐 만큼 김통정에게 익숙했다. 그래도 어두운 밤이었다. 횃불을 비추며 달빛에 하얀 이빨을 드러내는 파도를 헤쳐 나가야 했다. 그나마 순풍이 불어 다행이었다.

그들의 배가 마니산 서쪽 바다를 빠져나갈 때쯤에야 원종이 균태의 배신과 김통정의 탈옥 사실을 알았다. 원종은 노발대발하며 허정과 환관 우두머리인 태감 최가은을 불렀다.

"당장 김통정과 비구니를 잡아 오라. 통정과 비구니는 반드시 생포하고 균태는 바로 죽여라. 이번에도 실수하면 모조리 참수할 것이니라. 김통정을 감시하던 금군 50명을 포함해 150명을 데리고 가라."

벽란도의 수군 주둔지는 한산했다. 진도의 삼별초 정벌에 동원되고, 만일을 대비해 20여 척의 배와 수군 50여 명만 잔류하고 있었다. 허정의 개경군이 벽란도를 출항할 때 김통정 일행은 장봉도 앞바다를 지나고 있었다.

장봉도 국사봉 위로 해가 떠올랐다.

달래가 배에서 일어나 합장했다.

"저 태양을 부처님도, 단군도, 고주몽도, 내 부모님도 보았겠지?"

달래가 한결같은 해를 향해 연신 허리를 굽혔다. 노 젓던 승려들도 잠시 손을 놓고 합장했다. 부는 바람에 달래의 승복이 펄럭였다.

"왕이 너더러 뭐라는 줄 알아?"

뜬금없이 묻는 달래에게 김통정이 되물었다.

"뭐래?"

"집착이 심하대."

"무슨 집착? 비구니에 집착한다고? 하하하…."

"거참… 농담이 지나치다. 몽골을 깨야 한다는 집착이 너무 심하다는 거야."

"그것이야말로 왕의 착각이지. 그는 왜 그리 왕씨 고려에만 집착하지? 대국에 기대어서라도 고려 사직만 보전하면 그만이라는 자가당착에 빠져 있어. 내가 왕에게 삼별초의 수군과 개경의 기마 부대를 합치면 서해 너머 중원을 경략한 백제 근초고왕, 만리장성을 넘은 고구려 광개토대왕처럼 될 수 있다고 했더니 아무 소리 않고 그냥 돌아가더구먼. 나도 왕이 소심한 줄 알았지만, 왕에게 그렇게 말한 이유가 따로 있어."

"뭔데?"

"나는 몽골 대신 고려가 세계를 지배하기 위해 몽골을 꺾자는 게 아니야. 어느 나라든 세계를 지배하려고 하면 막아야지. 원나라 황제를 정점으로 상명하복하는 세상은 희망이 없어. 개인의 자유, 내 어머니가 갈구했던 '자연스러울 자유'가 없단 말이야. 현시점에서 원나라야말로 세상의 최대 적이지.

만약 삼별초가 더 커져 원나라처럼 행세하려 한다면 나는 삼별초하고도 싸울 거야. 삼별초가 삼별초다우려면 개개인이 자연스러울 수 있는 자유를 유지해 나가야 해.

제국이니 황제니 귀족이니 하는 것들은 다 인위로 타인을 착취하기 위해 만들었어. 물론 사람이 모여 사는 데 조직이 없을 순 없지. 하지만 조직이 개인의 자유를 위해 있어야지, 개인이 조직을 위한 부속물이 되어서는 안 되는 거야."

달래가 김통정을 좋아하는 이유가 바로 거기에 있었다. 다른 승려들도 김통정의 말에 정신이 환해지는 기분이었다.

그들이 승봉도를 지나 풍도에 가까이 갔을 때 뒤쪽에 일단의 배들이 보였다. 처음에는 멀찍이 떠 있는 고깃배들로만 여겼다. 아무래도 이상해 자세히 보니 개경 수군이었다. 원종의 엄명을 받은 금군 150명이 수군 50명과 함께 20척의 배를 타고 다가오고 있었다.

양측이 풍도 앞바다에서 부딪쳤다. 배 1척 대 20척, 8인 대 200인의 전투였다.

먼저 달래가 불화살을 쏘았다. 정확했다. 개경 수군의 배 2척이 화염에 휩싸였다. 그럼에도 개경 수군이 좌우로 접근해 밧줄 달린 갈고리를 던지며 김통정의 배에 올라타기 시작했다.

김통정이 다급하게 외쳤다.

"내가 앞을 맡을 테니 달래는 뒤를 맡아! 다른 분들은 좌우를 방어하도록!"

개경군이 이물과 고물만 집요하게 공격해대니 승려들이 양쪽으로 몰려갔다. 그 틈을 노린 금군이 좌측으로 뛰어들며 방어선을 뚫었고, 선상 백병전이 벌어졌다. 힘에 부칠 만큼 개경군을 칼로 벴지만 중과부적이라 끝내 김통정과 달래, 균태만 남았다. 개경군도 10여 명으로 줄어들었다.

그때였다. 휘리릭. 바람을 가르는 소리가 연달아 났다.

김통정을 필두로 달래와 균태가 차례로 모가지에 올가미가 씌워져 쓰러졌다. 순식간이었다. 올가미를 당기며 나타난 사람은 바로 허정. 그 뒤에 최가은이 서 있었다.

최가은은 환관 균태를 잘못 관리한 책임으로 원종에게 꾸지람을 들은 터라 눈이 뒤집혀 있었다. 그는 균태에게 달려가 난도질했다.

허정이 김통정과 달래의 목에 씌워진 올가미를 더 조였다.

"으하하하. 두 연놈이 나를 속이다니. 당장 죽이고 싶으나, 전하께서 반드시 생포하라 하셨느니라. 저 중년과 무뢰한을 돛대에 높이 매달아라. 이제 한숨 놓겠구나. 술이나 한잔하자."

허정과 최가은이 돛대에 매달린 김통정과 달래를 보고 기뻐하며 술을 마셨다.

그런데 배의 고물이 심하게 흔들렸다. 칼을 든 세 사람이 연달아 올라왔던 것이다.

"이 뭣고?"

허정과 최가은이 외마디 소리를 지를 틈도 없이 목이 날아갔다. 나머지 개경군도 도끼를 맞고 바다에 떨어져 물고기 밥이 되었다.

송징 장군이었다.

"장군이 어떻게 여기에…"

송징이 김통정과 달래를 돛대에서 풀어주며 말했다.

"하하하, 헤엄쳐 왔지. 홍균비가 진도로 찾아와 김 장군의 소식을 전해줬소. 내가 마침 진도에 있었는데, 배 장군이 개경에 간 김 장군이 탈출해 서해로 내려올 수 있다며 올라가 보라고 했소. 여몽 연합군이 진도로 대거 내려오고 있어 잠수에 능한 두 사람만 데리고 올라오다가 개경 수군이 장군의 배를 포위한 것을 보았소."

그런 송징이 갑자기 바다에 고꾸라졌다.

"김통정 이놈! 나 혼자 황천길로 갈 줄 알았더냐? 같이 가야지…"

피투성이가 되어 쓰러졌던 허정이 사력을 다해 바닥에 떨어진 칼을 들어 김통정에게 던졌는데, 그만 송징의 등에 꽂히고만 것이었다.

달래가 허정에게 달려가 숨통을 끊어 놓고, 김통정은 바다에 뛰어들어 송징을 건져냈지만 이미 싸늘하게 식은 뒤였다.

이제 김통정과 달래, 그리고 송징을 따라왔던 두 사람만 남았다. 이미 해가 저물었다. 그들은 풍도 해변에 배를 댄 뒤 마른 음식 몇 조각으로 끼니를 때우고 잠이 들었다.

다음 날도 사력을 다한 항해가 계속되었다. 그러다가 음식과 물이 바닥났다. 더 이상 항해는 무리였다. 안면도 병술만에 상륙한 김통정 일행은 삼별초가 남천할 때 친숙해진 주민들의 도움으로 지친 몸을 추슬렀다.

그날 취침 전 달래가 김통정에게 당부했다.

"한시가 급해. 오늘 밤 축시오전 1~3시에는 떠나야 해. 그래야 연합군이…."

"우리가 개경을 떠날 때 하늘이 열리는 자시 무렵이었지?"

김통정이 중얼거리며 곯아떨어졌다.

축시에 달래가 먼저 눈을 떴다. 온몸이 천근만근이 되어 곯아떨어진 대원들을 흔들어 깨웠다. 하늘의 보름달이 이틀 사이 반달로 변했다.

다시 진도를 향한 강행군이 시작되었다.

'필시 진도에 전투가 벌어졌을 텐데, 어떻게 되었을까? 삼별초와 함께해야 하는데….'

김통정은 조바심이 났다. 파도는 어제보다 더 거칠었다. 배가 바람에 휘날리듯 흔들려도 전력을 다해 나아갔다. 해가 서해 아래에 빠진 뒤에는 도리없이 위도에 머물러야 했다.

다음 날도 사력을 다해 임자도까지 내려갔다. 진도가 점차 가까워졌다. 일행 사이에는 침묵이 흘렀다. 한시바삐 진도에서 삼별초와 함께 싸워야 한다는 일념뿐이었다.

김통정 일행이 진도를 향해 전속력으로 항해할 때 벽파진 건너편 삼견원에는 토벌군 6천여 명과 말 1만8천 필이 속속 도착했다. 토벌군을 병선 260척을 비롯한 400여 척의 배가 물 위에 둥실거리며 기다리고 있었다.

힌두와 김방경,
진도 밀사 앞에서 기만하다

연합군 총사령관 힌두는 보신주의자 아카이와 달랐다. 전쟁 광인 데다 사전 파악에 철저했다. 삼별초 수뇌부의 특징은 물론 진도의 지형까지 구석구석을 들여다보았다.

"배중손은 외교에 능하고 큰 그림을 잘 그리지만 세부 사항에 약하다. 그간 김통정과 송징, 유존혁이 보완해주어 삼별초가 잘 돌아갈 수 있었다. 하나 지금 송징은 감감무소식이고, 유존혁은 일본에 가 있으며, 김통정은 개경에 붙잡혀 있다. 이 상황에서 배중손이라면 어떻게 할 것인가? 필시 벽파진만 집중 수비할 것이다. 그러니…."

그쯤에서 말을 아끼고 연합군을 삼군으로 나눴다. 중군은 자신과 김방경이 지휘하고, 좌군은 홍다구, 우군은 김석金錫과 고을마高乙麻가 맡도록 했다. 그 와중에 힌두에게 진도의 밀사가 찾아왔다. 개경 정부도 제쳐 놓고 진도와 직접 교섭하던 원나라 군대가 몰려온 이유를 알고 싶어서였다.

힌두는 밀사를 지휘소 밖에 기다리게 하고 김방경과 언쟁을 벌였다.

"기왕에 여기까지 왔으니 진도부터 정복합시다."

김방경의 소리가 새어 나왔다.

"무슨 소리요. 우리는 일본 정벌을 위해 여기 와 있는 것이오. 일본 가는 길도 험한데 여기서 전력을 낭비할 수 없소이다. 삼견원 앞바다의 배들도 수일 내에 합포로 옮기도록 하시오."

"그럴 수 없습니다. 일본을 공격하는데 삼별초가 배후라도 치면 어쩌시렵니까?"

"걱정 마시오. 이미 홀도답아와 진도가 맺은 약조가 있으니. 이만 돌아가시오."

얼굴이 벌게진 김방경이 불평을 늘어놓으며 힌두의 막사에서 나왔다. 그 후 힌두가 밀사를 불렀다. 밀사의 얼굴에 경계하는 표정이 역력했다.

"원나라 군대가 여기 온 목적이 뭐요? 우리와 일전을 벌이기 위해섭니까?"

"그럴 리가…. 지난번 우리 황제 폐하의 칙사가 귀국에 제안한 그대로 변함이 없소이다. 폐하께서도 전라도 할양에 긍정적으로 검토해보라고 하셨소. 개경 정부가 극력 반대해 잠시 보류 중일 뿐이오."

그제야 밀사가 안도했다.

"그러면 합포로 직접 가야지 왜 삼견원에 내려오셨습니까?"

"바로 그 때문에 방금 김방경 장군과도 심하게 다투었소. 우리가 여기 온 목적은 딱 하나, 귀국의 어찰을 받고자 함이오."

"무슨 어찰 말입니까?"

"우리가 일본 정벌을 떠났을 때 배후를 공격하지 않겠다는 약조요. 귀국의 유존혁이 일본에 갔다고 들었소."

"유존혁이 일본에 간 이유는 군사 목적이 아니라 통상을 위해서입니다."

"그렇게 말해도 우리로서는 의심할 수밖에 없소이다."

원나라는 1270년원종 11년에 일본 정벌 기지를 합포마산에 설치하고 전함 건조와 군량미를 비축하던 중이었다. 힌두는 그 합포로 가는 길에 삼별초의 확약을 받으러 잠시 들렀다고 했다. 만일 진도를 공격할 의도였다면 삼별초 수군이 얼마나 강한데 전선 260척만 왔겠느냐는 것이었다.

그럴듯했다. 진도로 돌아간 밀사가 지휘부에 그대로 전달하고 자기 의견을 덧붙였다.

"김방경과 힌두가 다투는 것을 보니 원나라가 우리에게 전라도를 할양할 뜻은 있는 것 같습니다. 우리 황제의 어찰만 주면 내일이라도 당장 합포로 떠날 것입니다."

순진한 온 황제의 얼굴에 금세 화색이 돌았다.

"잘됐구려. 지금이라도 편지를 보냅시다."

그러나 배중손이 한참 생각하더니 의견을 냈다.

"폐하, 어찰을 주더라도 힌두를 이곳으로 불러 주는 것이 좋을 듯합니다."

"그렇게 합시다."

다시 밀사가 삼견원으로 찾아갔고, 이틀 후 힌두가 원나라 장수들과 진도를 방문하기로 약속했다.

다음 날부터 벽파정이 힌두를 맞아 연회를 베풀 준비로 부산했다. 벽파정을 지키던 삼별초 수군들도 위압감을 주지 않으려고 소수만 남은 채 모두 금갑진과 남도포로 멀찌감치 물러갔다.

드디어 힌두가 방문하기로 한 날이었다. 이른 새벽부터 날이 흐렸다. 특히 삼견원 쪽은 해무가 잔뜩 끼어 아무것도 보이지 않았다.

힌두가 쾌재를 부르며 출전 명령을 내렸다.

"내가 먼저 중군을 이끌고 벽파진으로 간다. 그다음 좌군이 노루목_{장항,고군면 원포리}으로, 우군은 군직구미로 쳐들어가라."

벽파정 위에는 군직구미, 아래에는 노루목이 있다. 이렇게 벽파정의 정면, 위, 아래 세 방면 공격이 확정되었다.

그동안 삼별초는 연합군에 연전연승했고, 결국 원나라가 회유책으로 나오자 승리 분위기에 도취해 있었다. 그럴 만했다. 서남해안 섬들이 수중에 들어왔고, 내지의 백성들도 개경 정부보다 삼별초에 더 호의적이었던 것이다.

이를 간파한 힌두가 공격을 앞두고 삼별초가 더 방심하도록 연합군의 원나라 장수들만 진도를 방문하겠다는 기만술을 쓴 것이다.

자욱한 운무 속, 힌두의 중군이 먼저 벽파정으로 진격했다. 그들이 해변에 다가왔을 때야 배중손이 속은 것을 깨달았다.

용장성과 지척 거리인 벽파진이 무너지면 진도 정부도 끝이었다. 다급해진 배중손이 파발마를 보내 전군 소집령을 내렸다.

"적이 몰려오고 있다. 각지에 보초병만 남고 모두 벽파진으로 모여라."

멀찍이 물러나 있던 삼별초 함대가 출동하기도 전, 힌두의 함대가 속속 해안에 닻을 내리고 있었다.

"지금껏 우리가 가지고 놀던 놈들이다. 두려워 말고 무찌르라."

배중손이 소수의 삼별초를 독려했다. 불행 중 다행이랄까. 그나마 벽파진에 남은 병사들은 명궁이었다. 한 발, 한 발에 해안에 발을 디디는 연합군 병사들이 속속 쓰러졌다. 그 바람에 지휘선의 힌두와 김방경이 상륙할 엄두도 못 냈다.

하지만 연합군의 우군이 진도 동쪽 군직구미에 발을 내딛고 있었고, 좌군도 노루목에 상륙해 불을 지르고 있었다.

두 지역을 지키던 삼별초 병사가 배중손에게 달려왔다.

"장군, 노루목에 적병들이 상륙했습니다!"

"장군, 군직구미에도 적군이 올라왔습니다!"

"어이쿠, 힌두 놈의 책략에 말려들었다. 큰일 났다. 용장성이 위태하다. 모두 용장성으로 철수하라!"

배중손을 필두로 해안의 삼별초가 용장성으로 물러갔다. 그제야 힌두가 빙글거리며 상륙하더니 명령했다.

"해안을 순시할 병사 세 명만 남고 모두 용장성으로 돌격하라!"

배중손이 용장성에 들어갔을 때 이미 두 방면에서 연합군이 성벽을 기어오를 준비를 하고 있었다. 좌군이 노루목, 지막리, 오산하리, 구시난골을 지나 용장성 배후에 와 있었고, 군직구미로 상륙한 우군은 도적골을 통해 용장성 동편에 도착했던 것이다.

좌군의 홍다구는 공성탑에 올라 화창火槍을 성내로 날리기 시작했다.

삼별초 병사들이 처음 보는 신무기였다. 원 세조가 재래식 무기로는 삼별초를 도저히 이길 수 없다고 보고, 화약 무기인 화창, 화마교火礪交 등까지 내주었던 것이다.

삼별초군이 좌군과 우군을 막으려 우르르 몰려갔다. 얼마 후 중군이 용장성 정면에 다가왔다. 삼면에서 공격하는 1만2천여 연합군의 공세를 어떻게 막아내야 할까?

진도 혈전 그리고 씻김굿

삼별초 수뇌부가 모여 항전이냐 후퇴냐를 놓고 격론을 벌였다. 일부 장수가 결사 항전을 주장하는 가운데 배중손이 정리했다.

"으음…. 적을 너무 얕잡아 봤소. 우리에게 연전연패한 적이 이렇게 공격하리라고 생각지 못했소. 우리 특기인 수전을 벌였어야 했는데, 힌두에게 속은 거요. 우리 선단을 멀찌감치 배치해놓다니…. 우리 3천 병사 중 많이 죽고, 2천 명 남짓한 수로 개미 떼처럼 덤벼드는 적을 상대하기 어렵소. 전략적 후퇴가 필요하오. 아직 우리의 선단은 건재하니 일단 병사를 보존하고 해전으로 응징합시다."

그때 누군가 지휘소 문을 젖히고 들어왔다. 김통정과 달래 일행이었다.

그들이 기진맥진한 채 진도 가까이 왔을 때 용장성에서 오르

는 새까만 연기를 보았다. 망연자실한 그들에게 연합군 순시선
이 다가왔다.

"누구냐? 진도인이냐?"

그제야 정신을 차린 김통정이 어부라 대답하는 동시에 순시
선에 뛰어 올라 연합군 세 명의 급소를 가격했다.

달래는 진도가 이미 적의 손에 넘어간 것 같다며 제주도로
가자고 했다. 그런데 용장성 쪽에서 잦아들던 함성이 다시 크
게 터져 나왔다. 김통정의 얼굴이 밝아졌다.

"아직 용장성에서 싸움이 계속되고 있다. 얼른 가자. 가서 함
께 싸워야지."

달래가 서둘러 해안에 배를 댔다. 김통정이 먼저 배에서 뛰어
내리며 나머지 사람들에게 권했다.

"삼별초가 절체절명의 위기에 처해 있다. 매우 위험해. 용장성
에 들어간다는 것은 범의 아가리에 뛰어드는 것과 같아. 나 혼
자 용장성에 들어갈 테니 다들 제주도에 먼저 가 있어."

그러나 달래는 물론 다른 두 용사도 말도 안 되는 소리라며
펄쩍 뛰었다.

그들이 한달음에 성을 넘어 지휘소로 온 것이었다.

사지를 찾아온 김통정 일행을 배중손이 껴안았다. 잠시 후
한 병사가 뛰어 들어왔다.

"장군, 성 한쪽이 무너져 적이 들어오고 있습니다!"

아무리 급해도 평정심을 잃지 않는 배중손이었다. 금세 대응책을 세웠다.

"아, 성이 무너지다니! 그렇다고 이대로 끝낼 순 없소. 우리가 죽는 것은 아쉽지 않으나 조고려는 살려내야 하오. 마침 김 장군도 오셨으니, 하늘이 돕는가 보오. 김 장군과 노 장군이 1천여 병사와 함께 황제를 모시고 금감포 쪽으로 가시오. 그곳에 아직 남아 있는 우리 수군과 서둘러 제주도로 가시오. 나는 나머지 병력으로 남도포 방면으로 가겠소. 그래야 적의 추적이 분산되오. 우리 부디 제주도에서 다 만납시다."

김통정 부대가 병사의 옷으로 갈아입은 온 황제와 함께 산길을 통해 용장성을 빠져나가고, 배중손 부대는 황제복을 입은 병사를 데리고 일부러 힌두의 눈에 띄게 철수했다.

"저기 삼별초 수괴가 도망친다. 저놈 잡아라!"

힌두의 중군과 우군이 추격하기 시작했다. 그때 홍다구는 다른 길로 빠져나가는 김통정 일행을 보고 슬그머니 사라졌다.

힌두와 김방경이 배중손을 따라잡은 곳은 세운천細雲川. 조금 더 가면 남도포 갯벌이 나온다. 세운천 변에서 배중손이 1천여 삼별초를 독려했다.

"우리가 누구냐? 삼별초다. 이곳을 죽을 자리로 삼자. 저놈들은 살려고 싸우지만, 우리는 조금도 죽음이 두렵지 않다. 자랑스러운 삼별초 전사들이여, 최후의 일인까지 싸우자!"

8천여 연합군이 삼별초의 기세에 멈칫했다. 힌두는 부족한 전투력을 인해 전술로 누르는 전략을 택했다. 궁수 5백 명을 빼내 숨기고, 7천5백 명의 병사를 2천5백 명씩 나누어 삼교대로 번갈아 싸우게 했다.

연합군은 지치면 교대하고 기력을 회복했지만, 쉴 수 없는 삼별초는 기력이 쇠진할 수밖에 없었다. 어느새 연합군 2천 명이 죽고, 삼별초도 4백 명가량 죽었다.

언덕 위 마상에서 전투를 지휘하던 힌두는 남도포의 삼별초 수군 2백 명가량이 세운천 변으로 달려오는 것을 보고 궁수들에게 사격 신호를 보냈다.

휘익 휘이익, 파파팍….

연합군의 화살 세례에 삼별초 수군들이 쓰러졌다. 이를 본 삼별초 병사들이 주춤거리며 연합군에게 밀렸다. 이어 배중손이 직접 싸움에 뛰어들자 전세가 역전되었다. 용기백배한 삼별초에게 연합군이 밀렸다.

전황을 지켜보던 힌두가 궁수 대장을 불러 명했다.

"이대로 가면 진압이 오래 걸릴 뿐 아니라 불리해질 수 있다. 우리 병사가 다쳐도 좋으니 배중손만 집중 사격하라."

연합군 궁수들이 각자 위치에서 배중손에게만 화살을 날렸다. 배중손 주변에서 싸우던 삼별초는 물론 연합군도 속속 쓰러지며 화살을 피하기에 바빴다. 삼별초 일부가 바위와 나무 뒤에 숨어 있는 연합군 궁수들을 발견하고 죽이러 달려갔다.

힌두가 다시 명령을 내렸다.

"전투 현장의 병사들은 모두 궁수를 보호하라."

돌발 상황에 당황한 삼별초가 배중손을 구하러 가거나 궁수를 찾아 죽이려 했지만, 그럴 때마다 화살을 맞거나 연합군의 칼에 막혔다. 결국 혼자 남은 배중손이 적의 화살을 칼로 걷어내야 했다.

고립무원의 처지가 된 배중손, 그와 5백 궁수의 대결을 양 진영이 손에 땀을 쥐고 지켜보았다. 힌두가 혼잣말로 아쉬워했다.

"과연 배중손 그대는 천하제일의 무장이구려. 원나라에 귀순한다면 서역도 홀로 정복할 무공이오."

소나기 같은 화살 세례와 그를 걷어내는 배중손의 검무가 한나절쯤 계속되었다.

화살은 끊임없이 날아들었고, 그럴수록 배중손은 지쳐만 갔다. 결국 누가 쏘았는지 모를 화살 하나가 배중손의 발뒤꿈치에 꽂혔다. 기우뚱하는 배중손에게 무수한 화살이 꽂혔다.

그렇게 장수를 잃은 삼별초도 더 버티질 못했다.

한편, 금갑포로 가던 김통정은 의외의 복병을 만났다. 홍다구의 4천 군사였다. 약삭빠른 홍다구가 김통정을 추격하는 대신 기다렸던 것이다. 홍다구는 배중손이 남도포로 갔으니 김통정이 황제를 데리고 삼별초 전함들이 정박한 금갑포로 갈 것이라

보았다. 그래서 김통정 일행을 앞질러 금갑포로 가는 고갯길의 신면 양쪽에 매복했다.

김통정은 1천여 병력을 전·중·후군으로 나누고, 선두를 달래, 중군을 노영희, 후군을 자신이 지휘하기로 했다. 온 황제는 중군에 모셨다. 전군과 중군이 먼저 승선하기 위해 서두르고, 후군은 추격에 대비해 천천히 움직였다.

고개를 넘어 내려간 전군에 이어 중군이 고개 위에 올랐을 때였다. 필시 온 황제가 중군에 있을 것이라고 본 홍다구가 징을 쳤다. 그것을 신호로 연합군의 화살이 중군에 쏟아졌다.

삼별초 중군이 적의 기습에 놀라 흩어졌다. 온 황제는 말이 화살에 맞아 날뛰는 바람에 땅에 떨어져 굴렀다. 그때 개경의 두 장수, 희熙와 옹雍이 달려가 온 황제를 부축했다. 홍다구는 어쩔 수 없이 사격 중지를 알리는 징을 쳐야 했다.

희와 옹은 온 황제의 동생 영녕공 준綧의 두 아들이었다. 당시 원나라에 볼모로 가 있던 영녕공 준이 형을 구하기 위해 두 아들을 여몽 연합군을 따라 참전시키며 부탁했다.

"너희 백부를 꼭 살려와야 한다."

그러나 홍다구는 온 황제를 보자마자 참살했다. 희와 옹이 말릴 틈도 없었다. 영녕공 준에게 홍다구가 원한을 품고 있었던 것이다.

홍다구 일족은 대대로 매국노였다. 그의 할아버지 홍대순洪大

純은 몽골에 투항해 1231년 살리타이의 고려 침공 때 길잡이로 나섰고, 그의 아버지 홍복원洪福源 또한 서경 낭장 시절 반란을 일으켰다가 몽골로 망명했다.

1238년 고종이 현종의 후손 영녕공 준을 아들이라고 속여 몽골에 독로화禿魯花.볼모로 보냈다가 탄로 났다. 고려에서는 친자親子라 한 적이 없고 애자愛子, 즉 아끼는 자식과 같다고 한 것으로 주장했다. 준도 인품이 원만해 그 일은 잘 수습되었다. 준은 몽골의 황족과 결혼까지 했다.

그 후 영녕공 준은 만주 지방의 고려 유민 통치권을 갖게 되어 그전에 통치권을 허락받았던 홍복원과 20년간 다투었다. 그 과정에서 홍복원은 준을 개로 여기고 자신을 그 주인이라 하는 둥 온갖 야비한 짓을 일삼았다. 견디다 못한 준의 부인이 황제에게 읍소했다.

홍복원은 결국 1258년에 죽임을 당했고, 홍다구도 구금당해야 했다. 그러나 3년 후에 홍다구가 복직하더니 1263년에 준을 온갖 요설로 참소해 몽골에서의 고려 군민軍民 통솔권을 가로챘다.

이런 원한을 품고 있던 홍다구가 온 황제를 죽여버린 것이다.

전군의 선두에 섰던 달래가 온 황제가 참수당했다는 소식을 듣고 달려왔다. 고개 위에서 홍다구가 온 황제의 피가 흐르는 칼을 들고 달래와 맞붙었다.

초반에는 날렵한 달래가 우세했지만, 30합을 넘기면서 달래의 체력이 달렸다. 그때부터 삼별초가 가세해 연합군과 일대 혼전을 벌였다. 잠시 후 김통정의 후군도 가세해 연합군이 열세에 빠졌다.

홍다구가 급히 퇴각 명령을 내렸다. 희와 옹도 백부의 시신을 매장하다가 그대로 두고 자취를 감추었다. 그 시신을 김통정이 거두어 매장했다. 그래서 그 고개를 후세 사람들이 '왕무덤재'라 불렀다.

홍다구는 퇴각 중에 힌두에게 전령을 보내 요청했다.

'김통정 무리가 수괴를 장사 지내고 금갑포로 내려갈 것입니다. 우리가 뒤에서 추격할 테니 돈지벌에서 막아주십시오.'

김통정도 고개에서 출발하면서 금갑포에 있는 삼별초 수군에게 파발마를 띄웠다.

'진도가 적에게 함락되었다. 곧바로 제주로 떠날 준비를 해놓으라.'

궁녀들이 온 황제의 무덤을 자꾸 돌아보며 우는 바람에 금갑포로 가는 삼별초의 속도가 느려졌다. 삼별초가 돈지벌까지 갔을 때 이미 힌두와 김방경이 기다리고 있었고, 뒤에서는 홍다구가 쫓아왔다. 연합군에게 앞뒤가 막혔다.

궁녀들이 웅성거렸다.

"우리 때문에 삼별초가 포위당했다."

궁녀 중 연장자가 김통정에게 달려왔다.

"적과의 싸움에 우리가 짐이 되어선 안 됩니다. 우리가 적에게 잡히면 능욕당할 게 뻔한데, 차라리 자결하겠습니다."

김통정이 말도 안 되는 소리라며 만류했지만, 어느새 궁녀들이 근처 둠벙연못으로 몰려가 투신하고 말았다. 그 둠벙을 김통정이 처연하게 바라보며 지시했다.

"저들의 한을 풀어줍시다. 노 장군과 달래는 후방의 홍다구를 맡으시오. 내가 힌두와 김방경을 상대하겠소."

그러고 삼별초 6백 군사를 둘로 나누었다. 김통정은 힌두군을 향해 나아갔고, 달래와 노영희는 후방의 홍다구군에게 다가갔다.

숙연했다. 이글거리는 눈빛으로 말없이 다가오는 삼별초가 연합군의 눈에 저승사자로 보였다. 홍다구도, 힌두도, 김방경도, 심지어 그들이 탄 말조차도 다가오는 삼별초의 기세에 눌려 몇 발자국 뒤로 물러섰다.

김방경이 죽을힘을 다해 외쳤다.

"죽자고 덤비는 놈들은 죽이면 그만이다! 저놈들을 모조리 죽여라!"

그제야 연합군이 버티고 섰다. 삼별초가 앞뒤로 10 대 1이 넘는 싸움에 돌입했다. 다른 전투와 달랐다. 창검이 부딪치며 거친 숨과 신음이 났을 뿐 고함은 없었다.

서로 침묵하기로 약속이나 한 것처럼 양측이 별말 없이 싸움에만 열중하는데, 힌두군 뒤에서 함성이 울렸다.

금갑포의 삼별초 수군이 말달려 오고 있었다. 힌두의 연합군이 되려 포위당해 절반의 병력을 잃고 물러나야 했다. 후미의 홍다구군도 사기를 잃을 수밖에 없었다. 그런 데다가 산에서 호랑이까지 내려와 쓰러진 병사와 말들을 물어뜯었다.

원래 진도는 호랑이가 많아 한 동네 주민 전체가 모도茅島로 이주하기도 했다. 진도의 포수들이 삼별초에 입대하고 나서 호랑이 수가 늘어났던 것이다. 그 포수들 때문에 삼별초 주변에는 호랑이가 얼씬도 못하고 연합군만 호환을 입었다.

연합군이 흩어진 후 김통정 일행이 제주도행 배에 탔다. 김방경이 힌두에게 추격하자고 했으나 거절당했다.

"그만두시오. 진도에서 삼별초를 몰아냈으면 할 일을 다한 것이오. 쫓아가 봐야 바다에서 못 이길 게 뻔한데. 다음 몫은 고려가 알아서 하시오."

연합군은 삼별초가 진도에 남긴 쌀 4천 석, 병기 등을 개경으로 가져갔다. 진도인 1만여 명은 홍다구가 노예로 판다며 원나라로 끌고 갔다. 강제로 끌려가는 도중에 많은 사람이 혀를 깨물고 죽었다.

삼별초가 떠나고 폐허가 된 용장성에는 전란이 남긴 연기가 끝없이 피어오르고, 사체의 살점을 쪼아 먹는 까마귀 떼가 그득했다. 파란 하늘에 뭉게구름 몇 조각만이 한가로웠다.

진도의 집집마다 청장년이 전사했거나 노예로 끌려갔고 노약자만 남았다. 누가 누구를 위로해줄 상황이 아니었다. 하나같이 슬픔에 빠질 때 눈물조차 나지 않는 법이다. 모두 망연자실해 있는데 첨찰산에서 독거하는 할미 무당이 용장성에 나타났다. 진도에서 용왕굿으로 유명한 무당이었다.

　할미 무당이 무명천을 왕궁 잔해에 묶더니 벽파정까지 늘어놓고 혼자 넋두리를 시작했다. 씻김굿이었다. 어디선가 하나둘 사람들이 유령처럼 모여들었다.

　그래봐야 아이와 노인뿐이었지만, 그날은 가족을 잃은 사람만 잡는 무명천을 모두가 잡았다.

　"워매, 워매, 워쩐다냐. 다들 가분졌네. 호랭이가 물고 간 것도 아닌디, 용왕님이 끌고 간 것도 아닌디, 다들 어디로 갔다냐. 올망졸망 새끼들 이리 두고, 늙은 부모 어쩌라고. 어찌해야 쓰까이, 어찌해야 한다냐, 이 징헌 놈의 세상을.

　하기사 가고 싶어 갔겄는가. 매겁시 북쪽 야차 같은 놈들이 죽인께 갔제, 매겁시 왜 갔것냐고. 아소, 넋들아. 서럽게 떠난 넋들아. 새끼, 에미, 애비가 잡은 이 천 타고 훠이훠이 날아가소. 인자 세상 시름 다 잊고 가소. 가소, 이승 일일랑 다 잊어뿔고 극락왕생허드라고…"

　할미 무당의 넋두리가 끊어질 듯 애절하게 흘렀다, 그날 해가 질 때까지.

혼저 옵서예

폐허가 된 진도 용장성에서 씻김굿이 끝날 무렵 김통정 일행은 독거군도의 자그마한 혈도穴島에 정박했다.

다음 날 추자도에 머문 후 제주 군항포에 닻을 내렸다.

기다리고 있던 이문경이 비감한 표정으로 김통정과 말없이 포옹만 했다. 제주의 세 토착 세력인 고씨高氏, 양씨梁氏, 부씨夫氏의 대표도 나와 있었다. 양씨가 김통정에게 수고했다는 인사말을 건넸다.

"그동안 폭싹 속았수다그동안 매우 수고하셨습니다."

제주도는 동고서저 지형으로 중앙에 한라산이 우뚝 솟아 있다. 분화구에서 용암이 사방으로 흘러내리며 368개의 오름을 만들고 바닷물과 만나 현무암으로 변했다. 군항포 또한 현무암이 기암괴석을 이루고 있다.

제주에도 흉년이 심했다. 그래도 제주인들은 삼별초가 진도에서 먼 뱃길을 떠나 제주로 온다는 소식에 몇 날 며칠 만찬을 준비했다. 바다에서 전복, 게, 굴, 성게, 미역 등을 채취하고 흑돼지를 삶았다.

지난 며칠간 항해에서 거의 굶다시피 한 삼별초 일행은 정성껏 차린 음식을 앞에 두고도 먹는 둥 마는 둥 했다. 진도 패전이 그만큼 쓰라렸던 것이다.

안스럽게 여긴 제주인들이 여기저기서 식사를 권했다.

"혼저 먹읍서."

"맨도롱 홀 때 호로록 들여싸붑서."

어서 먹으십시오, 따뜻할 때 후루룩 마셔버리십시오 하는 말이었다. 그제야 삼별초 병사들이 수저를 들며 비감하기만 하던 분위기가 차츰 누그러졌다.

이문경이 조심스럽게 김통정에게 물었다.

"대장. 나라에 임금이 있어야 하는데, 탐라에 왕족이 없으니 어찌해야 합니까?"

"차라리 잘되었소. 종친도 없고 하니 이 기회에 왕 제도를 없앱시다. 단군 조선도 초기에 족장만 있었소. 왕을 만들면 귀족, 평민, 노예가 생겨납니다. 법도 조선의 팔금법八禁法 정도만 인정합시다. 우리 역시 전쟁 지휘권만 행사하고 나머지는 토인들에게 맡깁시다."

본토와 멀리 떨어진 제주도는 오랫동안 탐라국으로 불리며 성주星主 또는 왕자王子라 하는 세습 토호가 다스리는 반독립 상태였다. 이들 세습 토호는 제주 삼성혈을 중심으로 사방에 거주했다.

고려 숙종 때 탐라국은 탐라군이라는 지방 군현으로 편입되었고, 희종 때에는 탐라가 제주로 개칭되었다. 탐라국이 고려의 군현이 된 뒤로 개경에서 온 수령들은 하나같이 왕처럼 행세하며 탐라인들을 가혹하게 착취했다. 그래서 탐라인들이 삼별초를 해방군으로 여겼던 것이다.

김통정은 제주를 통치할 합의체에 세습 토호 외에 각 마을 촌로까지 포함시켰다. 그 합의체의 이름은 과민도장寡民道場.

자치권을 확보한 제주 주민들의 수입이 대폭 늘어났다. 삼별초가 들어온 후 처음으로 공물에서 해방되었다. 그동안 주민들은 인두세人頭稅 조로 엄청난 양의 해산물, 짐승 가죽, 말 등을 바쳐야 했다.

여인들은 일 년 내내 전복을 따고 미역을 걷어야 했다. 남자들은 더 힘들었다. 어부 노릇에 진상용 해물까지 채취해야 했다. 그래야 고려 왕실과 지방 수령의 요구를 겨우 맞출 수 있었다. 요구를 견디지 못한 남자들이 육지로 자꾸 도망쳤다. 그 때문에 제주에 바람, 돌, 그리고 여자가 많았던 것이다.

김통정은 과민도장을 설치한 뒤 삼별초 지휘소를 둘 지역을 물색했다. 가장 좋은 곳은 수백 년 된 나무가 숲을 이룬 삼성

혈로. 바로 앞이 돈지머리포구^{제주항}였다.

그러나 그곳을 포기하고 애월 고성으로 정했다. 제주인들의 자치권에 개입하지 않겠다는 뜻에서였다. 삼별초 군사력으로 제주인들을 강제로 굴복시킬 수는 있었다. 만약 그렇게 한다면 개경 정부와 다를 바 없고, 삼별초가 존재할 이유도 사라진다. 더구나 제주인들은 삼별초와 함께 원나라와 그 부마국 고려를 상대해야 한다.

김통정은 삼별초에게 애월 근처에 항파두리성을 쌓으라고 했다. 제주인들도 김통정이 자신들을 배려한 사실을 알고 축성 공사를 적극 도왔다.

외성을 쌓을 때였다. 고씨 성주 가문 중 개경에 유학했던 고여적^{高餘滴}이 김통정에게 이런 제안을 했다.

"제주는 바람이 심해 적이 급습하면 알리기 쉽지 않습니다. 외성을 넓게 만들고 그 위에 재를 쌓아두었다가 적이 오면 말 꼬리에 싸리비를 매어 달리게 하십시오. 그러면 재가 이는 것을 보고 우리 탐라인들이 달려올 수 있으며, 적의 시야도 차단할 것입니다."

"참 좋은 생각입니다."

외성은 고여적의 조언을 따라 접착성이 강한 진흙으로 폭이 넓게 쌓았다. 내성은 돌로 쌓아 그 안에 삼별초 지휘소를 만들었다. 성이 완공되는 날 탐라인들이 거름으로 쓰려고 모아둔

재를 외성 위에 두껍게 쌓았다.

그렇게 우선 방어 진지를 만들고 다음으로 애월 귀일포구에 공격형 군항 공사를 시작했다. 그즈음 일본에서 남해로 귀국한 유존혁이 진도 소식을 듣고 곧바로 80여 척의 배를 모아 제주도에 왔다.

기근이 더 심해졌다. 사람조차 흑돼지에게 주던 인분까지 먹어야 할 정도였다. 그런 지경인데도 제주인들이 적극 도와 고여림 등이 쌓다 만 환해장성까지 마무리했다. 환해장성의 길이는 해안을 따라 3백 리에 달했다.

축성이 끝난 후 삼별초는 고여적을 초빙해 제주의 역사를 배웠다.

"이제부터 들어봅서. 먼 옛날 삼성혈에서 천지개벽하는 소리가 나멍 고을라, 양을라, 부을라가 나왔뎅."

삼국 시대 탐라에는 8천 가구가 다섯 마을을 이루고 살았다. 탐라인은 개나 돼지의 가죽으로 만든 옷을 입었으며, 백제, 중국, 일본과 무역을 했다. 특히 뱃길로 닷새 거리인 백제에서 상인들이 자주 와서 자기, 쌀 등을 팔았다.

통일 신라 때 고을나의 15대손 고후高厚, 고청高淸, 고계高季 삼형제가 문무왕을 만나 성주星主, 왕자王子, 도내都內의 작위를 받았다. 그 후 고후가 부족을 통합했다.

고려 시대에 숙종이 탐라를 군현에 편입시킨 뒤로 수령들이 매년 아전에게서 말 한 필, 가구당 콩 한 섬을 뜯어 가기 시작했다.

참다못해 양수良守가 의종 21년에 난을 일으켜 수령을 몰아냈다. 그리고 탐라에서 유일한 목민관으로 존경받았던 최척경崔陟卿을 다시 보내달라고 조정에 요구했다. 숙종도 별수 없이 허락했고, 곡식과 비단까지 보내 난을 수습했다.

그 후에도 수령들의 가렴주구는 그치질 않았다. 그럴 때마다 탐라인들이 수령 교체를 요구하는 난을 일으켰다. 최충헌 집권기인 신종 5년에 번석煩石, 번수煩守가 난을 일으켰다. 불과 몇 년 전인 1267년에도 문행노文幸奴의 난이 일어났다.

삼별초는 고여적의 역사 강의를 듣고 고려 왕실의 수탈에 저항한 제주를 잘 이해하게 되었다. 그처럼 삼별초와 제주인들은 정서와 마음이 하나가 되어갔다.

1271년에 제주로 간 삼별초는 그해 하반기에 조직의 재건, 거점 시설의 정비, 제주인과의 결속력 강화에 주력했다. 본격적인 활동은 다음 해 3월부터 시작했다. 그에 앞서 김통정이 정세 전반을 설명했다.

"우리는 병력, 물자 등 모든 면에서 적들에 열세이다. 딱 하나, 해상전만 앞서 있다. 적들에게 상륙할 기회를 주어서는 안 된다. 그리고 내륙에 거점을 확보해야 삼별초가 뻗어나갈 수 있다. 몽골 기병대가 내륙에 주둔하는 한 쉽지 않지만, 민심을 확보하면 가능하다. 특히 강화와 양광도를 확보해야만 후일을 도모할 수 있다."

그리고 세 가지 원칙을 정했다.

"첫째, 가장 큰 적은 원나라와 개경이다. 원나라는 조공이라는 이름으로, 개경은 공물이라는 미명으로 도적질하고 있다. 이 공물을 빼앗긴 주인들에게 돌려주어야 한다.

둘째, 도적들의 전함은 보이는 대로 불태우고, 선박 기술자는 생포하거나 없애야 한다. 적들의 해상 전투력을 더 약화시켜야 한다.

셋째, 연안 공략은 세 부대로 나눈다. 서해와 남해, 그리고 이 두 곳을 연결하는 연락 부대로 편성한다. 서해는 달래가 맡아 양광도 주변의 민심을 다독이며 거점을 확보하시오. 남해는 유존혁이 맡으시오. 할 수 있으면 경상도 내지를 확보해야 합니다. 이문경은 두 부대와 본부의 연결을 맡으시오. 서해와 남해를 오가며 상황을 파악하고 본부와 함께 전체를 조율합니다."

이 원칙은 해상 본부의 유기적 연결망을 통해 진도의 실수를 되풀이하지 않기 위한 것이었다.

그 후 서해의 달래는 삼별초를 옹호하는 사람이 많은 연안부터 집중 공략했다. 먼저 회령군보성군 회천면 앞바다에서 조운선 네 척을 나포했다. 그다음이 해제현무안군 해제면이었으며, 세 번째가 대포정읍시 고부면, 그리고 탐진현전남 강진군이었다. 이렇게 순차적으로 조운선을 획득했는데, 그럴 때마다 주민들의 도움을 받았다.

조운선에서 획득한 물자는 지역민에게 필요한 만큼 주고, 나머지는 제주인들에게 나눠 주었다.

남해의 유존혁도 섬 지방의 삼별초 연계 세력들과 연락을 주고받았으며, 이를 바탕으로 다대포를 지나 낙동강과 창녕까지 들락거렸다. 그 과정에서 조운선 수십 척을 포획해 제주도로 끌고 갔다. 또 관가 미곡 창고를 털면 모두 주민에게 돌려주었다.

"백성을 지키지 못한 나라는 세금을 받을 자격이 없습니다. 젊은이를 끌고 가는 몽골 놈들, 노약자들이 농사지은 것을 빼앗아 가는 개경 놈들이 다 도적입니다. 이 농산물의 주인은 여러분입니다. 맘껏 가져가십시오."

피골이 상접한 몰골로 곡물을 들고 가는 농민들이 감사의 눈물을 흘렸다. 삼별초의 활동으로 서남해안 농민들이 배를 채울 때 개경 왕실은 공물이 줄어 끼니를 걱정해야 했다.

그때부터 삼별초 수뇌부가 모여 개경 급습을 노렸다.

만일 삼별초가 대규모 선단으로 이동하면 금주金州, 김해에 일본 정벌 목적으로 주둔한 원군에게 제주를 빼앗길 수 있다. 가능하다면 소리 소문 없이 최소 인원으로 고려 왕을 인질로 끌고 와야 한다. 그리만 된다면 본토의 민심까지 삼별초로 확실히 넘어올 것이며, 원나라도 다시 삼별초와 협상하러 나설 것이다.

그런 판단하에 개경 기습조가 구성되었다. 개경 지리와 궁궐 구조를 잘 아는 달래가 대장으로 임명되었고, 김희취金希就, 오인봉吳仁鳳, 전우田祐 등 20여 명이 선발되었다.

1272년 4월 15일경, 기습조를 태운 배 4척이 머나먼 벽란도를 향했다.

보길도를 지날 즈음, 비바람이 불고 풍랑이 거셌다. 기습조가 사나운 바다를 어렵지 않게 헤쳐 나가던 중 표류하는 개경 수군의 배를 만났다. 꽤 큰 배임에도 중심을 못 잡고 바람에 뒤로 밀려가고 있었다. 기습조가 그 배를 나포해 추자로도 끌고 갔다.

원종이 삼별초를 회유하려고 보낸 각문부사 금훈琴熏과 그 일행 20명이었다. 금훈과 달래는 일면식이 있었다. 달래가 김통정을 구하러 간 개경에서 잠시 비구니 노릇을 하며 원종에게 설법할 때 궁을 지키던 금군이었다.

금훈의 품속에서 원 세조가 삼별초를 달래는 편지가 나왔다. 삼별초가 항쟁을 포기하면 자유민으로 살게 해주고, 일본 정벌에 공을 세우면 벼슬까지 주겠다는 파격적인 내용이었다.

"어떻게 네가 세조의 것을 가지고 왔느냐?"

달래가 다그쳤다. 금훈은 원종이 원 세조에게 특별히 부탁했다고 말했다. 원종은 자신의 명이라면 삼별초가 무시하겠지만, 한때 삼별초와 타협했던 원 세조가 나선다면 무시하지 못하리라 본 것이다.

달래는 개경 기습을 미루고 금훈 일행을 추자도에 가둔 뒤 원 세조의 편지를 제주의 김통정에게 전달했다. 김통정이 편지를 읽더니 그 자리에서 찢어버렸다.

"원나라 황제를 어찌 믿어? 지난번 진도에서도 우리를 안심시켜놓고 뒤통수쳤다. 한 번 속지 두 번 속겠나. 그놈들 한 짓을 보면 모두 죽여야겠지만, 우리 뜻을 알려야 하니 한 놈은 살려 보내라. 고려 왕에게 이르라 하라. 삼별초는 개경 정부가 원나라를 편들어 백성들을 핍박하는 한 화해할 수 없다고."

달래는 금훈만 작은 배에 태워 늙은 뱃사공 한 명을 딸려 보냈다. 그 배가 바다에서 20일을 헤매다가 가까스로 귀환했다. 금훈이 원종이 두려워할 만한 말을 했다.

"달래 일행이 폭풍우를 무릅쓰고 상경하는 것으로 보아 전하를 노리는 듯합니다."

"달래가 누구더라?"

"김통정을 구출해 간 승려 혜성입니다."

"아, 이런 고얀 것들! 그나저나 큰일 났구나."

원종은 낯빛이 하얘져 긴급히 어전 회의를 소집했다.

"도성에 계엄령을 선포한다. 벽란도 등 개경으로 오는 길목의 검문을 강화하고, 궁궐 경계에 만전을 기하라."

그리고 금훈에게 표문을 주어 원나라 세조에게 보냈다.

'황제 폐하께서 개과천선의 기회를 주는데도 적들은 무시하고 있습니다. 상국의 군대를 보내어 무뢰배를 소탕해주십시오.'

세조도 자신을 무시한 삼별초가 괘씸했다. 하지만 진도를 정복하기까지 여러 번 낭패를 본 일도 있고 해서 선뜻 나서기 꺼려졌다. 일본 정벌부터 마무리하고 싶었다.

세조의 의중을 잘 아는 홍다구가 고려의 처지를 더 곤혹스럽게 했다.

"원나라가 삼별초를 진도보다 더 먼 제주로 쫓아냈습니다. 그러면 그 잔당 정도는 고려가 처리해야지 또 상국에게 짐을 넘기려 하니 한심합니다. 이제 고려는 삼별초 잔당을 처리한 후 상국의 뜻에 따라 일본 정벌에 열중해야 합니다."

그러나 개경 정부의 힘만으로 삼별초를 정벌하기란 쉽지 않았다. 속이 탄 원종은 벽란도 등 왕궁 주변의 수비만 대폭 강화했다.

이 소식을 들은 달래는 개경을 직접 공격하기는 어렵다 보고 삼별초 병사 몇몇과 함께 강화를 지나 임진강까지 누비고 다녔다.

같은 해 6월, 원종은 나유羅裕 장군에게 군사 1천5백을 긁어모아 주며 전라도 연안을 방어해보라 했다. 그것을 비웃듯 달래 일행은 전라도에서 개경으로 가던 조운선의 공물을 탈취했다. 또 고란도보령 원산도의 조선소까지 파괴했다. 그야말로 종횡무진이었다.

원종은 체면이 말이 아니었다. 다시 이유비李有庇를 원 세조에게 보내 호소했다.

감히 황제 폐하께 또 아뢰ㅂ니다. 과인이 상국의 덕으로 왕이 되었지만, 무능하여 적들이 나라의 공물을 약탈해 가는데도 막지 못하고 있습니다. 이런 상황이 계속되면 일본 공략에 쓰일 전함의 건조까지 지장을 받지 않을까 걱정입니다. 바라옵건대 적들을 소탕해주십시오. 상국의 군량 조달 지시도 삼별초가 조운선을 탈취하는 바람에 이행치 못했습니다. 이제야 벼가 익는 중이니 추수 때까지 기다려주십시오.

"이런 한심한 것들 같으니! 나라 공물도 제대로 지키지 못한다는 게 말이 되느냐. 그렇게 허약해서 나라라 할 수 있겠느냐."

"송구하옵니다, 폐하. 여하튼 삼별초를 제거해야만 상국에 군량도 제때 바칠 수 있을 듯하옵니다."

세조가 이유비의 말에 마지못해 수긍했다.

하지만 또 홍다구가 고려에 훼방을 놓았다. 금주金海에 표류한 일본 배를 조사하던 중 경상도 안찰사 조자일曹子一이 일본과 내통한 사실이 드러난 것이었다. 홍다구가 직접 조자일을 고문하고 나서 원 세조에게 서한을 보냈다.

고려가 일본과 내통하고 있습니다. 경상도 안찰사가 바로 그 증거입니다. 고려에 공물을 더 부과하고 철저히 감시해야 합니다. 그래야 딴생각을 못 합니다.

"이런 나쁜 놈들, 감히 나를 속이려 들다니! 이놈들이 정신 차리도록 곤장을 쳐라."

그 일로 이유비 고려 사신 일행은 피떡이 된 채 개경에 돌아와야 했다.

당시 삼별초는 원나라 군대가 주둔하고 있던 금주 등은 건드리지 않았다. 주로 강진 등 전라도와 경상도 일부의 연안만 공략했다. 관아를 불태우고 창고를 헐어 양곡을 주민들에게 돌려주었던 것이다. 그러다가 김통정이 원 세조의 초유문을 찢어버린 후 달라졌다.

원나라가 일본 정벌을 위해 건조 중인 선박도 보이는 대로 소각하고 조선공들을 납치해 갔다. 그 배들이 결국 제주 공략용으로 사용될 수 있다고 본 것이다.

이 보고를 받은 원 세조가 용상에서 일어나 펄쩍 뛰었다. 세조의 분노가 극에 달했다. 지난번 자신의 초유문을 무시할 때도 참았다. 그러나 그대로 방치하면 제국의 다스리는 데 차질이 빚어질 판이었다. 마침 원종이 극비리에 서찰을 보내왔다.

일본 정벌에 동원할 고려 군사를 최대한 징집하고 있다는 것,

그리고 여몽 연합군이 일본을 공략할 때 제주의 삼별초가 후미를 공격하면 헤어날 길이 없다고 적혀 있었다.

세조도 공감하는 바였다. 일본 정벌을 미루고 삼별초를 먼저 정벌할 수밖에 없었다.

그럴 때도 삼별초는 동남부의 원군 주둔지와 강화해협까지 출몰했다. 원 세조와 고려 원종을 번갈아가며 농락했다. 이 모든 구상은 제주의 김통정이 과민도장 구성원들과 함께했다. 김통정의 구상과 결정은 이문경의 연락 부대를 통해 서해의 달래와 남해의 유존혁에게 전달되었다.

달래의 서해 부대는 11월에 안남도호부^{부천} 부사 공유^{孔愉}와 그 부인을 잡아갔고, 뒤이어 유존혁의 남해 부대도 합포^{마산}와 거제현에 정박된 연합군 전함 수십 척을 불태웠다.

그다음 달래의 부대가 영흥도에 배를 정박하고 안산까지 갔는데, 그곳에는 노인과 아녀자밖에 없었다. 그들도 삼별초를 변함없이 지지했다. 그러나 삼별초에 입대할 처지는 아니었다.

김통정의 고민이 바로 거기에 있었다. 서남해안과 내륙을 공략해도 그 지역을 지켜줄 군사를 모집하기가 어려웠다. 힘깨나 쓰는 청장년은 이미 몽골과의 전쟁에서 죽었거나 몽골로 끌려갔고, 그나마 남은 자들은 대부분 개경 정부에 차출되었던 것이다.

결국 고려군 내부의 이반을 꾀하는 수밖에 없었다. 그래서 제주로 물러간 삼별초가 더 강경하게 내륙에 출몰했고, 원나라 군대까지 공격하면서 고려 군사 중 간혹 삼별초로 넘어가는 자들이 나왔다.

그러자 기겁한 원종이 힌두에게 보호해달라고 사정했다. 기존 고려군만으로는 안심이 안 되었던 것이다. 그때부터 원군 기병 50명이 궁궐을 매시간 순찰했다. 원종이 김방경을 불러 속내를 털어놓았다.

"솔직히 겁이 나오. 전도도과前徒倒戈가 일어날까 봐…."

주나라 무왕이 상나라 주왕을 토벌하러 쳐들어갔을 때, 도리어 상나라 선봉군이 창을 돌려 자기 편을 공격했다. 원종은 그 전도도과처럼 고려군이 삼별초 편에 서지 않을까 두려워했다.

"전하, 아직 그 정도는 아니오니 과히 심려치 마시옵소서. 그래도 난이 더 길어지면 좋을 것이 없사옵니다. 제가 원나라에 다녀오겠습니다."

김방경이 서둘러 원나라 세조를 만나러 갔다.

"폐하, 역적의 무리가 섬은 물론 육지까지 점거할 태세이옵니다. 삼별초의 유존혁이라는 자는 일본에 다녀왔고, 남송에도 다녀올 예정이라 하옵니다."

유존혁이 남송에 갈 것이라는 말은 김방경이 지어냈다. 하지만 유존혁이라는 이름은 김통정만큼이나 원 세조를 자극했다. 유존혁이 여러 차례 고려 내의 원나라 수군 기지를 짓밟았기 때문이었다.

"뭣이라? 삼별초가 일본에 이어 남송에까지 손을 뻗치겠다?"

원나라는 남송을 마지막으로 밀어붙이고 있었다. 그런데 만에 하나 삼별초 세력이 커져 남송을 돕겠다고 나서기라도 한다면… 이런 생각에 세조가 머리를 흔들며 시위친군 왕잠王岑을 불렀다.

"홍다구를 만나 제주 공략 방안을 마련하라. 가능한 한 빠른 시일 내에 시행하라."

홍다구는 세조에게 다음과 같은 표문을 올려 허락받았다.

삼별초의 인척들이 개경에 있다 하니, 그들을 보내 회유해보고 안 되면 즉시 공격하겠습니다.

원나라와 삼별초의 전면전

홍다구는 개경을 이 잡듯 뒤져 삼별초의 친인척 5명을 찾아 냈다. 그들은 김통정의 조카라는 김찬金贊, 삼별초 장군 오인절 吳仁節의 친척 오환吳桓·오문吳文·오백吳伯, 또 다른 삼별초 주요 인 물의 인척 이소李邵였다.

그러고도 홍다구는 김통정의 가족이 더 필요하다며 직접 압 록강 변으로 가서 양수척을 수색했다. 그제야 홍다구는 김통정 의 아버지가 김판술이라는 것을 알았다. 하지만 자운선은 이미 행적이 묘연했고, 김판술의 사촌도 전라도 무주로 깊숙이 숨어 버렸다.

원종은 전라도 안찰사 권단權㫜에게 특명을 내렸다.

"김통정의 사촌이 전라도에 숨어 있다고 한다. 잘 구슬려 개 경으로 올려 보내라."

권단은 무주 산골 깊숙이 은거하던 김영金永을 찾아냈다. 김통정의 아버지 김판술의 조카로, 김통정과 사촌지간이었다. 홍다구가 횡재한 것처럼 좋아하며 원종에게 데리고 갔다. 원종이 김영을 보니 사람 됨됨이가 가벼워 보였다. 그래서 이렇게 구슬렸다.

"잘 왔다. 네 형을 잘 설득해보거라. 이쯤에서 그만두면 원나라 황제께서 김통정을 일본 정벌군 사령관에 임명하기로 했다. 사실 네 형처럼 수전에 능한 자가 어디 있겠느냐. 너에게는 전라도 안찰사를 제수하겠다."

김영이 뛸 듯이 기뻐 몇 번이나 성은이 망극하다며 큰절했다.

삼별초의 친인척 여섯 명이 8월에 항파두리성으로 찾았다. 김통정을 난생처음 만난 김영은 '김판술이 바로 자신의 큰아버지이니 우리는 형제지간'이라며 반가워했다. 김통정도 그날에서야 아버지가 누군지 알게 되었다.

"형님의 위명은 익히 들었는데, 이리 보니 참으로 대단하십니다. 오죽하면 원나라 황제까지 형님이 생각만 바꾸면 일본 정벌 총사령관을 맡긴다고 하셨겠습니까. 그리되면 나도 전라도 안찰사를 하기로 다 약조하고 왔습니다. 형님 덕에 우리 집안이 귀족 명문가가 되게 생겼습니다."

"그만해라. 피곤할 테니 오늘은 쉬고 내일 얘기하자."

다음 날 일찍 삼별초 장수들은 물론 과민도장의 주요 인물까지 모두 모였다. 그 자리에서 입장이 난처해진 오인절 장군 등이 차례로 심경을 밝혔다.

"오환, 오문, 오백이 제 조카인 것은 맞습니다만, 원나라와 타협하지 않겠습니다. 설령 돌아가신 조상이 살아온다 해도 안 됩니다."

다음, 이소의 삼별초 친척도 입장을 표명했다.

"이소, 네가 어찌 이럴 수 있느냐. 삼별초가 남천할 때 같이 가자 했더니 숨어버리고. 이제 와 고려 왕의 편에서 공을 세운다며 여기까지 찾아오다니…."

그들의 입장을 확인한 김통정이 칼을 뽑았다.

"이놈들, 여기가 어디라고 찾아왔느냐. 감히 역적의 심부름꾼 노릇이나 하다니. 너희의 죽음은 원나라의 개가 된 지금의 왕으로 인한 것이니 나를 탓하지 마라."

김통정은 그렇게 사촌 동생까지 다섯 명의 목을 날리고 김찬의 목에 칼을 들이댔다.

"오늘 본 그대로 왕에게 전하라."

김찬은 송군비와 함께 몽골 사신 흑적을 일본으로 안내하다가 악천후로 돌아온 적이 있는 인물로, 김통정의 가족은 아니었다.

자운선이 최충헌의 첩이었을 때, 자운선의 저택 경호와 양수척 공물을 관리하던 사람들 가운데 김대집金以緝이란 자가 있었다. 자운선은 나이가 많은 김대집을 오라비라 불렀다. 그래서 자운선이 김대집의 동생으로 소문났고, 그 김대집이 늘그막에 아들 김찬을 두었던 것이다.

제주도에서 혼자 살아 돌아온 김찬을 만난 원종과 홍다구는 삼별초를 회유하기 불가능하다는 것을 다시 한 번 절감했다.

당시 개경 왕실은 창고가 텅 빌 때가 많았다. 그런데도 원종이 물품을 제때 안 바친다고 윽박질러대는 통에 견디다 못한 창고 관리 강위찬姜渭贊, 문습규文習圭 등이 중으로 변장해 야반도주하는 일까지 생겼다.

이런 상황에서 삼별초의 공격은 더 거세졌다. 보령의 고란도에서 고려 전함 6척을 불태우고 선박 기술자들을 죽였다. 특히 달래는 서해를 독무대처럼 항해하며 개경에 침입할 틈만 엿보고 있었다.

이 때문에 개경의 다루가치 이익李益이 의심을 품었다. 강화도 관리 중 삼별초와 내통하는 자가 있다고 보았다. 그는 강화도 선원사로 유람 간다는 핑계를 대고 벽란도의 고려 전함 5척에 30여 군사를 태우고 강화도 승천포로 향했다.

선원사는 최이가 세운 절로, 대몽 항쟁과 관련이 깊다. 이 절에 설치된 대장도감에서 국난 극복의 염원을 담은 팔만대장경 경판 조각을 지휘했던 것이다. 이익은 선원사를 연결고리로 관리와 삼별초가 연결되어 있으리라 보았다.

이익이 강화도 관아에 들러 융숭한 대접을 받고 현령을 앞세워 선원사로 향했다. 그 길에 원감국사圓鑑國師 일행과 마주쳤다. 일행에는 달래도 끼어 있었다.

현령이 국사에게 인사했다.

"스님, 어인 일입니까?"

"선원사에 들렀다가 더리미포구로 가는 길일세."

이익은 국사 일행을 범상치 않게 보고 현령에게 물었다.

"누구냐?"

"원감국사입니다."

고려 관리치고 원감국사를 모르는 이가 없었다. 1244년 과거에 장원으로 급제하고 벼슬을 했으나 10년 만에 선원사 법주 원오국사圓悟國師 밑으로 출가했다. 이 일이 한동안 도성 안에 큰 화제가 되었다.

원감국사의 아버지 위소魏紹는 몽골군과 싸운 참전 용사였고, 허벅지 살을 베어 어머니 병을 구환灸患한 효자로 유명했다. 1224년 당시 고종이 위소를 효의 귀감으로 삼고 큰 상을 내렸다. 이런 일로 인해 원감국사는 조야의 흠모를 받고 있었으며, 고려에 온 원나라 다루가치들도 국사를 잘 알았다.

원감국사라는 말에 다루가치 이익의 표정이 부드러워졌다.

"이리 뵙게 되니 영광이오. 그런데 어딜 급히 가십니까?"

"다루가치께서 맞춰보시오. 하하하하…"

"……"

"그러면 다루가치께서는 여기 왜 오셨소?"

"⋯⋯."

"내 한번 맞춰보리다. 척 보아하니 유람차 온다 하시고 혹 강화도에 삼별초의 첩자가 있지 않나 해서 오셨구먼."

속내를 들킨 이익이 뜨끔했다. 그때 고려 수군들이 역시 스님은 영통하시다 하는 찬탄과 함께 합장을 올렸다.

원감국사가 큰기침을 했다.

"흠, 흠. 서북쪽 해안에도 삼별초가 나타나지만 서남해안은 더 심해요. 내가 선원사에 들른 것은 의용군을 모집하기 위해서였소. 이분들은 강화도 어부들이오. 함께 순천으로 내려가는 참이오. 관군이 삼별초를 막지 못하니 나 같은 돌중까지 나서는 것 아니겠소?"

당시 원감국사는 순천 정혜사의 주지로 있었다. 고려 수군들과 현령까지 연신 죄송하다면서 법어 한 말씀만 주십사 하고 부탁했다.

"법어라고까지 할 것은 없소. 내 선시 하나 읊음세.

일일간산간부족 日日看山看不足

시시청수청무염 時時聽水聽無厭

자연이목개청쾌 自然耳目皆淸快

성색중간호양념 聲色中間好養恬."

무슨 뜻인지 궁금해하는 이익에게 한 수군이 설명해주었다.

"날마다 산을 보고 또 봐도 늘 아쉽고, 매양 듣는 물소리도 지루하지 않구나. 저절로 눈과 귀가 상쾌해지나니, 물소리와 산빛 가운데 평안이 찾아들도다."

이익이 잠시 선시에 취한 그때 국사가 한마디 남기고 휘적휘적 포구로 향했다.

"인생 그리 빡빡하게 살 것 없어. 다들 한적한 가운데 스스로 즐길 줄 알아야지. 그것이 곧 한중자경閑中自慶이라네."

이익은 원나라 황실의 종교로서 대승 불교의 일파인 라마교를 신봉했다. 국사를 흠모의 눈으로 바라보다가 정신이 들었는지 현령에게 재촉했다.

"서두르시오. 오늘 선원사에 들렀다가 외포리까지 둘러봐야 하오. 시간이 없소."

삼별초 출발지인 외포리의 어민 중 첩자가 있다는 소문이 돌았던 것이다. 국사 일행은 포구로 내려가고, 이익 일행은 선원사로 올라갔다.

달래는 어떻게 원감국사를 만났을까?

국사와는 백련사 승려일 때부터 친분이 있었다. 삼별초가 제주도로 간 후에도 선원사 승려들은 물론이고 국사도 달래에게 중요한 정보를 주었다. 달래가 그곳 선원사에 잠입한 날 마침 원감국사가 와 있었다.

"국사님, 여기 어인 일입니까?"

"막내 이모가 많이 편찮다 하여 청련사에 가는 길에 잠시 들렀소."

원감국사의 막내 이모는 고종의 비빈 출신으로 청련사에 있었다.

그날 달래는 선원사에서 중요한 정보를 입수했다. 원종이 원나라 기병까지 동원해 개경 왕궁을 경비하게 하고 있었다. 또 그가 외출할 때는 자신과 닮은 사람이 어가를 타고 따로 가게 해 행선지를 극비에 부치고, 수상한 자가 보이면 바로 체포하거나 살해한다는 것이었다.

그런 상황이라면 서해 공략은 잠시 멈추고 동남해를 공략해 개경의 방심을 유도할 필요가 있었다. 그날 무리해서라도 개경에 침입하려던 달래는 계획을 바꾸어야 했다.

달래 일행은 어부 차림으로 더리미포구에서 기다리던 삼별초 병사들을 만나 배에 올랐다. 원감국사를 김포 해안에 내려주고 남행하려는데 한 병사가 말했다.

"장군. 국사도 보내드렸으니 뒤쫓아가 다루가치를 죽입시다."

"그래. 배를 돌려라. 한동안 서해에 나오지 않을 텐데 마지막으로 전과를 거두어야겠다."

배가 다시 더리미포구를 향했다.

"아니지. 다루가치 한 놈 죽이는 것보다 그들의 배를 없애는 것이 더 시급하지. 배를 승천포로 돌려라."

고려 수군들이 다루가치가 돌아오기를 기다리며 노닥거리고 있었다. 수군들은 삼별초 병사들이 어부인 줄 알고 방심했다가 모두 물고기 밥이 되었고 전함까지 침몰당했다.

그 후 달래 일행은 유유히 강화해협을 빠져나갔다.

흑산도로 내려간 달래는 유존혁 부대와 합류해 동남해안 공략에 주력했다. 그중 11월의 합포마산 공격이 가장 통쾌했다. 적함 수십 척을 불태웠을 뿐 아니라 원나라 병사를 다수 죽이고 일부는 납치했다. 합포는 전국에서 건조된 전함들이 모이는 곳으로, 그곳에서 가까운 금주김해에 원나라 주둔군의 본부가 있었다.

원 세조는 합포에 전함과 전투 병력을 갖춘 뒤 삼별초를 정벌하고, 제주도를 일본 정벌의 전진 기지로 삼으려 했다. 삼별초와의 전면전을 유보한 것은 바로 그 때문이었다. 그러나 그런 세조를 비웃듯 삼별초가 합포를 연달아 공격했다. 결국 합포에 있던 원나라 병사들은 본대가 머무는 금주로 피신해야 했다.

의중을 간파당한 세조가 금주에 머물고 있던 홍다구를 불렀다. 홍다구가 개경을 거쳐 원종의 정성 어린 배웅을 받으며 원나라의 수도 대도현 베이징로 갔다.

세조가 만조백관이 모인 자리에서 삼별초와 전면전을 선언했다.

"삼별초가 감히···. 감히 천자의 나라 대원大元의 자존심을 뭉개고 있다. 도저히 묵과할 수 없다. 우리 병력은 진도 공략 때처럼 총 1만2천 명으로 한다. 둔전군屯田軍 2천, 한군漢軍 2천, 무위군武衛軍 2천으로 하고, 여기에 수부水夫 3천을 포함한 고려인 6천을 동원하라. 총사령관은 힌두가 맡고, 원군은 홍다구가 고려군은 김방경이 지휘하라. 홍다구가 고려로 가서 이 명령을 하달하라."

둔전군이란 임연이 1269년 원종을 폐위했을 때 그를 빌미로 고려에 들어와 주둔하고 있던 몽골군이었다.

1272년은 그렇게 지나갔다. 1273년은 원종 치세 14년이 되는 해였다. 연초부터 하루가 멀다 하고 급박한 일이 터졌다.

그해 첫날 흑산도에 머물던 달래의 서해 부대로 김통정의 지시를 받은 이문경이 황급히 찾아왔다.

"장군, 속히 제주로 가셔야 합니다."

"무슨 일입니까? 김 장군에게 무슨 변고라도…"

"아닙니다. 아무래도 원나라 황제가 본색을 드러내는 것 같습니다. 일본 정벌 전 제주를 치기로 했다는 믿을 만한 정보를 입수했습니다. 지휘부에서 달래 장군을 남송에 보내기로 결정했습니다."

남송에 가서 다시 군사 동맹을 체결해보라는 것이었다.

달래는 황급히 항파두리성에 들러 외교 문서를 수령하고 남송으로 갔다. 그곳에서 강화도 백련사 주지 시절에 방문했던 항주 인왕사를 찾았다.

그때의 주지 혜개는 달래가 다녀간 뒤 얼마 지나지 않아 입적했고, 남송 상황도 훨씬 악화되어 있었다. 원나라와 40여 년간 전쟁을 치르며 피폐해질 대로 피폐해진 상태였다.

게다가 전략 요충지인 양양襄陽의 공방전에서도 밀리면서 패색이 완연했다. 어렵사리 만난 가사도마저 달래의 외교 문서를 보더니 아쉽게도 때늦은 일이라 했다. 기사도는 지금 남송도 버티기 힘든 지경이라며 한숨을 쉬었다.

달래는 제주로 돌아오는 뱃길에 심한 두통에 시달렸다. 뱃멀미 때문이 아니었다. 12년 전 남송과 동맹을 맺을 절호의 기회를 버린 김준 때문이었다. 김준이 남송동맹을 주장하는 자신과 김통정에게 너무 일을 크게 벌이려 한다고 책망하듯이 말했다. 그때의 일이 자꾸 떠오르고, 생각하면 생각할수록 원통해 머리까지 지끈거리는 것이었다.

삼별초 정벌을 결정한 원 세조는 정월부터 원종에게 곰 가죽을 보내라고 닦달했다. 원종은 지방 수령들을 닦달해 전국의 포수가 눈 덮인 산과 들을 뒤지고 다녔다.

2월 보름에 홍다구가 원나라에서 돌아와 다루가치 이익을 대동하고 원종을 찾았다.

"원나라 황제께서 귀국의 바람대로 군대를 출동시키기로 했으니 귀국도 군사 6천을 동원하시오."

원종이 얼마나 좋았던지 엉겁결에 벌떡 일어나 원나라 궁궐이 있는 대도를 향해 엎드렸다.

　그날부터 개경 정부는 각 도에 초군별감抄軍別監을 설치해 군병을 징집하기 시작했고, 조선소의 병선 건조 작업도 독려했다. 그런 가운데 나라 재정은 더욱 어려워져 원종이 하루에 저녁 한 끼는 굶어야 했다.

악천후 속 애월포의 분투

　연합군의 집결지는 나주 반남현潘南縣의 영산강.

　김방경이 흔두와 함께 집결지로 내려갈 때 원종이 도끼를 주며 일렀다.

　"이 도끼로 김통정과 달래의 목을 반드시 쳐라."

　각지에서 영산강으로 군사들과 병선이 속속 도착했다. 연합군에게 불길한 소식도 들렸다. 양광도에서 건조한 병선 20척이 남하 도중 가야소도伽倻召島, 임자도에서 파선하면서 남경판관 임순任恂, 인주부사 이석李奭을 비롯해 115명이 익사하고, 경상도 전함 27척도 침몰했다는 것이다.

　할 수 없이 전라도에서 건조한 배로 훈련에 돌입했다. 주변 절의 승려들, 지방 관리들, 주민들도 무작위로 끌어와 동참시켰다. 삼별초 진압군의 이동으로 고려 강토가 어수선했다. 그런데도 원나라 황후가 낙산사 관음 여의주를 원한다고 하니 원종이 낙산사까지 직접 가서 구해다 바쳤다.

영산강에 모인 연합군이 훈련에 돌입했다. 마침 암태도에 삼별초 함선 17척이 정박해 있다는 보고를 받은 김방경은 전력을 시험해볼 겸 40여 병선으로 출정했다.

암태도 앞바다에 떠 있는 삼별초 함선의 진형은 묘한 모양이었다.

"만다라卍 진형이다!"

한 수군이 외쳤다. 달래의 삼별초가 서해에 출몰할 때마다 이 진형으로 고려 수군을 농락했다. 오랜 훈련과 고도로 숙련된 항해술이 필요한 진형이었다. 배는 10척 이상이면 가능했고 넓은 바다일수록 더 유리했다.

배들은 지휘선을 중심으로 가지처럼 뻗은 네 날개 또는 세 날개를 유지하며 빙글빙글 돈다. 그 안에 적선이 들어왔다 하면 날개에서 앞으로 구부러져 나온 전함에 덜미를 잡힌다.

고려 수군이 지휘선에 우뚝 선 달래를 공격하러 달려들었다가 만다라 진형에 휩쓸렸다. 돌아가는 네 날개 속에 낀 배들이 하나씩 침몰했다. 삼별초 수군은 너울에 강했다. 배들이 바위 같은 파도를 그네 타듯 오르내리며 돌고 있었다.

고려 수군 중 노련한 수부를 태운 김방경의 배만 간신히 만다라 진형에서 빠져나갔다. 이를 지켜보던 달래의 배가 신속히 그 곁으로 다가갔다.

"야, 김방경. 이 정도 파도에 쩔쩔매면서 어찌 삼별초와 싸우려 하느냐? 이 겁쟁이야. 살려줄 테니 가서 원나라 우두머리에게 전해라. 네놈들이 땅에서 무적일지 모르나 바다에서는 우리를 당해낼 수 없다고. 하하하하…."

샛노래진 김방경 얼굴을 달래의 배가 지나치며 일으킨 물결이 후려쳤다.

그날부터 김방경은 악천후만 골라 훈련에 몰두했다. 파도가 심하면 심할수록 훈련의 강도를 높였다.

마침내 1273년 4월 9일이었다.

160척의 연합군 배가 제주도를 향해 출발했다. 기항지는 추자도로, 그 섬에 주둔하던 삼별초는 물론 서남해안에 산재하던 삼별초까지 이미 제주도로 철수한 상태였다.

삼별초가 모두 모였어도 병력은 2천 명이 채 안 되었다. 제주 백성들도 2만 명 안팎에 불과했다. 그런데 연합군이 1만2천 명이었으니….

더구나 연합군의 원군은 유라시아 정복전을 치른 베테랑들이었다. 원 세조가 삼별초 공략에 총력을 기울인 셈이다. 그에 맞서 삼별초는 제주 앞바다에서 연합군을 결판낼 작정이었다. 연합군은 반드시 제주에 상륙해야만 승산이 있다고 보았다.

연합군 총사령관 힌두가 지도를 펴놓고 작전을 지시했다.

"여기를 봐라. 사추史錐의 우군이 앞장서서 항파두리성의 외항 애월포를 공격한다. 그러면 삼별초가 그쪽으로 쏠릴 것이다. 그때 나와 김방경의 중군은 항파두리성 동쪽 함덕포에, 홍다구의 좌군은 서쪽 비양도에 상륙한다. 그래야 우리가 바라는 지상전을 펼칠 수 있다."

삼별초의 해상 방어력을 분산시켜 상륙할 틈을 찾기 위해 진도 공격 때와 마찬가지로 세 갈래로 공격하기로 한 것이다. 중군은 삼별초가 한쪽으로 쏠릴 때 기습하기 위해 기마병 중심으로 편성했다.

그 후 한동안 추자도에 머물며 실전처럼 모의 훈련을 했다. 이때도 악천후에 더 맹렬히 훈련했다.

하늘에 구름 한 점 없는 어느 날 새벽, 연합군이 제주로 출항했다. 보통 15시간 이상 걸리는 거리이지만 알맞게 서북풍이 불어 초저녁이면 도착할 것 같았다.

원나라 병사들은 고려에 와서야 수전 훈련을 받았다. 바다를 전투 장소로만 여겼던 그들은 제주로 가는 길에 수평선에서 솟아오르는 해를 보며 신비감에 젖어들었다. 서쪽 수평선으로 일몰이 시작될 때까지도 바다는 평온하기만 했다.

특히 중앙아시아 내륙 출신 몽골병들에게는 망망대해도 일출과 일몰의 장관도 생애 처음이었다. 힌두가 수군들에게 그만 정신 차리고 항해를 서두르라고 재촉할 정도였다.

어느새 해가 수평선 너머로 자취를 감추었다. 어둠이 내리자 갑자기 돌풍이 일었다. 그토록 평화롭던 바다가 일순간 표변한 것이다.

항로를 책임진 김방경이 직진 신호의 깃발을 위아래로 흔들었다.

"그대로 가라! 겁먹지 말고 노를 굳게 잡아라!"

파도가 덮쳐 배마다 바닷물이 밑바닥에 고였다. 노 젓는 수부를 제외한 모든 병사가 차오르는 물을 퍼내야 했다. 아무리 퍼내도 끝이 없어 제주에 도착하기 전에 병사들이 쓰러질 지경이었다.

힌두는 상륙하기도 전에 물에 다 빠져 죽겠다며 후퇴했다가 날이 개면 다시 공격하자고 했다. 좀처럼 화를 내지 않던 김방경이 버럭 고함을 질렀다.

"이런 날씨 아니면 달리 삼별초를 이길 방법이 있습니까? 어차피 수전으로는 죽었다 깨어나도 삼별초를 못 이깁니다. 진도 공략에서도 삼별초를 속이고 상륙한 뒤에야 이겼습니다. 지금도 똑같습니다. 귀신도 항해할 수 없을 만큼 날씨가 궂어야 삼별초가 안심하고 바다에 나오지 않습니다. 풍랑에 배가 난파되면 헤엄쳐서라도 상륙해야 합니다. 바로 오늘 이런 악천후를 뚫고 가지 못하면 앞으로 이길 날이 오지 않습니다. 영원히."

힌두가 들어보니 맞는 말이었다. 더구나 서북풍이 불고 있어 회항하기도 쉽지 않았다.

"좋아! 한 번 죽지 두 번 죽냐? 전군 돌격하라!"

그 말이 떨어지기 무섭게 폭우까지 쏟아졌다. 그나마 일렁이는 파도 너머 저 멀리 제주 섬이 오르락내리락 보이기 시작했다. 벌써 몇 척의 배가 파도에 깨져나가 병사들이 널빤지를 부여잡고 필사적으로 육지로 향했다. 이대로라면 모두 파선될 게뻔했다.

"이번 토벌이 실패하면 고려도 끝이건만, 정녕 하늘이 사직을 저버리는가?"

어두운 하늘에 김통정의 장탄식이 흩어지는데, 어느 결에 묘하게 풍랑이 잦아들었다. 아직도 비는 그대로 내리고 있었으나 수평선 저 아래에서 희미한 빛이 올라오기 시작했다. 연합군은 밤새 악천후와 싸웠던 것이다.

작전을 세웠던 대로 먼저 우군이 혼신을 다해 애월포 앞으로 접근했다. 그런데 조용했다. 삼별초는 다 어디로 갔을까?

김통정도 연합군의 공격을 앞두고 이미 대응 전략을 세워두었다.

"저놈들이 동서와 중앙 삼면으로 침입할 것이다. 애월포는 달래 장군이 맡고, 이문경 장군은 군항포를, 부예랑夫乂郞 장군은 함덕포를 맡으라. 병력은 함덕포에 3백, 군항포에 2백, 나머지 1천5백을 애월포에 배치한다. 필수 인원만 빼고 모두 승선해 있다가 적이 상륙하기 전 바다에서 끝내야 한다. 나는 여기에 남아 전체를 지휘하겠다. 진도의 실수를 두 번 다시 반복하지 말자. 적의 상륙만 허락하지 않으면 반드시 이기는 싸움이다."

삼별초는 그날부터 각자 방어 지역으로 가서 배 위에서 침식하다시피 했다. 하지만 어젯밤은 비바람이 거셌다. 전함이 바위에 부딪혀 부서지기까지 했다. 할 수 없이 집채만 한 파도가 밀려오는 가운데 부서지지 않은 전함을 안전한 포구에 묶어 두고, 해안에 경비병을 배치한 후 모두 숙소에 대기했다. 그런 악천후에 연합군이 상륙하리라고는 감히 상상도 못 했던 것이다. 설령 알았다 해도 해전은 불가능한 상황이었다.

삼별초 경비병들은 현무암 초소 안에 횃불을 밝혀놓고 있었다. 경비병이 바다를 살핀다 해도 세차게 내리긋는 빗줄기에 가려 어둠 속의 적함이 눈에 띌 리 없었다. 도리어 초소의 횃불이 연합군의 상륙에 길잡이가 되었으니….

경비병들은 연합군이 상륙하는 소리를 듣고서야 달래에게 달려갔다.

"적이, 적이 상륙했습니다!"

"뭐라고? 설마…."

달래는 밤새 깨어 있다가 새벽녘에야 잠시 눈을 붙였다. 경비병의 급보에 놀란 달래가 후다닥 병사들을 깨워 포구로 나갔다. 벌써 사추의 우군 2천 명이 상륙하면서 매어놓은 배의 뱃줄을 끊어버렸다. 삼별초의 배들이 파도에 휩쓸려 바다로 사라지고 없었다.

한인漢人으로 편성된 사추군은 삼별초의 상대가 되지 못했다. 백전노장 사추도 그 사실을 미리 알고 지휘선을 정박해놓은 채 그 위에 서서 돌격 명령을 내렸다.

초반에 수적 우세로 버티던 사추군이 차츰 삼별초에 의해 정리되었다. 달래가 사추를 잡으러 가자, 사추는 웃으며 바다로 도주했다. 사추는 2천 한군을 버리며 목적을 달성했다. 그 시각, 홍다구의 좌군은 별다른 저항을 받지 않고 비양도에 내렸다.

김방경과 힌두의 중앙군도 함덕포에 닻을 내렸다. 기마병으로 편성된 중앙군은 바위틈에 매복한 삼별초가 튀어나오는 바람에 멈칫했지만, 김방경이 독려했다.

"여기서 멈추면 적들이 배를 타게 되고, 해전으로 이어져 우리가 불리하다. 무조건 상륙하라!"

용기를 얻은 대정 고세화高世和가 먼저 배에서 뛰어내렸다. 뒤이어 선봉장 나유羅裕와 1천여 정예병이 따라 내려 함덕포의 3백여 삼별초와 싸우기 시작했다. 그러는 사이 나머지 연합군이 대거 상륙했다.

천하의 수군 삼별초와 천하의 육군 원나라 군대는 육지에서 싸움이 붙었다. 삼별초가 분전했지만 중과부적이었다. 삼별초는 제주 출신 부예랑 장군까지 전사했다.

그즈음 홍다구의 좌군은 비양도에서 군항포 방향으로 이동했다. 그들은 무위군으로, 화시火矢, 대포, 진천뢰震天雷 등의 화약 무기로 무장하고 있었다.

홍다구가 선발대를 보내 이문경의 삼별초와 백병전을 벌이게 했다. 미리 계획한 대로 선발대가 후퇴하게 했고, 후발대를 내보내 추격해 달려오는 삼별초를 멀찍하게 둘러싸 화시를 쏘았다. 삼별초는 화시 앞에 속수무책이었다. 이문경 장군을 비롯한 2백여 삼별초 병사가 속속 쓰러졌다.

애월포는 달래가 사수했지만, 함덕포와 군항포가 무너지고 부예랑 장군에 이어 이문경 장군까지 전사했다. 삼별초에게는 예상치 못한 악천후가 빚은 참사였다. 연합군에게는 해상전을 피하려고 우군을 달래에게 내준 고육지책 끝의 성과였다.

김통정과 달래는 흩어져 싸워서는 적의 우세한 화력과 병력을 당해낼 수 없다고 보았다. 항파두리성에 달래와 3백 명만 남기로 하고, 김통정은 1천5백 명을 데리고 주변에 병풍천이 흐르는 파군봉에 올라가 방어선을 쳤다.

홍다구가 가소롭다는 듯 웃으며 오른손을 들었다. 이를 신호로 2천여 무위군이 화시를 쏘고 진천뢰 던졌다. 화약 냄새가 만발한 유채꽃의 향기를 뒤덮기 시작했다.

"으하하하, 이쯤 했으면 삼별초는 아수라장이 되었을 것이다. 달려가서 마음껏 짓밟으라!"

그런데 이상했다. 무위군이 달려가 보니 삼별초 진지에 화약 연기만 자욱할 뿐 쥐 죽은 듯 조용했다. 이윽고 연기가 옅어지며 장승처럼 우뚝 선 삼별초 병사들이 보였다.

"아뿔싸, 속았구나! 인형이다!"

그들은 보릿대로 만든 인형이었다. 인형에 삼별초 옷을 입혀 놓은 것이었다. 그 아래에는 구덩이를 파 병풍천의 용천수로 채워 놓았다. 그러니 화시를 맞고도 불에 타지 않았다.

"퇴각, 서둘러 퇴각하라!"

홍다구가 앞장서서 퇴각하는 그때, 삼별초 병사들의 웃음 속에서 김통정의 묵직한 목소리가 터졌다.

"홍다구, 이 개뼈다귀 같은 놈아! 네놈 집안은 대대로 어찌 그 모양이냐? 짐승도 주인을 알아보거늘 네놈은 어찌 네 나라를 물어뜯느냐? 오죽하면 고려인들이 네놈을 주인을 무는 미친개라 하겠느냐!"

"김통정. 그 입 닥치지 못할까? 여봐라, 저놈 주둥이를 당장 짓이겨 놓아라!"

화약 연기가 완전히 걷히며 삼별초가 모습을 드러냈다. 김통정이 홍다구를 불렀다.

"야, 개뼈다귀야. 나와 너의 승부로 이 전쟁의 승패를 가려보자!"

김통정이 홍다구 앞으로 다가서자, 무위군이 홍다구를 감쌌다. 무위군은 신무기인 화약 무기의 조작이 주특기라 백병전에 약했다. 김통정의 칼에 무위군 수십 명이 추풍낙엽처럼 나뒹굴었다.

"적들이 화약 무기를 사용하지 못하게 밀착 공격하라! 홍다구에게 달라붙어 놈을 생포하라! 저놈은 가죽을 벗겨 원나라 쿠빌라이에게 보내고 뼈다귀를 개경 왕에게 보내겠다!"

김통정의 호령에 삼별초가 홍다구를 감싼 무위군을 몰아붙였다. 그때였다. 말발굽이 요란한 소리를 내며 지축을 흔들었다. 저 멀리 보리밭을 짓뭉개며 김방경과 힌두의 기마군이 달려오고 있었다.

파군봉은 좁은 지형이었다. 더 싸워봐야 앞뒤로 포위될 게 뻔했다. 김통정은 할 수 없이 퇴각을 알리는 징을 쳤다.

"어쩔 수 없다. 항파두리성으로 퇴각하라!"

가라 달래야, 더 아래로

항파두리성 공방전 서막은 홍다구가 열었다. 파군봉에서 당한 분풀이로 김통정에게 고래고래 욕을 퍼부으며 처음부터 화약 무기를 썼다.

먼저 화시를 쏘아 삼별초의 발을 묶었다. 다음으로 성내 주요 건물을 조준해 대포를 쏘았다. 철로 만든 용기에 화약을 가득 채우고 대나무 심지에 불을 붙인 포탄이 유황불처럼 성내에 쏟아졌다. 성에 불을 지르려는 자들과 끄려는 자들의 다툼이 파군봉 너머로 해가 질 때까지 이어졌다.

드디어 어둠이 깃들 때 삼별초 병사들이 화공에 혈안이 된 홍다구 군대의 눈을 피해 서문 쪽 성루 아래로 사다리를 놓았다. 달래와 2백여 삼별초가 함께 성 밑으로 내려갔다. 순식간의 일이었다.

어둠 속에서 달래가 이끄는 삼별초의 급습을 받은 홍다구의 병사들이 괴성을 지르며 도망갔다. 그 소리를 듣고 김방경과 힌두의 기마병들이 달려갔지만, 달래 일행이 벌써 성 위로 돌아가 불화살을 쏘는 바람에 말머리를 돌려야 했다. 그들의 뒤로 달래의 비웃음 소리가 메아리쳤다.

"세계 제국이라는 원나라의 오랑캐 놈들과 그 종놈들이 꽁무니 빠지게 도망치는구나. 하하하하하…"

공방전은 다음 날에도 그다음 날에도 계속 이어졌다. 5일째 되는 날, 견디다 못한 힌두가 김방경과 홍다구를 불러 벌컥 화를 냈다.

"언제까지 공방전만 벌일 수 없다. 홍 장군은 공성탑을 만들어 그 위에서 진천뢰를 쏘고, 김 장군은 성안으로 넘어 들어가라."

지천으로 널린 게 현무암이었다. 성보다 높은 돌산 여섯 개가 금세 만들어졌고, 그 돌산 위에 삼별초의 화살을 막을 철판을 둘렀다.

돌산 위에 무위군이 올라 성을 향해 화시, 대포, 진천뢰를 쏘기 시작했다. 진천뢰 폭탄이 성안 공중에서 터지며 무수한 쇳조각이 사방으로 날아갔다. 결국 항파두리성 외성 일부가 무너지고, 삼별초 병사들은 폭탄을 피하느라 정신이 없었다.

가장 높은 돌산에 올라 있던 힌두가 노란 기를 들어 성안을 가리켰다. 성을 타넘으라는 신호였다. 돌산을 지키던 연합군들이 화약 연기가 뒤덮인 외성을 오르기 시작했다.

삼별초 지휘관들도 급히 지휘소로 모였다. 김통정이 비장한 어조로 선언했다.

"최후의 한 사람까지 전사할 각오로 싸우자!"

그런데 서른다섯 명의 지휘관이 김통정과 달래 앞에 무릎을 꿇는 게 아닌가.

"왜들 이러느냐? 적에게 항복하자는 뜻인가?"

"아닙니다. 다만…"

"그럼 얼른 일어나라. 상황이 위중한데 어떻게 싸울지부터 결정해야 한다."

황당해하는 김통정에게 성주 출신 고권高權 장군이 간곡히 부탁했다.

"대장군, 전세가 기울었습니다. 적이 외성을 타넘었고, 머지 않아 내성까지 밀고 들어올 기세입니다. 어떻게 버텨보려 해도 식량이 다 떨어진 데다 우리 병사 태반이 죽었습니다. 이대로 가면 다 죽습니다. 두 장군이라도 살아남아야 하니 어서 피하십시오. 뒷일은 우리가 알아서 하겠습니다."

달래가 반대했다.

"거 무슨 말도 안 되는 소리입니까? 당신들을 두고 어찌 우리만 살란 말입니까?"

"그런 뜻이 아닙니다. 삼별초의 꿈을 여기서 포기할 수 없다는 것입니다. 두 분이 진도에서 이곳에 와 우리의 꿈을 살려낸 것처럼 또다시…"

고권 장군이 말을 더 잇지 못하고 가슴을 치더니 겨우 진정하고 일어섰다. 그는 핏발 선 눈으로 노려보며 김통정에게 칼을 겨눴다.

"자. 가시오, 장군! 우리 인연은 여기까지요. 안 가신다면 가만두지 않겠소. 성 밖에 일흔세 용사가 기다리고 있으니 함께 서귀포로 가시오. 서귀포에도 뱃길에 훤한 사람들을 보내뒀소. 어서 나가시오. 더 이상 머뭇거리면 삼별초의 기개를 모독하는 자로 여기고 처단하겠소!"

"알아들었다. 삼별초의 꿈은 우리가 죽는다고 끝나지 않는다. 사람이 사람답게 살려고 하는 이 꿈이 어찌 사라지겠느냐."

김통정이 그 말을 남기고 달래와 함께 차마 떨어지지 않는 발걸음을 옮겼다.

그 후 서른다섯 삼별초 지휘관은 밖으로 나가 싸움판에 뛰어들었다. 이미 연합군 병사들이 성안으로 들어와 삼별초 병사들과 육박전을 벌이는 중이었다. 서른다섯 사람은 피투성이가 되면서까지 김통정과 달래가 피신할 길을 열어주었다.

그렇게 성을 빠져나온 두 사람은 기다리던 일흔세 용사와 함께 달리기 시작했다. 사려니숲에 이르렀을 때였다. 어떻게 알았는지 연합군이 뒤쫓아 오는 소리가 들렸다.

김통정이 가쁜 숨을 몰아쉬며 멈춰 서서 달래에게 먼저 가라고 권했다.

"김통정, 무신 거옌 고람신디 몰르켜."

달래의 대답은 김통정이 뭐라 말하는지 모르겠다는 것이었다.

"같이 가면 안 돼. 다 죽어. 내가 적들을 붉은오름 쪽으로 유인할 테니 먼저 서귀포로 가라. 거기서 날 기다리지 말고 멀리 더 멀리 내려가…"

달래가 또다시 "무신 거옌 고람신디 몰르켜"라며 울먹이자 김통정이 다독였다.

"머뭇거릴 시간 없다. 그리고 사랑한다. 널 내 목숨보다 더…. 빨리 가라. 네가 가는 것이 날 사랑하는 길이야."

김통정이 일흔세 용사 중 제주 출신 세 명을 달래와 함께 보냈다.

김통정과 남은 일흔 용사가 노란 유채꽃이 펼쳐진 밭에 바짝 엎드렸다. 저만치 말을 탄 홍다구와 연합군이 등성이를 돌아오는 모습이 보일 때 벌떡 일어나 붉은오름 쪽으로 달려갔다.

그 틈에 달래는 안전하게 사라오름을 지나 서귀포에 도착했다. 포구에는 어부들, 항파두리성 관아를 건축했던 장인들 등 수백 명이 가족과 함께 짐 보따리를 들고 나와 있었다.

달래가 그들을 말렸다.

"바다 먼 길을 왜 함께 가려 하십니까? 가다가 거센 폭풍이라도 만나면 다 죽습니다. 그냥 여기 계십시오."

"아닙니다. 아무리 폭풍이 거센들 인간 차별보다 힘겹겠습니까? 삼별초와 함께하면서 처음으로 사람답게 살았습니다. 여기 남아 축생처럼 사느니 하루를 살더라도 사람답게 살렵니다."

"그러시다면 함께 배에 오릅시다."

모두 승선한 후에도 달래는 한동안 출항 명령을 내리지 못했다. 흔들리는 뱃머리에 앉아 물끄러미 한라산 자락만 바라볼 뿐이었다.

그 시각, 연합군은 항파두리 외성을 완전히 장악한 뒤 내성을 공략 중이었다. 돌산의 무위군이 외성에 올라가 진천뢰를 난사했다. 그 쇳조각을 피해 삼별초 병사들이 허기진 배를 움켜쥐고 내성의 성벽에 바짝 붙어 있어야 했다.

힌두가 항파두리성 삼별초를 향해 마지막 경고를 보냈다.

"무기를 버리고 무릎을 꿇어라. 그러면 살려준다."

고권 장군이 쉰 목소리로 응대했다.

"한 가지 조건만 들어주면 항복하겠다. 삼별초 지휘부는 당신들 마음대로 처분하되, 병사들은 놓아줘라. 그러면 무기를 내려놓겠다."

힌두는 이미 이긴 싸움에서 더 싸워봐야 연합군에서 많은 사상자가 나오리라 보고 수락했다.

"좋다. 그렇게 하자."

"와아, 이겼다!"

환호하는 연합군 병사들과 달리 삼별초 병사들은 완강히 반대했다.

"장군님, 아닙니다! 우리도 여기서 생을 마치겠습니다!"

"무모하게 굴지 마라. 너희는 할 만큼 했다. 그래도 살아남아야 후일을 기약할 수 있다. 당장 무기를 내려놓으라!"

그 말과 함께 고권이 칼을 던져버리자 다른 삼별초 지휘관들도 무기를 버렸다. 병사들은 할 수 없이 고권의 명령을 따라야 했다. 내성까지 접수한 힌두는 약속과 달리 삼별초 장수와 병사 1천3백여 명을 포로로 잡았다.

이제 한라산 붉은오름으로 올라간 김통정 무리를 제거하는 일만 남았다. 김통정을 뒤쫓는 홍다구에게서 소식이 없어 김방경이 1천여 병사를 이끌고 찾아 나섰다.

그러던 차에 김방경은 보따리를 든 노인을 지게에 지고 산길을 오르는 농부를 발견했다.

"이봐, 어디 가나?"

김방경이 농부에게 지게를 내려놓게 했다. 노인의 보따리에서 음식, 옷, 이불이 나왔다.

"네 이놈, 김통정에게 가져다주는 것이지? 바른대로 말해라."

"아닙니다. 아버지를 산중에 모셔 두려고 가는 길입니다."

제주도식 고려장이었다. 제주에는 임종할 때가 다 된 부모를 한라산 봉우리 가까이에 모셔 두는 풍속이 있었다. 그러면 신선이 된다고 믿었다. 당시 제주에 무덤이 없었던 것은 바로 그 때문이기도 했다. 제주에서는 만약 병들어 죽거나, 사고를 당해 죽거나, 전쟁으로 죽으면 이 골짜기 저 골짜기에 던져버렸다. 짐승도 마찬가지였다.

　김방경이 붉은오름에 올라 보니 홍다구 군대가 위기였다. 김통정의 일흔 용사를 당하지 못하고 이미 병사들 절반가량이 죽었다. 늘 비바람이 치던 붉은오름이 그날따라 쾌청했으나 고왔던 수선화와 갈대의 군락은 양측이 싸움을 벌이느라 뭉개져 있었다.

　김방경은 3백 명의 궁수를 높은 바위와 나무 위에 배치하고, 7백 명이 전투지를 포위하게 했다. 그런 뒤 홍다구 병사들에게 소리쳤다.

　"이제 그만 물러서라!"

　김방경 군대의 포위망 뒤로 홍다구 군대가 물러섰다. 마침내 김방경이 사격 명령을 내렸다. 김통정과 일흔 용사가 아무리 용맹해도 적에게 포위당한 채 불화살을 모두 막아낼 수 없었다. 벌써 용사 몇 명의 옷에 불이 붙었다. 그 모습을 보며 김통정이 비감한 심정을 밝혔다.

　"자, 이제 우리 이만 끝내자. 우리 참 치열하게 살았다. 후회

들 없지? 적들에게 죽느니 스스로 끝내자!"

"네, 후회 없습니다. 정말 지난 3년, 행복했습니다. 그것으로 충분합니다. 감사합니다!"

"대장, 행복했소. 참으로 행복했소이다. 태어나는 것이야 내 맘대로 못 하고 천민 자식으로 태어났지만, 죽는 것이야 왕처럼 내 맘대로 죽어야죠."

"평소 대장이 한 말, 한 사람의 인생은 어떻게 태어났느냐보다 어떻게 죽었느냐로 평가해야 한다는 그 말을 가슴에 품고 갑니다. 대장, 참다운 삶을 가르쳐줘 고마웠소."

"지난 3년간 지긋지긋한 신분의 굴레를 벗고 살았습니다. 비록 긴장의 나날이었지만, 눈치 보며 비굴하게 사는 것보다 즐거웠습니다. 긴장도 이토록 즐거울 수 있구나 하고 처음 깨달았습니다."

"이렇게 내 힘으로 내 삶을 마무리하니 얼마나 좋습니까. 그것도 가장 존경하는 대장과 함께 황천길을 가니 여한이 없습니다."

하나같이 행복했다는 대답이었다.

김통정과 일흔 용사가 각자 칼을 거꾸로 들었다.

"혜성. 아니, 달래야…. 제주엔 무덤이 없지. 그래서 밤하늘에 별이 더 빛나나 봐. 여기 우리도 무덤 없이… 으윽!"

김통정이 마지막 말을 다 못 남기고 피를 토했다. 일흔 용사 모두 그렇게 자기 삶을 자기 힘으로 마감했다.

김통정과 일흔 용사의 장렬한 최후 앞에 김방경이 무릎을 꿇고 속으로 작별 인사를 건넸다.

'김통정 장군, 잘 가시오. 내 비록 당신처럼 살 용기는 없었지만, 당신을 존경하오.'

홍다구는 김방경이 죽어가는 자들에게 예의를 갖추는 모습을 보고 비웃었다.

"이봐, 김 장군. 저놈들은 반역자야. 그렇게 아쉬울 것 같으면 애초에 죽이자고 덤비지나 말든가. 죽게 해놓고 웬 청승인가? 하하하…."

삼별초 포로들을 태운 연합군 배가 다시 본토로 돌아가는 항로에 올랐다. 포로들이 나주에 이르렀을 때 홍다구가 힌두에게 충동질했다.

"삼별초 놈들을 풀어주면 안 됩니다. 다시 일을 꾸밀 놈들이니 모조리 바다에 수장시킵시다."

"그래도 풀어준다는 조건으로 항복을 받았는데, 그 약조를 지켜야 하지 않겠나?"

힌두가 머뭇거리는 사이 김방경이 서둘러 지휘부 서른다섯 명을 참수하고 약속대로 병사들과 그 가족 1천3백여 명을 전원 석방했다.

훗날 원나라에서 삼별초 사면령을 내리면서까지 사라진 삼별초를 찾고자 했다. 그들이 반원 세력으로 다시 등장할까 봐 우려한 것이다. 그러나 삼별초는 산속에 들어가 화전민이 되거나 섬에 숨어 나타나지 않았다.

김통정 일행이 스스로 삶을 끝낼 때 달래는 서귀포를 떠나 한창 남행 중이었다. 달래는 가끔씩 한라산을 뒤돌아보다가 50여 척의 배가 빠른 속도로 뒤쫓아오는 것을 발견했다. 급히 자신이 탄 배를 후미로 빼고 전투 태세를 갖추게 했다. 달래는 갑판 위에 우뚝 서 적선을 향해 활을 겨누었다.

그런데 자세히 보니 적선이 아니었다. 하얀 기를 달고 있었다. 서해안과 남해안에 잔류하던 삼별초 병사들이었다. 제주에 합류하려 했으나 갑작스러운 항파두리성 함락에 망연자실하다가 달래가 서귀포에서 남하한다는 소식을 듣고 달려온 것이었다.

그들이 애타는 목소리로 달래에게 물었다.

"대장님은? 대장님은 어디 계십니까?"

달래는 손을 들어 한라산을 가리켰다. 그때 마침 붉은오름 쪽에서 흰 연기가 피어올랐다. 달래의 가슴이 덜컥했다.

"저기 연기 나는 곳이에요…"

-끝-

새우와 고래가 숨쉬는 바다

이동연 장편소설

삼별초

지은이 | 이동연
펴낸이 | 황인원
펴낸곳 | 도서출판 창해

신고번호 | 제2019-000317호

초판 인쇄 | 2021년 08월 12일
초판 발행 | 2021년 08월 19일

우편번호 | 04037
주소 | 서울특별시 마포구 양화로 59, 601호(서교동)
전화 | (02) 322-3333(代)
팩시밀리 | (02) 333-5678
E-mail | dachawon@daum.net

ISBN 979-11-91215-11-3 (03810)

값 · 15,000원

Publishing Club Dachawon(多次元)
창해·다차원북스·나마스테